李叔同 著

天津出版传媒集团
天津人民美术出版社

图书在版编目（CIP）数据

百年大师经典. 李叔同卷 / 李叔同著. -- 天津：天津人民美术出版社，2021.12
 ISBN 978-7-5305-9818-4

Ⅰ. ①百… Ⅱ. ①李… Ⅲ. ①李叔同（1880-1942）－文集 Ⅳ. ①J12-53

中国版本图书馆CIP数据核字(2021)第241981号

百年大师经典　李叔同卷
BAINIAN DASHI JINGDIAN　LI SHUTONG JUAN

出　版　人：	杨惠东
责 任 编 辑：	李　慧　袁金荣
技 术 编 辑：	何国起　姚德旺
责 任 审 校：	李登辉　崔育平
出 版 发 行：	天津人民美术出版社
社　　　　址：	天津市和平区马场道150号
邮　　　　编：	300050
电　　　　话：	(022)58352900
网　　　　址：	http://www.tjrm.cn
经　　　　销：	全国新华书店
制　　　　作：	天津市彩虹制版有限公司
印　　　　刷：	天津印艺通制版印刷股份有限公司
开　　　　本：	710毫米×1000毫米　1/16
版　　　　次：	2021年12月第1版
印　　　　次：	2021年12月第1次印刷
印　　　　张：	16.25
定　　　　价：	68.00元

版权所有　侵权必究

目录

书为伴画为伍

初到世间的慨叹 / 3
遇见精神的出生地 / 5
艺海畅游的乐趣 / 7
遁入空门的修行 / 9
断食日志 / 11
追求律学的真谛 / 18
从容弘法的感悟 / 20
南山律苑住众学律发愿文 / 22
问答十章 / 23

谈文谈艺谈书

《护生画集》配诗 / 29
诗词 / 40
歌词 / 46
图画修得法 / 56
中西绘画的比较 / 60
石膏模型用法 / 61
水彩画法说略 / 63
浅谈西画 / 66
浅谈国画 / 78
五大书体及其流派 / 97
历代书法家及其作品 / 111
谈写字的方法 / 133
明代篆刻 / 139
清代篆刻 / 145
西洋乐器种类概说 / 157
乐圣贝多芬传 / 160
音乐小杂志序 / 161

以德养心养身

为性常法师掩关笔示法则 / 165
药师法门修持课仪略录 / 167
药师如来法门略录 / 171
新集受三归五戒八戒法式凡例 / 173
改习惯 / 176
改过实验谈 / 178
授三归依大意 / 181
敬三宝 / 183
常随佛学 / 186
万寿岩念佛堂开堂演词 / 189
律学要略 / 191
青年佛徒应注意的四项 / 200
佛法大意 / 205
佛法宗派大概 / 207
佛法学习初步 / 211
人生之最后 / 215
晚晴集 / 220
格言别录 / 228

心果感通得一

致刘质平 / 239
致夏丏尊 / 240
致夏丏尊、子恺居士 / 241
致姚石子 / 243
致丰子恺 / 247
致圆净、子恺二居士 / 250
致蔡元培、经亨颐、马叙伦等 / 254
致上海佛学书局 / 256

| 书为伴画为伍 |

初到世间的慨叹

在清朝光绪年间,天津河东有一个地藏庵,庵前有一户人家。这是一座四进四出的进士宅邸,它的主人是一位官商,名字叫李世珍。曾是同治年间的进士,官任吏部主事,也因乎此使李家在当地的声名更加显赫了。但是,他为官不久,便辞官返乡了,开始经商。他在晚年的时候,虔诚拜佛,为人宽厚,乐善好施,被人称为"李善人"。而这就是我的父亲。

我是光绪六年(1880年),在这个平和良善的家庭中出生的。生我时,我的母亲只有20岁,而我父亲已近68岁了。这是因为我是父亲的小妾生的,也正是如此,虽然父亲很疼爱我,但是在那时的官宦人家,妾的地位很卑微,我作为庶子,身份也就无法与我的同父异母的哥哥相比。从小就感受到这种不公平待遇给我带来的压抑感,然而只能是忍受着,也许这就为我今后出家埋下了伏笔。

在我5岁那年,父亲因病去世了。没有了父亲的庇护和依靠,我与母亲的处境很是困难,看着母亲一天到晚低眉顺眼、谨小慎微地度日,我的内心感到很难受,也使我产生了自卑的倾向。我养成了沉默寡言的内向性格,终日里与书做伴,与画为伍。只有在书画的世界里,我才能找到快乐和自由!

听我母亲后来跟我讲:在我降生的时候,有一只喜鹊叼着一根橄榄枝放在了产房的窗上,所有人都认为这是佛赐祥瑞。而我后来也一直将这根橄榄枝带在身边,并时常对着它祈祷。由于我的父亲对佛教的诚信,使我在很小的时候,就有机会接触到佛教经典,受到佛法的熏陶。我小时候刚开始识字,就是跟着我的大娘,也就是我父亲的妻子,学习念诵《大悲咒》和《往生咒》。而我的嫂子也经常教我背诵《心经》和《金刚经》等。虽然那时我根本就不明白这些佛经的含义,也无从知晓它们的教理,但是我很喜欢念经时那种空灵的感受。也只有在这时我能感受到平等和安详！而我想这也许成为我今后出家的引路标。

我小时候，大约是六七岁的样子，就跟着我的哥哥文熙开始读书识字，并学习各种待人接物的礼仪，那时我哥哥已经20岁了。由于我们家是书香门第，又是当地数一数二的官商世家，所以一直就沿袭着严格的教育理念。因此，我哥哥对我方方面面的功课都督教得异常严格，稍有错误必加以严惩。我自小就在这样严厉的环境中长大，这使我从小就没有了小孩子应有的天真活泼，也疑我的天性也遭到了压抑而导致有些扭曲。但是有一点不得不承认，那就是这种严格施教，对于我后来所养成的严谨认真的学习习惯和生活作风是起了决定作用的，而我后来的一切成就几乎都是得益于此，也由此我真心地感激我的哥哥。

当我长到八九岁时，就拜在常云政先生门下，成为他的入室弟子，开始攻读经史子集，并开始学习书法、金石等技艺。在我13岁那年，天津的名士赵幼梅先生和唐静岩先生开始教我填词和书法，使我在诗词书画方面得到了很大的提高，功力也较以前深厚了。为了考取功名，我对八股文下了很大的功夫，也因此得以在天津县学加以训练。在我16岁的时候，我有了自己的思想，过去所受的压抑而造成的"反叛"倾向也开始抬头了。我开始对过去刻苦学习是为了报国济世的思想不那么热衷了，却对文艺产生了浓厚的兴趣，尤其是戏曲，也因此成了一个不折不扣的票友。在此期间，我结识过一个叫杨翠喜的艺人，我经常去听她唱戏，并送她回家，只可惜后来她被官家包养，后来又嫁给一个商人做了妾。

由此后我也有些惆怅，而那时我哥哥已经是天津一位有名的中医大师了，但是有一点我很不喜欢，就是他为人比较势利，攀权倚贵，嫌贫爱富。我曾经把我的看法向他说起，他不接受，并指责我有辱祖训，不务正业。无法，我只有与其背道而驰了，从行动上表示我的不满，对贫贱低微的人我礼敬有加，对富贵高傲的人我不理不睬；对小动物我关怀备至，对人我却不冷不热。在别人眼里我成为了一个怪人，不可理喻，不过对此我倒是无所谓的。这可能是我日后看破红尘出家为僧的决定因素！

遇见精神的出生地

我一生中的大部分岁月都是在南方度过的,这其中,杭州是我人生道路发生重大转变的地方。作为一名高校的艺术教师,我在浙一师的六年执教生涯中业绩斐然;作为一个诸艺略通的人,那段时期也该算我艺术创作的一个鼎盛期吧。然而更重要的是,在杭州,我找到了自己精神上的归宿,最终步入了佛门。

1912年3月,我接受浙江两级师范学堂(次年更名为浙江第一师范学校)教务长经亨颐的邀请,来该校任教。我之所以决定辞去此前在上海《太平洋报》极为出色的主编工作,除了经亨颐的热情邀请之外,西湖的美景也是一个重要的原因。经亨颐就曾说我本性淡泊,辞去他处厚聘,乐居于杭,一半勾留是西湖。

我那时已人到中年,而且渐渐厌倦了浮华声色,内心渴望一份安宁和平静,生活方式也渐渐变得内敛起来。我早在《太平洋报》任职期间,平日里便喜欢离群索居,几乎是足不出户。而在这之前,无论是在我的出生和成长之地天津,还是在我"二十文章惊海内"的上海,抑或是在我渡洋留学以专攻艺术的日本东京,我一直都生活在风华旋裹的氛围之中,随着这种心境的转变,到杭州来工作和生活,便成了一个再合适不过的选择。

1918年8月19日,农历七月十三,相传是大势至菩萨的圣诞,我便于这一天在虎跑寺正式剃发出家了,法名演音,号弘一。

到了9月下旬,我移锡至灵隐受戒。正是在受戒期间,我辗转披读了马一浮送我的两本佛门律学典籍,分别是明清之际的二位高僧蕅益智旭与见月宝华所著的《灵峰毗尼事义集要》和《宝华传戒正范》,不禁悲欣交集,发愿要让其时弛废已久的佛门律学重光于世。可以说,我后来的一切事务就是从事对佛教律学的研究,如果说因此取得了一点成绩，也正是由此开始起步的。

对于我的出家，历来众说纷纭，莫衷一是。其实，我为此写过一篇《我在西湖出家的经过》，对于自己出家的缘由与经过作了详细的介绍，无论如何，在我看来，佛教为世人提供了一条医治生命无常这一人生根本苦痛的道路，这使我觉得，没有比依佛法修行更为积极和更有意义的人生之路。当人们试图寻找各种各样来解释我走向佛教的原因之时，不要忘记，最重要的原因其实正是来自于佛教本身。就我归依佛教而言，杭州可以说是我精神上的出生地。

艺海畅游的乐趣

有人说我在出家前是书法家、画家、音乐家、诗人、戏剧家等，出家后这些造诣更深。其实不是这样的，所有这一切都是我的人生兴趣而已。我认为一个人在他有生之年应多学一些东西，不见得样样精通，如果能做到博学多闻就很好了，也不枉屈自己这一生一世。而我在出家后，拜印光大师为师，所有的精力都致力于佛法的探究上，全身心去了解禅的含义，在这些兴趣上反倒不如以前痴迷了，也就荒疏了不少。然而，每当回忆起那段艺海生涯，总是有说不尽的乐趣！

记得在我18岁那年，我与茶商之女俞氏结为夫妻。当时哥哥给了我30万元作贺礼，于是我就买了一架钢琴，开始学习音乐方面的知识，并尝试着作曲。后来我与母亲和妻子搬到了上海法租界，由于上海有我家的产业，我可以以少东家的身份支取相当高的生活费用，也因此得以与上海的名流们交往。当时，上海城南有一个组织叫"城南文社"，每月都有文学比试，我投了三次稿，有幸的是每次都获得第一名。从而与文社的主事许先生成为朋友，他为我们全家在南城草堂打扫了房屋，并让我们移居了过去，在那里我和他及另外三位文友结为金兰之好，还号称是"天涯五友"。后来我们共同成立了"上海书画公会"，每个星期都出版书画报纸，与那些志同道合的同仁们一起探讨研究书画及诗词歌赋。但是这个公会成立不久就解散了。

由于公会解散，而我的长子在出生后不久就夭折了，不久后我的母亲又过世了，多重不幸给我带来了不小的打击。于是我将母亲的遗体运回天津安葬，并把妻子和孩子一起带回天津，我独自一人前往日本求学。在日本我就读于当时美术界的最高学府——上野美术学校，而我当时的老师亦是日本最有名的画家之一——黑田清辉。当时我除了学习绘画外，还努力学习音乐和作曲。那时我确实是沉浸在艺术的海洋中，那是一种真正的快乐享受。

我从日本回来后，政府的腐败统治导致国衰民困，金融市场更是惨淡，很多钱庄、票号都相继倒闭，我家的大部分财产也因此化为乌有了。我的生活也就不再像以前那样无忧无虑了，为此我到上海城东女校当老师去了，并且同时任《太平洋报》文艺版的主编。但是没多久报社被查封，我也为此丢掉了工作。大概几个月后我应聘到浙江师范学校担任绘画和音乐教员，那段时间是我在艺术领域里驰骋最潇洒自如的日子，也是我一生最忙碌、最充实的日子。

如果说人类的情欲像一座煤矿，在不同的时期有不同的方式，将自己的欲望转变为巨大的能量。而这种转变会因人而异，有大有小、有快有慢、有早有迟。我可能就属于后者，来得比较缓慢了。

遁入空门的修行

导致我出家的因素有很多，其中不乏小时候的家庭熏染，而有一些应该归功于我在浙江师范的经历。那种忙碌而充实的生活，将我在年轻时沾染上的一些所谓的名士习气洗刷干净，让我更加注重的是为人师表的道德修养的磨炼。因此我感受到了前所未有的清静和平淡，一种空灵的感觉在不知不觉中升起，并充斥到我的全身，就像小时候读佛经时的感觉，但比那时更清澈和明朗了。

民国初期，我来到杭州虎跑寺进行断食修炼，并于此间感悟到佛教的思想境界，于是便受具足戒，从此成为一介"比丘"，与孤灯、佛像、经书终日相伴。如果谈到我为何要选择在他人看来正是名声鹊起、该急流勇进的时候出家，我自己也说不太清楚，但我记得导致我出家决心的是我的朋友夏丏尊，他对我讲了一件事。他说：他在一个日本杂志上看到一篇关于绝食修行的方法，这种方法可以帮助身心进行更新，从而达到除旧换新、改恶向善的目的，使人生出伟大的精神力量。他还告诉了我一些实行的方法及注意事项，并给了我一本参考书。我对此产生了浓厚的兴趣，总想找机会尝试一下，看看对自己的身心修养有没有帮助。这个念头产生后，就再也控制不了了，于是在当年暑假期间我就到寺中进行了三个星期的断食修炼。

修炼的过程还是很顺利的。第一个星期逐渐减少食量到不食，第二个星期除喝水以外不吃任何食物，第三个星期由喝粥逐渐增加到正常饮食。断食期间，并没有任何痛苦，也没有感到任何的不适，更没有心力憔悴、软弱无力的感觉。反而觉得身心轻快了很多、空灵了很多，心的感受力比以往更加灵敏了，并且颇有文思和洞察力，感觉就像脱胎换骨过了一样。

断食修炼后不久的一天，由一个朋友介绍来的彭先生也来到寺里住下，不成想他只住了几天，就感悟到身心的舒适，竟由住持为其剃度，出家当了和尚。我看了这一切，受到极大的撞击和感染，于是由了悟禅师为我定了法名为演音，法号是弘一。但是我只归依了三宝，没有剃度，成为一个在家修行的居士。我本想就此以居士的身份，住在寺里进行修持，因为我也曾经考虑到出家的种种困难。然而我一个好朋友说的一句话让我彻底下了出家为僧的决心。

在我成为居士并住在寺里后，我的那位好朋友，再三邀请我到南京高师教课，我推辞不过，于是经常在杭州和南京两地奔走，有时一个月要数次。朋友劝我不要这样劳苦，我说："这是信仰的事情，不比寻常的名利，是不可以随便迁就或更改的。"我的朋友后悔不该强行邀请我在高师任教，于是我就经常安慰他，这反倒使他更加苦闷了。终于，有一天他对我说："与其这样做居士究竟不彻底，不如索性出家做了和尚，倒清爽！"这句话对我犹如醍醐灌顶，一语就警醒了我。是呀，做事做彻底，不干不净的很是麻烦。于是在这年暑假，我就把我在学校的一些东西分给了朋友和校工们，仅带了几件衣物和日常用品，回到虎跑寺剃度做了和尚。

有很多人猜测我出家的原因，而且争议颇多。我并不想去昭告天下，我为啥出家。因为每个人做事，有每个人的原则、兴趣、方式方法以及对事物的理解，这些本就是永远不会相同的，就是说了他人也不会理解，所以干脆不说，慢慢他人就会淡忘的。至于我当时的心境，我想更多的是为了追求一种更高、更理想的方式，以教化自己和世人！

断食日志

（此为弘一大师于出家前两年在杭州大慈山虎跑寺试验断食时所记之经过。自入山至出山，首尾共二十天。对于起居身心，详载靡遗。据大师年谱所载，时为民国五年，大师三十七岁。他利用1916年阳历年假期，到大慈山虎跑寺断食，陪他去的是校工闻玉。几天前，他曾看过一篇文章，介绍断食的方法：第一周食量逐渐减少，第二周不食人间烟火，第三周食量逐渐增加，恢复正常。他写下断食日记，详细记载下这一段不寻常的经历。）

丙辰嘉平一日始。断食后，易名欣，字俶同，黄昏老人，李息。

十一月廿二日，决定断食。祷诸大神之前，神诏断食，故决定之。

择录村井氏说：妻之经验。最初四日，预备半断食。六月五日、六日，粥，梅干。七日、八日，重汤，梅干。九日始本断食，安静。饮用水一日五合，一回一合，分五六回服用。第二日，饥饿胸烧，舌生白苔。第三、四日，肩腕痛。第四日，腹部全体凝固，体倦就床，晨轻晚重。第五日，同，稍轻减，坐起一度散步。第六日，轻减，气氛爽快，白苔消失，胸烧愈。第七日，晨平稳，断食期至此止。

后一日，摄重汤，轻二碗三回，梅干无味。后二日，同。后三日，粥，梅干，胡瓜，实入吸物。后四日，粥，吸物，少量刺身。后五日，粥，野菜，轻鱼。后六日，普通食，起床，此两三日，手足浮肿。

断食期内，或体痛不能眠，或下痢，或嚏。便时以不下床为宜。预备断食或一周间，粥三日，重汤四日。断食后或须一周间，重汤三日，粥四日，个半月体量恢复。半断食时服ソチネ。

到虎跑寺携带品：被褥帐枕，米，梅干，杨子，齿磨，手巾手帕，

便器，衣，洒水布，ソチネ日记纸笔书，番茶，镜。

预定期间：一日下午赴虎跑。上午闻玉去预备。中食饭，晚食粥，梅干。二日、三日、四日，粥，梅干。五日、六日、七日，重汤，梅干。八日至十七日断食。十八日、十九日、二十日，重汤，梅干。廿一日、廿二日、廿三日、廿四日，粥，梅干，轻菜食。廿五日返校，常食。廿八日返沪。

卅日晨，命闻玉携蚊帐，米，纸，糊，用具到虎跑。室宜清闲，无人迹，无人声，面南，日光遮北，以楼为宜。是晚食饭，拂拭大小便器、桌椅。

午后四时半入山，晚餐素菜六箧（音癸，盛食物的圆形器具），极鲜美。食饭二盂，尚未餍，因明日始即预备断食，强止之。榻于客堂楼下，室面南，设榻于西隅，可以迎朝阳。闻玉设榻于后一小室，仅隔一板壁，故呼应便捷。晚燃菜油灯，作楷八十四字。自数日前病感冒，伤风微嗽，今日仍未愈。口干鼻塞，喉紧声哑，但精神如常。八时眠，夜间因楼上僧人足声时作，未能安眠。

十二月一日，晴，微风，五十度。断食前期第一日。疾稍愈，七时半起床。是日午十一时食粥二盂，紫苏叶二片，豆腐三小方。晚五时食粥二盂，紫苏叶二片，梅一枚。饮冷水三杯，有时混杏仁露，食小橘五枚，午后到寺外运动。

余平日之常课，为晨起冷水擦身，日光浴，眠前热水洗足。自今日起冷水擦身暂停，日光浴时间减短，洗足之热水改为温水，因欲使精神聚定，力避冷热极端之刺激也。对于后人断食者，应注意如下：

（一）未断食时练习多食冷开水。断食初期改食冷生水，渐次加多。因断食时日饮五杯冷水殊不易，且恐腹泻也。

（二）断食初期时之粥或米汤，于微温时食之，不可太热。因与冷水混合，恐致腹痛。

余每晨起后，必通大便一次。今晨如常，但十时后屡放屁不止。二时后又打嗝儿甚多，此为平日所无。是日书楷字百六十八，篆字百零八。夜观焰口，至九时始眠。夜微嗽多噩梦，未能入眠。

二日，晴和，五十度。断食前期第二日。七时半起床，晨起无大便。

是日午前十一时食粥一盂，梅一枚，紫苏叶二片。午后五时同。饮冷水三杯，食橘子三枚，因运动归来体倦故。是日舌苔白，口内粘滞，上牙里皮脱，精神如常，但过则疲□□。运动微觉疲倦，头目眩晕。自明日始即不运动。

晚侍和尚念佛，静坐一小时。写字百三十二，是日鼻塞。摹大同造像一幅，原拓本自和尚假来，尚有三幅明后续□□。八时半眠，夜梦为升高跳越运动。其处为器具拍卖场，陈设箱柜几椅并玩具装饰品等。余跳越于上，或腾空飞行于其间，足不履地，灵捷异常，获优胜之名誉。旁观有德国工程师二人，皆能操北京语。一人谓有如此之技能，可以任远东大运动会之某种运动，必获优胜，余逊谢之。一人谓练习身体，断食最有效，吾二人已二日不食。余即告余现在虎跑断食，亦已预备二日矣。其旁又有一中国人，持一表，旁写题目，中并列长短之直红线数十条，如计算增减高低之表式，是记余跳越高低之顺序者。是人持以示余，谓某处由低而高而低之处，最不易跳越，赞余有超人之绝技。后余出门下土坡，屡遇西洋妇人，皆与余为礼，贺余运动之成功，余笑谢之。梦至此遂醒。余生平未尝为一次运动，亦未尝梦中运动，头脑中久无此思想，忽得此梦，至为可异，殆因胃内虚空有以致之欤？

三日，晴和，五十二度。断食前第三日。七时半起床。是晨觉饥饿，胸中搅乱，苦闷异常，口干饮冷水。勉坐起披衣，头昏心乱，发虚汗作呕，力不能支，仍和衣卧少时。饮梅茶二杯，乃起床，精神疲惫，四肢无力。九时后精神稍复元，食橘子二枚。是晨无大便，饮药油一剂，十时半软便一次，甚畅快。十一时水泻一次，精神颇佳，与平常无大异。十一时二十分食粥半盂，梅一个，紫苏一枚。摹普泰造像、天监造像二页。饮水、食物，喉痛，或因泉水性太烈，使喉内脱皮之故。午后四时，饮水后打嗝笃，食小梨一个，五时食粥半盂。是日感冒伤风已愈，但有时微嗽。是日午后及晚，侍和尚念佛静坐一小时。八时半眠。入山预断以来，即不能为长时之安眠，旋睡旋醒，辗转反侧。

四日，晴和，五十三度。断食前第四日。七时半起床。是晨气闷心跳口渴，但较昨晨则轻减多矣，饮冷水稍愈。起床后头微晕，四肢乏力。食小橘一枚，香蕉半个。八时半精神如常，上楼访弘声上人，借佛经三部。午后散步至山门，归来已觉微疲。是日打嗝儿甚多，口时作渴，一共饮冷水四大杯。摹大明造像一页。写楷字八十四，篆字五十四。无大便。四时后头昏，精神稍减，食小橘二枚。是日十一时饮米汤二盂，食米粒二十余。八时就床，就床前食香蕉半个。自预备断食，每夜三时后腿痛，手足麻木。（余前每逢严冬有此旧疾，但不甚剧。）

五日，晴和，五十三度。断食前第五日。七时半起床。是夜前半颇觉身体舒泰，后半夜仍腿痛，手足麻木。三时醒，口干，心微跳，较昨减轻。食香蕉半个，饮冷水稍眠。六时醒，气体甚好。起床后不似前二日之头晕乏力，精神如常，心胸愉快。到菜园采花供铁瓶。食梨半个，吐渣。自昨日起，多写字，觉左腰痛。是日腹中屡屡作响，时流鼻涕，喉中肿烂尚未愈。午后侍和尚念经静坐一小时，微觉腰痛，不如前日之稳静。三时食梨半个，吐渣。食香蕉半个。午、晚饮米汤一盂。写字百六十二。傍晚精神稍差，恶寒口渴。本定于后日起断食，改自明日起断食，奉神诏也。

断食期内，每日饮梨汁一个之分量，饮橘汁三小个之分量，饮毕漱口。又因信仰上每晨餐神供生白米一粒，将眠，食香蕉半个。是日无大便，七时就床。是夜神经过敏甚剧，加以鼠声人鼾声，终夜未安眠。口甚干，后半夜腿痛稍轻，微觉肩痛。

六日，晴暖，晚半阴，五十六度。断食正期第一日。八时起床。三时醒，心跳胸闷，饮冷水橘汁及梅茶一杯。八时起床，手足乏力。头微晕，执笔作字殊乏力，精神不如昨日。八时半饮梅茶一杯。脑力渐衰，眼手不灵，写日记时有误字，多遗忘。九时半后精神稍可。十时后精神甚佳，口渴已愈。数日来喉中肿烂亦愈。今日到大殿去二次，计上下廿四级石阶四次，已觉足乏力，为以前所无。是日共饮梨汁一个，橘汁二个。傍晚精神不衰，较胜昨日，但足乏力耳。仍时流鼻涕，晚间精神尤佳。是日不觉如何饥饿。晚有便意，仅放屁数个，仍无便。是夜能安眠，前半夜尤稳安舒泰。眠前以棉花塞耳，并诵神人合一之旨。夜间腿痛已愈，但左肩微痛。七时就床，梦变为丰颜之少年，自谓系断食之效。

七日，阴复晴，夜大风，五十四度。断食正期第二日。六时半起床。

四时醒，心跳微作即愈，较前二日减轻。饮冷水甚多。六时半即起床，因是日头晕已减轻，精神较昨日为佳，且天甚暖故早起床也。起床后饮橘汁一枚。晨览《释迦如来应化事迹图》。八时后精神不振，打哈欠，口塞流鼻涕，但起立行动如常。午后身体寒益甚，拥被稍息。想出食物数种，他日试为之。炒饼、饼汤、虾仁豆腐、虾子面片、十锦丝、咸口瓜。三时起床，冷已愈，足力比昨日稍健。是日无大便，饮冷水较多。前半夜肩稍痛，须左右屡屡互易，后半夜已愈。

八日，阴，大风，寒，午后时露日光，五十度。断食正期第三日。十时起床。五时醒，气体至佳，如前数日之心跳头晕等皆无。因天寒大风，故起床较迟。起床后精神甚佳，手足有力，到院内散步。四时半就床，午后益寒，因早就床。是日食欲稍动，有时觉饥，并默想各种食物之种类及其滋味。是夜安眠，足关节稍痛。

九日，晴，寒，风，午后阴，四十八度。断食正期第四日。八时半起床。四时醒，气体极佳，与日常无异。起床后精神如常，手足有力。朝日照入，心目豁爽。小便后尿管微痛，因饮水太多之故。自今日始不饮梨橘汁，改饮盐梅茶二杯。午后因饮水过多，胸中苦闷。是日午前精神最佳，写字八十四，到菜圃散步。午后寒，一时拥被稍息。三时起床，室内运动。是日不感饥饿。因天寒五时半就床。

十日，阴，寒，四十七度。断食正期第五日。十时半起床。四时半醒，气体精神与昨同。起床后精神至佳。是日因寒故起床较迟。今日加饮盐汤一小杯。十一时杨、刘二君来谈至欢。因寒四时就床。是日写字半页。近日神经过敏已稍愈。故夜间较能安眠。但因昨日饮水过多伤胃，胃时苦闷，今日饮水较少。

十一日，阴寒，夕晴，四十七度。断食正期第六日。九时半起床。四时半醒，气体与昨同。夜间右足微痛，又胃部终不舒畅。是日口干，因寒起床稍迟。饮盐汤半杯，饮梨汁。夕晴，心目豁爽。写字百三十八。坐檐下曝日，四时就床，因寒早就床。是晚感谢神恩，誓必归依。致福基书。

十二日，晨阴，大雾，寒，午后晴，四十八度。断食正期第七日。十一时起床。四时半醒，气体与昨同，足痛已愈，胃部已舒畅。口干，因寒不敢起床。十一时福基遣人送棉衣来，乃披衣起。饮梨汁及盐汤、橘汁。午后精神甚佳，耳目聪明，头脑爽快，胜于前数日。到菜圃散步。写字五十四。自昨日始，腹部有变动，微有便意，又有时稍感饥饿。是日饮水甚少。晚晴甚佳，四时半就床。

十三日，晨半晴阴，后晴和，夕风，五十四度。断食后期第一日。八时半起床。气体与昨同。晨饮淡米汤二盂，不知其味，屡有便意，口干后愈，饮梨汁橘汁。十一时饮浓米汤一盂，食梅干一个，不知其味。十一时服泻油少许，十一时半大便一次甚多。便色红，便时腹微痛，便后渐觉身体疲弱，手足无力。午后勉强到菜圃一次。是日不饮冷水。午前写字五十四。是日身体疲倦甚剧，断食正期未尝如是。胃口未开，不感饥饿，尤不愿饮米汤，是夕勉强饮一盂，不能再多饮。

十四日，晴，午前风，五十度。断食后期第二天。七时半起床。气体与昨同，夜间较能安眠。五时饮米汤一盂，口干，起床后精神较昨佳。大便轻泻一次，又饮米汤一盂，饮橘汁，食苹果半枚。是日因米汤梅干与胃口不合，于十一时饮薄藕粉一盂，炒米糕二片，极觉美味，精神亦骤加。精神复元，是日极愉快满足。一时饮薄藕粉一盂，米糕一片。写字三百八十四。腰腕稍痛，暗记诵《神乐歌序章》。四时食稀粥一盂，咸蛋半个，梅干一个，是日不感十分饥饿，如是已甚满足。五时半就床。

十五日，晴，四十九度。断食后期第三日。七时起床。夜间渐能眠，气体无异平时。拥衾饮茶一杯，食米糕三片。早食藕粉米糕，午前到佛堂菜圃散步，写字八十四。午食粥二盂，青菜咸蛋少许。夕食芋四个，极鲜美。食梨一个，橘二个。敬抄《御神乐歌》二页，暗记诵一、二、三下目。晚饮粥二盂，青菜咸蛋，少许梅干。晚食粥后，又食米糕饮茶，未能调和，胃不合，终夜屡打嗝儿，腹鸣。是日无大便，七时就床。

十六日，晴，四十九度。断食后期第四日。七时半起床。晨饮红茶一杯，食藕粉芋。午食薄粥三盂，青菜芋大半碗，极美。有生以来不知菜芋之味如是也。食橘，苹果，晚食与午同。是日午后出山门散步，诵《神乐歌》，甚愉快。入山以来，此为愉快之第一日矣。敬抄《神乐歌》七页，暗记诵四、五下目。晚食后食烟一服。七时半就床，夜眠较迟，胃甚安，是日无大便。

十七日，晴暖，五十二度。断食后期第五日。七时起床。夜间仍不能多眠，晨饮泻油极少量。晨餐浓粥一盂，芋五个，仍不足，再食米糕三个，藕粉一盂。九时半大便一次，极畅快。到菜圃诵《御神乐歌》。中膳，米饭一盂，粥二盂，油炸豆腐一碗。本寺例初一、十五始食豆腐，今日特因僧人某死，葬资有余，故以之购食豆腐。午前后到山门外散步二次。拟定出山门后剃须。闻玉采萝卜来，食之至甘。晚膳粥三盂，豆腐青菜一盂，极美。今日抄《御神乐歌》五页，暗记诵六下目。作书寄普慈。是日大便后愉快，晚膳后尤愉快，坐檐下久。拟定今后更名欣，字俶同。七时半就床。

十八日，阴，微雨，四十九度。断食后期最后一日。五时半起床。夜间酣眠八小时，甚畅快，入山以来未之有也。是晨早起，因欲食寺中早粥。起床后大便一次甚畅。六时半食浓粥三盂，豆腐青菜一盂，胃甚涨。坐菜圃小屋诵《神乐歌》，今日暗记诵七下目，敬抄《神乐歌》八页。午，食饭二盂，豆腐青菜一盂，胃涨大，食烟一服。午后到山中散步，足力极健。采干花草数枝，松子数个。晚食浓粥二盂，青菜半盂，仅食此不敢再多，恐胃涨也。餐后胸中极感愉快。灯下写字五十四，辑订断食中字课，七时半就床。

十九日，阴，微雨，四时半起床。午后一时出山归校。嘱托闻玉事件：晚饭菜，橘子，做衣服附袖头，廿二要，轿子油布，轿夫选择，新蚊帐，夜壶。自己事件：写真，付饭钱，致普慈信。

追求律学的真谛

由于我出家后，总是选择清静祥和的地方，要么闭关诵读佛经，要么就是从事写作，有时为大众讲解戒律修持，所以人们经常感到我行踪不定，找不到我。其实佛法无处不在，有佛法的地方就会有我。而我对佛教戒律学的研究可说是情有独钟，我夜以继日地加以研究，就算倾注我毕生的精力也在所不惜！而且我出家后，认定了弘扬律学的精要，一直都过着持律守戒的生活。这种生活对我的修行起了很大的帮助。

我最初接触律学，主要是朋友马一浮居士送给我的一本名叫《灵峰毗尼事义集要》和一本名叫《宝华传戒正范》的书，我非常认真地读过后，真是悲欣交集，心境通彻，亦因此下定决心要学戒，以弘扬法正。

《灵峰毗尼事义集要》是明末高僧蕅益智旭法师的精神旨要，而《宝华传戒正范》是明末的见月宝华法师为传戒所制定的戒律标准。我仔细研读了两位前辈大德的著作后，由衷地感叹大师的修行法旨，也不得不发出感慨，慨叹现在的佛门戒律颓废，很多的僧人没有真正的戒律可以遵守，如果长久下去，佛法将无法长存，僧人也将不复存在了，这是我下决心学习律学的原因。我常想："我们在此末法时节，所有的戒律都是不能得的，其中有很多的原因。"而现在没有能够传授戒律的人，长此以往我认为僧种可能就断绝了。请大家注意，我所说的"僧种断绝"，不是说中国没有僧人了，而是说真正懂得戒律和能遵守戒律的僧人，不复存在了！

想到这些后，我于1921年到温州庆福寺进行闭关修持，后又学习《南山律》。经过长时间的研究和习作后，我便在西湖玉泉寺，用了四年的时间，撰写了《四分律比丘戒相表记》。从这本书中不难看出，我所从事的佛学思想体系以《华严》为境，《四律》为行，导归净土为果的。

像我这样初入佛门，便选择了律学为我毕生的研究方向的僧人，是非常少见的，这令我感到很伤感。如果能有更多的僧人像我这样，持戒守律，那么佛法的发扬光大将不是难事！

从容弘法的感悟

从我出家以后，一直到现在，近二十年的时间里，我一直在修持戒律，并且一直不曾化缘、修庙、剃度徒众，也不曾做过住持或监院之类的职务，甚至极少接受一般人的供养。有的时候供养确实是无法推却，只好收下，然后转给寺庙。至于我个人的日常花用，一般由我过去的几位朋友或学生来赞助的。因为我自开始修持戒律后，从律学的角度来讲，随便收受他人的馈赠，即便是施主真心真意的供养，也是犯了五戒中的盗戒；再者说，随便收受他人的馈赠，会滋养恶习，不利于修行，更不利于佛法的参悟。所以，我对金钱方面的事情，极为注意，丝毫不敢懈怠。记得我在出家后的第三年时，有一位上海的居士寄钱给我，让我买僧衣和日常用品，我把钱退了回去，并婉言相告表示谢意。

在我出家的这二十年时间里，我先后在杭州的玉泉寺、嘉兴精严寺、衢州莲华寺、温州庆福寺等数十处寺庙住过，其中在温州的时间最长。现在这几年一直住在闽南，主要是在泉州和厦门。在闽南的这段时间，我一直是在写书，并将写成的书向僧众们讲解，将宣传戒律的决心付诸于行动。

在闽南是我宣扬戒律最重要的时期，而其间让我感到欣慰的是，每到一处讲解戒律时，都会有众多的僧人前来听录，他们都非常认真。这前后跟我经常在一起的有性常、义俊、瑞今、广洽等十余人，他们都为我宣讲律学给予了不少的帮助。

自此可见，佛法的真实理论和修行的严谨方法，是众多出家人都渴望得到的，也因此我不再害怕佛法不能弘扬了。看来作为一个学道的人，只要心中有春意，就不用世俗的享受来愉悦自己，倒是世间的一切，均可以使自己感到快乐。更何况是为解脱世间众多受苦人的事业而努力，只要有一点成绩和希望，我们都应感到欣喜。

书为伴画为伍·从容弘法的感悟

南山律苑住众学律发愿文

中华民国二十二年（1933年），岁次癸酉。5月26日，即旧历五月初三日。恭值灵峰蕅益大师圣诞。学律弟子等，敬于诸：

佛菩萨祖师之前，同发四弘誓愿已，并别发四愿：一愿学律弟子等，生生世世，永为善友，互相提携，常不舍离。同学毗尼，同宣大法，绍隆僧种，普利众生；一愿弟子等学律及以弘法之时，身心安宁，无诸魔障，境缘顺遂，资生充足；一愿当来建立南山律院，普集多众，广为弘传。不为名闻，不求利养；一愿发大菩提心，护持佛法。誓尽心力，宣扬七百余年湮没不传之南山律教，流布世间。冀正法再兴，佛日重耀；并愿以此发宏誓愿，及以别发四愿功德，乃至当来学律一切功德，悉以回向法界众生；唯愿诸众生等，共发大心，速消业障，往生极乐，早证菩提！伏乞

十方一切诸佛

本师释迦牟尼佛

观世音菩萨摩诃萨

地藏菩萨摩诃萨

南山道宣律师

灵芝元照律师

灵峰蕅益大师，慈念哀愍，证明摄受！

学律弟子演音弘一	性常宗凝
照融广洽	传净了识
传正心灿	广演本妙
寂声谁真	寂明瑞曦
寂德瑞澄	腾观妙慧
寂护瑞卫	广信平愿

问答十章

问：近世诸丛林传戒之时，皆令熟读毗尼日用切要（俗称为五十三咒），未审可否？

答：蕅益大师曾解释此义，今略录之。文云："既预比丘之列，当以律学为先。今之愿偈（即当愿众生等），本出华严。种种真言，皆属密部。论法门虽不可思议，约修证则各有本宗。收之则全是，若一偈、若一句、若一字，皆为道种。拣之则全非，律不律、显不显、密不密，仅成散善；此正法所以渐衰，而末运所以不振。有志之士，不若专精戒律，办比丘之本职也。"

（十诵：诸比丘废学毗尼，便读诵修多罗、阿毗昙，世尊种种诃责。乃至由有毗尼佛法住世等。多有上座长老比丘学律。）

问：百丈清规，颇与戒律相似；今学律者，亦宜参阅否？

答：百丈于唐时编纂此书，其后屡经他人增删。至元朝改变尤多，本来面目，殆不可见。故莲池、蕅益大师力诋斥之。莲池大师之说，今未及检录。唯录蕅益大师之说如下。文云："正法灭坏，全由律学不明。百丈清规，久失原作本意；并是元朝流俗僧官住持，杜撰增饰，文理不通。今人有奉行者，皆因未谙律学故也。"又云："非佛所制，便名非法，如元朝附会百丈清规等。"又云："百丈清规，元朝世谛住持穿凿，尤为可耻。"按律宗诸书，浩如烟海。吾人尽形学之，尚苦力有未及。即百丈原本今仍存在，亦可不须阅览；况伪本乎？今宜以莲池、蕅益诸大师之言，传示道侣可也。

问：今世俗众，乞师证明受归依者，辄称归依某师，未知是否？

答：不然！以所归依者为僧伽，非唯归依某师一人故。蕅益大师云："归依僧者，则一切僧皆我师也。今世俗士，择一名德比丘礼事之，窃窃然矜曰：吾为某知识、某法师门人也！彼知识法师者，亦窃窃然矜曰：彼某居士、某宰官归依于我者也！噫！果若此，则应曰：归依佛、归依法、结交一大德可也。可云归依僧也与哉！"

问：近世弘律者，皆宗莲池大师沙弥律仪要略，未知善否？

答：沙弥戒法注释之书，以蕅益大师所著沙弥十戒威仪录要，最为完善；此书扬州刻版，共为一册，标名曰沙弥十法并威仪。价金仅洋一角余，若与初学之人讲解沙弥律者，宜用此书也。莲池大师为净土大德，律学非其所长。所著律仪要略中，多以己意判断，不宗律藏；故蕅益大师云："莲池大师专弘净土，而于律学稍疏。"（见梵网合注缘起中。今未检原书，略述其大意如此）。又云："律仪要略，颇有斟酌，堪逗时机，而开遮轻重忏悔之法，尚未申明。"以此诸文证之，是书虽可导俗，似犹未尽善也。

问：沙弥戒第十，不捉持金银；今人应依何方法，乃能不犯此戒？

答：根本有部律摄云：比丘若得金银等物，应觅俗众为净施主；即作施主物想捉持无犯。虽与施主相去甚远，若以后再得金银等，应遥作施主物心而持之。乃至施主命存以来，并皆无犯。若无施主可得者，应持金银等物，对一比丘作是说："大德存念！我比丘某甲得此不净财，当持此不净财，换取净财。"三说已；应自持举，或令人持举，皆无犯也（以上录律摄大意，非全文也）。

问：今世传戒，皆聚集数百人，并以一月为期，是佛制否？

答：佛世，凡受戒者，由剃发和尚为请九僧，即可授之；是一人别授也。此土唐代虽有多人共受者，亦止一二十人耳。至于近代，唯欲热闹门庭，遂乃聚集多众。故蕅益大师尝斥之云：随时皆可入道，何须腊八及四月八。难缘方许三人，岂容多众至百千众也。至于受戒之时，不足半日即可授了，何须多日。且近代一月聚集多众者，亦只令受戒者，助做水陆经忏及其他佛事等，终日忙迫，罕有余暇。受戒之事，了无关系；斯更不忍言矣。故受戒决不须多日。所最要者，和尚于受前受后，应负教导之责耳。唐义净三藏云：岂有欲受之时，非常劳倦。亦既得已，戒不关怀，不诵戒经，不披律典。虚沾法伍，自损损他；若此之流，成灭法者！蕅益大师云：夫比丘戒者，乃是出世宏规，僧宝由斯建立。贵在受后修学行持，非可仅以登坛塞责而已；是故诱诲奖劝宜在事先，研究讨明功须五夏。而后代师匠，

多事美观。遂以平时开导之法，混入登坛秉授之次；又受时虽似殷重，受后便谓毕功。颠倒差讹，莫此为甚。（菩萨戒，另受）

问： 今世传戒，有戒元、戒魁等名，未知何解？

答： 此于受戒之前，令受戒者出资获得；与清季时，捐纳功名无异。非因戒德优劣而分也。此为陋习，最宜革除。

问： 末世受戒，未能如法，决不得戒。未识更依何方便，而能获得比丘戒耶？

答： 蕅益大师云：末世欲得净戒，舍此占察轮相之法，更无别途。盖指依《地藏菩萨占察善恶业报经》所立之占察忏法而言也。按占察经云："（先示忏法大略）未来世诸众生等，欲求出家，及已出家，若不能得善好戒师及清净僧众，其心疑惑，不得如法受于禁戒者。但能学发无上道心，亦令身口意得清净已。（礼忏七日之后，每晨以身口意三轮三掷，皆纯善者，即名得清净相。）其未出家者，应当剃发，被服法衣，仰告十方诸佛菩萨，请为师证。一心立愿称辩戒相。先说菩萨十根本重戒，次当总举菩萨律仪三种戒聚。所谓摄律仪戒（五、八、十具等）、摄善法戒、摄化众生戒。自誓受之，则名具获波罗提木叉出家之戒，名为比丘、比丘尼。"故蕅益大师于三十五岁退为沙弥，遂专心礼占察忏法，至四十七岁正月初一日，乃获清净轮相，得比丘戒。

已前：
约有戒论　退为出家优婆塞，成时、性旦并受长期八戒。
约无戒论　自誓受三归、五戒。长期八戒，菩萨戒少分。
授比丘戒缘，第四心境相应。
或心不当境、或境不称心、或心境俱不相应；并非法故。

问： 若已破四重戒者，犹得再受比丘戒耶？

答： 在家之人，或破五戒、八戒中四重。出家之人，或破沙弥、沙弥尼、式叉摩那、比丘、比丘尼戒中四重；并名边罪。若依小乘律，不得重受。若依梵网经：虽通忏悔，须以得见相好为期。今依占察经忏法，则以得清净轮相为期也。占察经云："未来之时，若在家、若出家众生等，欲求受清净妙戒，而先已作增上重罪，（即是边罪）不得受者，亦当如上修忏悔法。令其至心，得身口意善相已；即可应受。"

问： 古代禅宗大德，居山之时，则以三条篾、一把锄为清净自活。领众之时，又以一日不作一日不食为清规；皆与律制相背，是何故耶？

答： 古代禅宗大德，严净毗尼，宏范三界者，如远公、智者等是也。其次，则舍微细戒，唯护四重；但决不敢自称比丘、不敢轻视律学。唯自愧未能兼修，以为渐德耳。昔有人问寿昌禅师云：佛制比丘不得掘地损伤草木，今何自耕自种？答云：我辈只是悟得佛心，堪传佛意，指示当机，令识心性耳。若以正法格之，仅可称剃发居士，何敢当比丘之名耶？又问：设令今时有能如法行持比丘事者，师将何以视之？答云：设使果有此人，当敬如佛，待以师礼。我辈非不为也，实未能也。又紫柏大师，生平一粥一饭，别无杂食。胁不著席四十余年；犹以未能持微细戒，故终不敢为人授沙弥戒及比丘戒。必不得已则授五戒法耳。嗟乎！从上诸祖，敬视律学如此，岂敢轻之；若轻律者，定属邪见，非真实宗匠也（以上依蕅益大师文挈录）。

上列十章，未依次第；又以匆促撰录，或有文义未妥之处，俟后修正可也。

| 谈文谈艺谈书 |

《护生画集》配诗

众生

是亦众生，与我体同。
应起悲心，怜彼昏蒙。
普劝世人，放生戒杀；
不食其肉，乃谓爱物。

生的扶持

一蟹失足，二蟹持扶。
物知慈悲，人何不如！

今日与明朝

日暖春风和，策杖游郊园。
双鸭泛清波，群鱼戏碧川。
为念世途险，欢乐何足言？
明朝落网罟，系颈陈市廛。
思彼刀砧苦，不觉悲泪潸。

母之羽

雏儿依残羽,殷殷恋慈母。
母亡儿不知,犹复相环守。
念此亲爱情,能勿凄心否?

亲与子

今日尔吃他,将来他吃尔。
循环作主人,同是亲与子。

！！！

麟为仁兽,灵秀所钟。
不践生草,不履生虫。
系吾人类,应知其义。
举足下足,常须留意。
既勿故杀,亦勿误伤。
长我慈心,存我天良。

儿戏（其二）

教训子女,宜在幼时。
先入为主,终身不移。

长养慈心，勿伤物命。
充此一念，可为仁圣。

沉溺

莫谓虫命微，沉溺而不援。
应知恻隐心，是为仁之端。

暗杀（其一）

若谓青蝇污，挥扇可驱除。
岂必矜残杀，伤生而自娱。

诀别之音

落花辞枝，夕阳欲沉。
裂帛一声，凄入秋心。

生离欤？死别欤？

生离尝恻恻，临行复回首。
此去不再还，念儿儿知否？

倘使羊识字

倘使羊识字，泪珠落如雨。
口虽不能言，心中暗叫苦。

乞命

吾不忍其觳觫，无罪而就死地。
普劝诸仁者，同发慈悲意。

农夫与乳母

忆昔襁褓时，尝啜老牛乳。
年长食稻粱，赖尔耕作苦。
念此养育恩，何忍相忘汝？
西方之学者，倡人道主义。
不啖老牛肉，淡泊乐蔬食。
卓哉此美风，可以昭百世！

示众

景象太凄惨，伤心不忍睹。
夫复有何言，掩卷泪如雨。

喜庆的代价

喜气溢门楣,如何惨杀戮。
唯欲家人欢,那管畜生哭。

残废的美

好花经摧折,曾无几日香。
憔悴剩残姿,明朝弃道旁。

生机

小草出墙腰,亦复饶佳致。
我为勤灌溉,欣欣有生意。

囚徒之歌

人在牢狱,终日愁歇。
鸟在樊笼,终日悲啼。
聆此哀音,凄入心脾。
何如放舍,任彼高飞。

投宿

夕日落江渚,炊烟起村墅。
小鸟亦归家,殷殷恋旧主。

雀巢可俯而窥

人不害物,物不惊扰。
犹如明月,众星围绕。

诱杀

水边垂钓,闲情逸致。
是以物命,而为儿戏。
刺骨穿肠,于心何忍?
愿发仁慈,常起悲悯。

倒悬

始而倒悬,终以诛戮。
彼有何辜,受此荼毒!
人命则贵,物命则微。
汝自问心,判其是非。

尸林

见其生不忍见其死,
闻其声不忍食其肉。
应起悲心,勿贪口腹。

开棺

恶臭陈秽,何云美味?
掩鼻伤心,为之堕泪。
智者善思,能毋悲愧?

蚕的刑具

残杀百千命,完成一袭衣。
唯知求适体,岂毋伤仁慈?

昨晚的成绩

是为恶业,何谓成绩!
宜速忏悔,痛自呵责。
发起善心,勤修慈德。

惠而不费

勿谓善小,不乐为之。
惠而不费,亦曰仁慈。

醉人与醉蟹

肉食者鄙,不为仁人。
况复饮酒,能令智昏。
誓于今日,改过自新。
长养悲心,成就慧身。

忏 悔

人非圣贤,其孰无过?
犹如素衣,偶着尘涴。
改过自新,若衣拭尘。
一念慈心,天下归仁。

冬日的同乐

盛世乐太平,民康而物阜。
万类咸喁喁,同浴仁恩厚。

昔日互残杀，而今共爱亲。
何分物与我，大地一家春。

老鸭造像

罪恶第一为杀，天地大德曰生。
老鸭札札，延颈哀鸣。
我为赎归，畜于灵囿。
功德回施群生，愿悉无病长寿。

杨枝净水

杨枝净水，一滴清凉。
远离众苦，归命觉王。
（放生仪轨：若放生时，应以杨枝净水为物灌顶，令其消除业障，增长善根。）

平和之歌

昔日互残杀，今日共舞歌。
一家庆安乐，大地颂平和。

盥漱避虫蚁

盥漱避虫蚁，亦是护生命。
充此仁爱心，可以为贤圣。

燕子飞来枕上

燕子飞来枕上，不复见人畏避。
只缘无恼害心，到处春风和气。

关关雎鸠男女有别

雎鸠在河洲，双双不越轨。
美哉造化工，禽心亦知礼。

敝衣不弃为埋猪也

敝帷埋马，敝盖埋狗，
敝衣埋猪，于彼南亩。

解　放

至诚所感，金石为开。
至仁所感，猫鼠相爱。

采　药

携儿谒长老，路过灵山脚。
老蟒有好意，赠我长生药。

蝶之墓

小小蝴蝶墓，左右种冬青。
莫作儿戏想，犹存爱物情。

诗　词

清平乐
赠许幻园

城南小住，情适闲居赋。文采风流合倾慕，闭户著书自足。
阳春常驻山家，金樽酒进胡麻，篱畔菊花未老，岭头又放梅花。

和宋贞题城南草堂原韵

门外风花各自春，空中楼阁画中身。
而今得结烟霞侣，休管人生幻与真。

戏赠蔡小香四绝

眉间愁语烛边情，素手掺掺一握盈。
艳福者般真羡煞，佳人个个唤先生。
云鬓蓬松粉薄施，看来西子捧心时。
自从一病恹恹后，瘦了春山几道眉。
轻减腰围比柳姿，刘桢平视故迟迟。
佯羞半吐丁香舌，一段浓芳是口脂。
愿将天上长生药，医尽人间短命花。
自是中郎精妙术，大名传遍沪江涯。

南浦月

将北行矣，留别海上同人。

杨柳无情，丝丝化作愁千缕。惺忪如许，萦起心头绪。
谁道销魂，尽是无凭据。离亭外，一帆风雨，只有人归去。

夜泊塘沽

杜宇声声归去好，天涯何处无芳草。
春来春去奈愁何，流光一霎催人老。
新鬼故鬼鸣喧哗，野火磷磷树影遮。
月似解人离别苦，清光减作一钩斜。

遇风愁不成寐

到津次夜，大风怒吼，金铁皆鸣，愁不成寐。

世界鱼龙混，天心何不平？
岂因时事感，偏作怒号声。
烛尽难寻梦，春寒况五更。
马嘶残月堕，笳鼓万军营。

醉花阴
闺怨

落尽杨花红板路,无计留春住。独立玉阑干,欲诉离愁,生怕笼鹦鹉。

楼头又见斜阳暮,怎奈归期误。相忆梦难成,芳草天涯,极目人何处?

和冬青馆主题京伶瑶华画扇四绝

素心一瓣证前因,恻恻灵根渺渺神。话到华年怨迟暮,美人香草哭灵均。

承平歌舞忆京华,紫陌青骢踏落花。记得春风楼畔路,琵琶弹彻雁行斜。

鼙鼓渔阳感劫尘,莺花无复旧时春。潇潇暮雨徐娘怨,忆否江南梦里人?

长安子弟叹飘零,曾向红羊劫里经。莫问开元太平曲,伤心回首旧门庭。

金缕曲
赠歌郎金娃娃

秋老江南矣,忒匆匆。喜余梦影,樽前眉底。陶写中年丝竹耳,走马胭脂队里。怎到眼都成余子?片玉昆山神朗朗,紫樱桃,慢把红情系。愁万斛,来收起。

泥他粉墨登场地。领略那英雄气宇,秋娘情味。雏凤声清清几许?销尽填胸荡气,笑我亦布衣而已。奔走天涯无一事,问何如声色将情寄?休怒骂,且游戏。

菩萨蛮
忆杨翠喜

　　燕支山上花如雪，燕支山下人如月。额发翠云铺，眉弯淡欲无。夕阳微雨后，叶底秋痕瘦。生小怕言愁，言愁不耐羞。

　　晓风无力垂杨懒，情长忘却游丝短。酒醒月痕低，江南杜宇啼。痴魂销一捻，愿化穿花蝶。帘外隔花阴，朝朝香梦沉。

金缕曲

　　将之日本，留别祖国，并呈同学诸子。

　　披发佯狂走。莽中原，暮鸦啼彻，几株衰柳。破碎河山谁收拾？零落西风依旧。便惹得离人消瘦。行矣临流重太息，说相思，刻骨双红豆。愁黯黯，浓于酒。

　　漾情不断淞波溜。恨年来絮飘萍泊，遮难回首。二十文章惊海内，毕竟空谈何有？听匣底苍龙狂吼。长夜凄风眠不得，度群生那惜心肝剖。是祖国，忍孤负！

东京十大名士追荐会即席赋诗

　　苍茫独立欲无言，落日昏昏虎豹蹲。
　　剩却穷途两行泪，且来瀛海吊诗魂。
　　故国荒凉剧可哀，千年旧学半尘埃。
　　沉沉风雨鸡鸣夜，可有男儿奋袂来？

高阳台
忆金娃娃

　　十日沉愁，一声杜宇，相思啼上花梢。春隔天涯，剧怜别梦迢遥。前溪芳草经年绿，只风情，孤负良宵。最难抛，门巷依依，暮雨潇潇。
　　而今未改双眉妩，只江南春老，红了樱桃。忒煞迷离，匆匆已过花朝。游丝苦挽行人驻，奈东风，冷到溪桥。镇无聊，记取离愁，吹彻琼箫。

隋堤柳

　　甚西风吹醒隋堤衰柳，江山非旧，只风景依稀，凄凉时候。零星旧梦半沉浮，说阅尽兴亡，遮难回首。昔日珠帘锦幕，有淡烟一抹，纤月盈钩。
　　剩水残山故国秋。知否，知否，眼底寓离麦秀。说甚无情，情思踠到心头。杜鹃啼血哭神州，海棠有泪伤秋瘦，深愁浅愁难消受，谁家庭院笙歌又？

满江红
民国肇造志感

　　皎皎昆仑，山顶月、有人长啸。看囊底、宝刀如雪，恩仇多少。双手裂开鼷鼠胆，寸金铸出民权脑。算此生不负是男儿，头颅好。
　　荆轲墓，咸阳道。聂政死，尸骸暴。尽大江东去，余情还绕。魂魄化成精卫鸟，血花溅作红心草。看从今，一担好山河，英雄造。

咏 菊

姹紫嫣红不耐霜，繁华一霎过韶光。
生来未借东风力，老去能添晚节香。
风里柔条频损绿，花中正色自含黄。
莫言冷淡无知己，曾有渊明为举觞。

书 愤

文采风流四座倾，眼中竖子遂成名！
某山某水留奇迹，一草一花是爱根。
休矣著书俟赤鸟，悄然挥扇避青蝇。

歌　词

我的国

　　东海东，波涛万丈红。朝日丽天，云霞齐捧，五洲唯我中央中。二十世纪谁称雄？请看赫赫神明种。我的国，我的国，我的国万岁，万岁万万岁！

　　昆仑峰，缥缈千寻耸。明月天心，众星环拱，五洲唯我中央中。二十世纪谁称雄？请看赫赫神明种。我的国，我的国，我的国万岁，万岁万万岁！

爱

　　爱河万年终不涸，来无源头去无谷。滔滔圣贤与英雄，天地毁时无终穷。

　　愿我爱国家，愿国家爱我；愿国家爱我，灵魂不死者我。

大中华

　　万岁！万岁！万岁！赤县膏腴神明裔。地大物博，相生相养，建国五千余岁。振衣昆仑之巅，濯足扶桑之漪。山川灵秀所钟，人物光荣永垂。猗欤哉！伟欤哉！仁风翔九畿！猗欤哉！伟欤哉！威灵振四夷！万岁！万万岁！万万岁！

早 秋

十里明湖一叶舟，城南烟月水西楼。几许秋容娇欲流，隔着垂杨柳。

远山明净眉尖瘦，闲云飘忽罗纹绉。天末凉风送早秋，秋花点点头。

悲 秋

西风乍起黄叶飘，日夕疏林杪。花事匆匆，梦影迢迢，零落凭谁吊？镜里朱颜，愁边白发，光阴暗催人老。纵有千金，纵有千金，千金难买年少。

月 夜

纤云四卷银河净，梧叶萧疏摇月影。剪径凉风阵阵紧，暮鸦栖止未定。万里空明人意静。呀！是何处，敲彻玉磬，一声声清越度幽岭。呀！是何处，声相酬应，是孤雁寒砧并。想此时此际幽人应独醒，倚栏风冷。

秋夜（之一）

日落西山，一片罗云隐去。万种情怀，安排何处？却妆出嫦娥，玉宇琼楼缓步。天高气清，满庭风露。问耿耿银河，有谁引渡？四壁凉蛩，如来相语。尽遣了闲愁，聊共月华小住。如此良宵，人生难遇！

寒蝉吟罢，蓦然萤火飞流。夜凉如水，月挂帘钩。爱星河皎洁，今宵雨敛云收。虫吟侑酒，扫尽闲愁。听一支长笛，有谁人倚楼？天涯万里，情思悠悠。好安排枕簟，独寻睡乡优游。金风飒飒，底事悲秋？

秋夜（之二）

眉月一弯夜三更，画屏深处宝鸭篆烟青。唧唧唧唧，唧唧唧唧，秋虫绕砌鸣。小簟凉多睡味清。

梦

哀游子茕茕其无依兮，在天之涯。惟长夜漫漫而独寐兮，时恍惚以魂驰。梦偃卧摇篮以啼笑兮，似婴儿时。母食我甘饴与粉饵兮，父衣我以彩衣。

哀游子怆怆而自怜兮，吊形影悲。惟长夜漫漫而独寐兮，时恍惚以魂驰。梦挥泪出门辞父母兮，叹生别离。父语我眠食宜珍重兮，母语我以早归。

月落乌啼，梦影依稀，往事知不知？泪半生哀乐之长逝兮，感亲之恩其永垂。

春 夜

金谷园中,黄昏人静。一轮明月,恰上花梢。月圆花好,如此良宵,莫把这似水光阴空过了。

英雄安在？荒冢萧萧。你试看他青史功名,你试看他朱门锦绣,繁华如梦,满目蓬蒿！天地逆旅,光阴过客,无聊！

倒不如,闲非闲是尽去抛,逍遥！倒不如,花前月下且游遨,将金樽倒。海棠睡去,把红烛烧；荼蘼开未,把羯鼓敲。莫教天上嫦娥,将人笑！

莺

喜春来日暖风和,园林花放新莺啼。喜春来日暖风和,园林花放新莺啼。听花间清音百啭：呖呖,呖呖。听花间清音百啭：呖呖,呖呖,呖呖；呖呖,呖呖,呖呖,呖呖。

西 湖

看明湖一碧,六桥锁烟水。塔影参差,有画船自来去。垂杨柳两行,绿染长堤。扬晴风,又笛韵悠扬起。

看青山四围,高峰南北齐。山色自空蒙,有竹木媚幽姿。探古洞烟霞,翠扑须眉。雪暮雨,又钟声林外启。

大好湖山美如此,独擅天然美。明湖碧无际,又青山绿作堆。漾晴光潋滟,带雨色幽奇。靓妆比西子,尽浓淡总相宜。

丰　年

　　五日一风，十日一雨，太平乐利赓多黍。谷我妇子，娱我黄耇，欢腾熙洽歌大有。年丰国昌，惟天降德垂嘉祥。穰穰，穰穰，穰穰！岁复岁兮富康。

　　我仓既盈，我庾惟亿，颂声载路庆丰给。万宝告成，万物生茂，跻堂称觥介眉寿。年丰国昌，惟天降德垂嘉祥。穰穰，穰穰，穰穰！岁复岁兮富康。

人与自然界

　　严冬风雪擢贞干，逢春依旧郁苍苍。吾人心志宜坚强，历尽艰辛不磨灭，惟天降福俾尔昌。

　　浮云掩星星无光，云开光彩逾芒芒。吾人心志宜坚强，历尽艰辛不磨灭，惟天降福俾尔昌。

归　燕

　　几日东风过寒食，秋来花事已阑珊。疏林寂寂双燕飞，低徊软语语呢喃。呢喃，呢喃，雕梁春去梦如烟，绿芜庭院罢歌弦。乌衣门巷捐秋扇，树杪斜阳淡欲眠。天涯芳草离亭晚，不如归去归故山，故山隐约苍漫漫。呢喃，呢喃，不如归去归故山。

幽 居

唯空谷寂寂，有幽人抱贞独。时逍遥以徜徉，在山之麓。抚磐石以为床，翳长林以为屋。眇万物以达观，可以养足。

唯清溪沉沉，有幽人怀灵芬。时逍遥以徜徉，在水之滨。扬素波以濯足，临清流以低吟。睇天宇之寥廓，可以养真。

幽 人

深山之麓，三椽老茅屋，中有幽人抱贞独。当风且振衣，临流可濯足。放高歌震空谷：呜，呜，呜，呜，呜，呜！浊世泥途污，浊世泥途污。道孤，道孤；行殊，行殊。吾与天为徒，吾与天为徒。

天 风

云瀚瀚，云瀚瀚，拥高峰。气葱葱，气葱葱，极巃嵷。苍耸耸，苍耸耸，凌绝顶，侧足缥缈乘天风。咳唾生明珠，吐气嘘长虹。俯视培塿之垒垒，烟斑黛影半昏蒙。仰观寥廓之明明，天风回碧空。

漭洋洋，漭洋洋，浮巨溟。纷蒙蒙，纷蒙蒙，接苍穹。浪汹汹，浪汹汹，攒芒锋。扬泄汗漫乘天风。散发縶云霞，长啸惊蛟龙。俯视积流之茫茫，百川四渎齐朝宗。仰观寥廓之明明，天风回碧空。

天风荡吾心魄兮，绝于尘埃之外游神太虚。

天风振吾衣袂兮，超乎万物之表与世长遗。

落 花

纷，纷，纷，纷，纷，纷，……惟落花委地无言兮，化作泥尘。
寂，寂，寂，寂，寂，寂，……何春光长逝不归兮，永绝消息。
忆春风之日暄，芳菲菲以争妍。既垂荣以发秀，倏节易而时迁，春残。览落红之辞枝兮，伤花事其阑珊，已矣！
春秋其代序以递嬗兮，俯念迟暮。荣枯不须臾，盛衰有常数！人生之浮华若朝露兮，泉壤兴衰。朱华易消歇，青春不再来。

朝 阳

观朝阳耀灵东方兮，灿庄严伟大之荣光。彼长眠之空暗暗兮，流绛彩以辉煌。
观朝阳耀灵东方兮，灿庄严伟大之荣光。彼瞑想之海沉沉兮，荡金波以飞扬。
惟神，惟神，惟神！创造世界，创造万物，赐予光明，赐予幸福无疆。观朝阳耀灵东方兮，感神恩之久长。

月

仰碧空明明，朗月悬太清。瞰下界扰扰，尘欲迷中道！惟愿灵光普万方，荡涤垢滓扬芬芳。虚渺无极，圣洁神秘，灵光常仰望！
仰碧空明明，朗月悬太清。瞰下界暗暗，世路多愁叹！惟愿灵光普万方，拔除痛苦散清凉。虚渺无极，圣洁神秘，灵光常仰望！

晚　钟

　　大地沉沉落日眠，平墟漠漠晚烟残。幽鸟不鸣暮色起，万籁俱寂丛林寒。浩荡飘风起天杪，摇曳钟声出尘表。绵绵灵响彻心弦，呦呦幽思凝冥杳。众生病苦谁扶持？尘网颠倒泥涂污。惟神悯恤敷大德，拯吾罪过成正觉。誓心稽首永皈依，瞑瞑入定陈虔祈。倏忽光明烛太虚，云端仿佛天门破。庄严七宝迷氤氲，瑶华翠羽垂缤纷。浴灵光兮朝圣真，拜手承神恩！仰天衢兮瞻慈云，忽现忽若隐隐。钟声沉暮天，神恩永存在。神之恩，大无外！

送　别

　　长亭外，古道边，芳草碧连天。晚风拂柳笛声残，夕阳山外山。天之涯，地之角，知交半零落。一觚浊酒尽余欢，今宵别梦寒。

清　凉

　　清凉月，月到天心，光明殊皎洁。今唱清凉歌，心地光明一笑呵。清凉风，凉风解愠，暑气已无踪。今唱清凉歌，热恼消除万物和。清凉水，清水一渠，涤荡诸污秽。今唱清凉歌，身心无垢乐如何。清凉，清凉，无上究竟真常。

山 色

近观山色苍然青，其色如蓝。远观山色郁然翠，如蓝成靛。山色非变，山色如故，目力有长短。自近渐远，易青为翠；自远渐近，易翠为青。时常更换，是由缘会。幻相现前，非唯翠幻，而青亦幻。是幻，是幻，万法皆然。

花 香

庭中百合花开。昼有香，香淡如；入夜来，香乃烈。鼻观是一，何以昼夜浓淡有殊别？白昼众喧动，纷纷俗务萦。目视色，耳听声，鼻观之力，分于耳目丧其灵。心清闻妙香，"用志不分，乃凝于神"，古训好参详。

世 梦

却来观世间，犹如梦中事。人生自少而壮，自壮而老，自老而死。俄入胞胎，俄出胞胎，又入又出无穷已。生不知来，死不知去，蒙蒙然，冥冥然，千生万劫不自知，非真梦欤？枕上片时春梦中，行尽江南数千里。今贪名利，梯山航海，岂必枕上尔！庄生梦蝴蝶，孔子梦周公，梦时固是梦，醒来何非梦？扩大劫来，一时一刻皆梦中。破尽无明，大觉能仁，如是乃为梦醒汉，如是乃名无上尊。

观　心

　　世间学问，义理浅，头绪多，似易而反难。出世学问，义理深，线索一，虽难而似易。线索为何？现前一念，心性应寻觅。试观心性：在内欤，在外欤，在中间欤？过去欤，现在欤，或未来欤？长短、方圆欤，赤白、青黄欤？觅心了不可得，便悟自性真常。是应直下信入，未可错下承当。试观心性：内外、中间，过去、现在、未来，长短、方圆，赤白、青黄。

厦门市第一届运动大会会歌

　　禾山苍苍，鹭水荡荡，国旗遍飘扬。健儿身手，各献所长，大家图自强。你看那，外来敌，多么狈狙！请大家想想，请大家想想，切勿再彷徨！请大家，在领袖领导之下，把国事担当。到那时，饮黄龙，为民族争光！到那时，饮黄龙，为民族争光！

图画修得法

我国图画，发达盖早。黄帝时史皇作绘，图画之术，实肇乎是。有周聿兴，司绘置专职，兹事浸盛。汉唐而还，流派灼著，道乃烈矣。顾秩序杂沓，教授鲜良法，浅学之士，靡自窥测。又其涉想所及，狃于故常，新理眇法，匪所加意，言之可为于邑。不佞航海之东，忽忽逾月，耳目所接，辄有异想。冬夜多暇，掇拾日儒柿山、松田两先生之言，间以己意，述为是编。夫惟大雅，倘有取于斯欤？

1. 图画之效力

浑浑圆球，汶汶众生，洪荒而前，为萌为芽，吾靡得而论矣。迨夫社会发达，人类之思想浸以复杂。而达兹思想者，厥有种种符号。思想愈复杂，符号愈精密。其始也蟠屈其指，作弍以代，艰苦万状，阙略滋繁。厥后代以语言，发为声响，凡一己之思想感情，金能婉转以达之，为用便矣。然范围至狭，时间蓁促，声响飘忽，霎不知其所极，其效用犹未为完全也。于是制文字、尚纪录，传诸久远，俾以不朽。虽然社会者，经岁月而愈复杂者也，吾人之思想感情，亦复杂日进，殆鲜底止。而语言文字之功用，有时或穷。例如今有人千百，状人人殊，必一一形容其姿态服饰，纵声之舌，笔之书，匪涉冗长，即病疏略，殆犹不毋遗憾焉。而以所以弥兹遗憾济语言文字之穷者，是有道焉。厥道为何？曰惟图画。

图画者，为物至简单，为状至明确。举人世至复杂之思想感情，可以一览得之。挽近以还，若书籍、若报章、若讲义，非不佐以图画，匪文字语言之不逮。效力所及，盖有如此。

说者曰：图画者娱乐的，非实用的。虽然，图画之范围綦广，匪娱乐的一端所能括也。夫图画之效力，与语言文字同，其性质亦复相似。脱以图画属娱乐的，又何解于语言文字？倡优曼辞独非语言，然则闻倡优曼辞，亦谓语言属娱乐的乎？小说传奇独非文字，然则诵小说传奇，亦谓文字属娱乐的乎？三尺童子当知其不然矣。人有恒言曰：言语之发达，与社会之发达相关系。今请易其说曰：图画之发达，与社会之发达相关系，蔑不可也。人有恒言曰：诗为无形之画，画为无声之诗。今请易其说曰：语言者无形之图画，图画者无声之语言，蔑不可也。若以专门技能言之，图画者美术工艺之源本。脱疑吾言，曷鉴泰西一千八百五十一年，英国设博览会，而英产工艺品居劣等。揆厥由来，则以竺守旧法故。爰憬然自省，定图画为国民教育必修科，不数稔，而英国制造品外观优美，依然震撼全欧。又若法国自万国大博览会以来，不惜财力时间劳力，以谋图画之进步，置图画教育视学官，以奖励图画。而法国遂为世界大美术国。其他若美若日本，佥模范法国，其美术工艺，亦日益进步。夫一叶之绢，一片之木，脱加装饰，顿易旧观。惟技术巧拙，各不相埒，价值高下，爰判等差。故有同质同量之物，其价值不无轩轾者，盖有由也。匪直兹也。图画家将绘某物，注意其外形姑勿论，甚至构成之原理，部分之分解，纵极纤屑，靡不加意。故图画者可以养成绵密之注意，锐敏之观察，确实之智识，强健之记忆，着实之想象，健全之判断，高尚之审美心。

（今严冷之实利主义、主张审美教育，即美其情操，启其兴味，高尚其人品之谓也。）

此图画之效力关系于智育者也。若夫发扬审美之情操，图画有最大之伟力。工图画者其嗜好必高尚，其品性必高洁。凡卑污陋劣之欲望，靡不扫除而淘汰之，其利用于宗教育道德上为尤著，此图画之效力关系于德育者也。又若为户外写生，旅行郊野，吸新鲜之空气，览山水之佳境，运动肢体，疏瀹精气，手挥目送，神为之怡，此又图画之效力关系于体育者也。

2. 图画之种类

图画之种类至繁綦赜，匪一言所可殚。然以性质上言之，判图与画为两种，若建筑图、制作图、装饰图模样等。又不关于美术工艺上者，有地图、海图、见取图（即示意图）、测量图、解剖图等，皆谓之图，多假器械补助而成之。若画者，不以器械补助为主。今吾人所习见者，若额面（即带框的画）、若轴物、若画帖，皆普通画也。又以描写方法上言之，判为自在画与用器图两种。凡知觉与想象各种之象形，假目力及手指之微妙以描写者，曰自在画。依器械之规矩而成者，曰用器图。之二者为近今最普通之名称。

3. 自在画概说

①精神法。吾人见一面，必生一种特别之感情。若者滑稽，若者激烈，若者和蔼，若者高尚，若者潇洒，若者活泼，若者沉着，凡吾人感情所由及，即画之精神所由及。精神者千变万幻，匪可执一以搦之者也。竹茎之硬直，柳枝之纤弱，兔之轻快，豚之鲁钝，其现象虽相反，其精神正以相反而见。殊于成心求之，慎矣。故作画者必于物体之性质、常习、动作，研核翔审，握管扔写，庶几近之。

②位置法。论画与画面之关系曰位置法。普通之式，画面上方之空白，常较下方为多。特别之式，若飞鸟、轻气球等自然之性质偏于上方，宜于下方多留空白，与普通之式正相反。又若主位偏于一方，有一部歧出，其歧出之地之空白，宜多于主位。其他向左方之人物，左方多空白。向右方之人物，右方多空白。位置大略，如是而已。

③轮廓法。大宙万类，象形各殊。然其相似之点正复不少。集合相似之点，定轮廓法凡七种。

甲　竿状体：火箸、鞭、杖、棒、旗竿、钓竿、枪、笔、铅笔、帆樯、弓、矢、笛、锹、铳、军刀、筏乘等之器用。竹、蔺草、女郎花等之禾本类隶焉。

乙　正方体（立方平板体，长立方体属此类）：手巾、包袱、石板、书籍、书套、算盘、皮箱、箱子、方盒、砚台、笔袋、镜台、方圆章、方瓶、大盆、烟草盒、刷毛、尺、桥床、几、方椅方凳、马车、汽车、汽船、军舰、帆船、衣服折等之器用；马、牛、鼠、鹿、猫、犬等之兽类隶焉。

丙　球（椭圆卵形属此类）：日、月、蹴球、达摩、假面、茶壶、茶碗、釜、地球仪、瓢帽、眼镜等之器用；桃、李、橘、梨、橙、柿、栗、枇杷、西瓜、南瓜、茄子、葫芦、水仙根、玉葱等之果实野菜类；鸠、家鸭、莺、燕、百舌、鹤、雀、鹭等之鸟类。各种之花类；有姿势之兔、鼠、金鱼、龟、蚕等隶焉。

丁　方柱：道标、桥栏、邮筒、书箱、纪念碑、五重塔、阶段、家屋等隶焉。

戊　方锥：亭、街灯、金字塔、炭斗，或家屋、建筑物等隶焉。

己　圆柱：竹筒、印泥盒、饭桶、灯笼、鼓、手卷、千里镜、笔筒等之器用类；乌瓜、丝瓜、胡瓜、白瓜、萝卜、藕、荚豆等之野菜类；鱿、鳗、鲇等之鱼类隶焉。

庚　圆锥：独乐、喇叭、笠、伞、蜡烛、桶、洋灯、杯、壶、臼、杵、锥、锚、电灯罩等隶焉。

又有结合七种之形态，成多角体之轮廓。凡花草虫鱼鸟兽人物山水等，属此类者甚多。

中西绘画的比较

中国画注重写神，西画重在写形。由于文化传统的不同，写作材料的不同，技法、作风、思想意识上种种不同，形式内容也作出两样的表现。中画常在表现形象中，重主观的心理描写；西画则从写实的基础上，求取形象的客观准确。中画描写以线条为主，西画描写以团块为主，这是大致的区别。初习绘画，不论中西，都要经过写形的基本练习。你向来学国画，现在又经过了练习西画的写生，一定感觉到西画写生方法，要比中国画写形基本方法更精密而科学。中画的"丈山尺树、寸马豆人"不若西画的远近透视、毫厘可计；中画的"石分三面，墨分五彩"，不若西画的阴影、光线、色调各有科学根据。中画虽不拘泥于形似，但必须从似到不拘形似方好；西画从形似到形神一致，更到出神入化。中画讲笔墨，做到"使笔不可反为笔使，用墨不可反为墨用"，从而"寄兴寓情，当求诸笔墨之外"。宇宙事物既广博，时代又不断前进。将来新事物，更会层出不穷。观察事物与社会现象作描写技术的进修，还须与时俱进，多吸收新学科，多学些新技法，有机会不可放过。

石膏模型用法

1. 石膏模型为学图画者最良之范本

自来图画专门之练习，每取古代制作品及其复制品为范本。但近来于普通教育图画之练习，亦采用此法。其范本以用石膏制之模型为主。

普通教育设图画科，不仅练习手法，当以练习目力为主。此说为今日一般教育家所公认。因眼所见之物体，须知觉其正确之形状。此种知觉之能力，为一般人所不可缺。但依旧式临画之方法以养成此种之能力，至为困难。于是近年以来，欧美各国之普通教育，以实物写生为图画之正课，即用兼习临画者，亦加以种种限制。因临画之教式，教以一定之描写法，利用小巧手技似甚简便，然能减杀初学者之独创力，生依赖定式之恶习惯，且于目力之练习毫无裨益。教学图画者，当确信实物写生为第一良善之方法。

实物写生，取日常所用简单之器具为范本，固属有益。但初学者练习图线，以单纯之直线曲线构成之物体为宜。又练习阴影，以纯白之物体为宜。石膏模型，仿实物之形状，以美妙之直线与曲线构成，其色纯白，阴影处无色彩错乱之虞。阴阳浓淡之程度，容易判别。故学图画者，当确信石膏模型为实物写生用第一完全之范本。

石膏模型分两种：

一、摹仿古今雕塑之名品杰作之复制品。

二、作者摹仿实物之创作品。

写生练习用，以第一种为宜。因以艺术上之名作为范本，自能悟解线形及骨相纯正之状态，且可以养成审美之智识。

2. 收藏法

　　石膏模型,质甚脆弱,最易破坏,且图画用之模型,以纯白为适用。故须注意收藏,不可使受尘埃及油烟,其他污点斑纹亦不可有。
　　石膏模型当贮藏于标本室,不可陈列于图画讲堂。因生徒常见此种标本,日久将毫无新奇之感情,故须另设收藏室,临画时再搬入讲堂。

3. 教室之选定及室内之设备

　　写生用教室须高广,向北一面开玻璃窗。如以寻常教室充用,当由一面取光线。倘由二面或三面光线混入,模型之阴影将紊乱,初学者甚困难。
　　室内设备,当依其室内之形状酌定,无一定之程式,模型或近壁或在室之中央。如近壁时,壁面以浓色为宜,否则亦可挂布幕以为模型之背景,俾生徒观察物形之外线能十分明了。模型台之高低,当与多数生徒之视线在同一水平位为适宜(生徒座位前列低、后列高,最后列者每直立,故视线之高低不能统一)。

4. 图画之材料

　　普通学校图画用纸,虽无一定之限制,但须择其纸质强固,纸面不甚光滑者为宜。描写之材料,有铅笔、木炭及黑粉笔等。但其中以木炭为最适用。故西洋各普通学校皆专用木炭。日本之普通学校,从前专用铅笔,近亦兼用木炭。

水彩画法说略

西洋画凡十数种，与吾国旧画法稍近者，惟水彩画。爰编纂其画法大略，凡十章。以浅近切实为的，或可为吾国自修者之一助焉。

1. 水彩画材料

（1）绘具箱

绘具箱即颜料盒，铁叶制，外涂黑色，内涂白色，中以铁叶分划隔开，贮各种绘具（即颜料）。绘具有两类。（甲）干制之绘具，与吾国之颜料相似，久藏不变色。惟用时须以笔搅之，易与他色相掺杂不能十分纯洁。然价值较廉，日本中小学校多用之。（乙）炼制之绘具，以溶解之颜料入铅管贮之，用时挤出少许，用毕所余之残色，弃去不再用。故其色清洁纯粹，无污染之虞。今日本水彩画家皆用之。

水彩绘具共有七十余种，必备者约十六色，今更说明其颜色并用法如下：

① Chinese white（以下皆单举英名）其质细而纯白，即吾国之铅粉。水彩画家常用之，与他色混合，不损他色。大抵光线极强之部分，与远景之空气，用之最为合宜。

② Lemon yellow 淡黄色，混红色能得肉色。空之部分，又草叶树叶之柔和调子，常用之。

③④ Cadmium yellow pale and deep 亦黄色，混红色或青色，能得华丽之色彩。③较淡，④较深。

⑤ Yellow ochre 不透明之柔黄色，与 Ultramarine 混合，得绿色。

⑥ Vermilion 不透明之朱色，混黄色用于明之部分，混 Cobalt 与 Ultramarine 之蓝色，用于暗之部分。

⑦ Rose madder 玫瑰红色，无论明部或暗部皆可用之。与 Lemon yellow 或 Cadmium yellow 混合得肤色。

⑧ Pink madder 亦美丽之淡红色，绘人体或花卉必用之具。

⑨ Light red 灰红色，与吾国所用之赭石相似，其用甚广，与 Ultramarine 混合，得灰色。

⑩ Mars violet 半透明之肉色，与他色混，能得美丽之色。

⑪ Veronese green 美丽之绿色，绘人体或树木山野，不论明暗部分，皆可用之。

⑫ Hookers green 亦绿色，较前稍深，其用甚广。

⑬ Indigo 不透明之暗蓝色，与黄色混，得绿色。

⑭ Prussian blue 透明强蓝色，混黄色，得美绿色；又画天空与水面，得清澈之趣。

⑮ Cobalt blue 半透明之美蓝色，不论明部暗部，皆可用之。混朱或红，得紫色，少加黄色，得温灰色。又画天空或水面，常用之。

⑯ French ultramarine 半透明之青色，阴影部分多用之。混黄色，得种种之绿色。

以上所言，特其大略。至配合之方法，皆在自己实地试验，神而明之，存乎其人。故不赘述。

其绘具箱之价值，最廉者一角八分，笔二支，干制颜色十色附（日本制），然粗劣不适用。最昂者十圆左右（英制或法制），炼制颜色十余色附。

（2）笔

毛笔——以貂毛为最良。此种笔专为水彩画制，大小有十数种。择购三四种已可敷用。其价值不甚昂，日本制者尤廉。

海绵笔——洗画上之颜色用，大小有数种。

铅笔——画草稿用。H 者，硬之记号，B 者，柔之记号。若记号递加者，其硬柔之度亦递加。学者择与自己顺手者用之，不必拘泥。

（3）纸

第一种，ow 纸——此种纸为英国水彩画协会之特制，在日本购，每张四角。

第二种，whatman 纸（译为"画用纸"）——此种用者最多，其价亦稍廉。

此外各种纸，皆不适用。不赘述。

（4）画板

有大小数种，或自制亦佳。惟木料须坚而平，俾不致有凸起之虞。

未画之前，将画纸裁好，铺在画板上，用净水拂拭数次。迨纸质湿透，用纸条抹糨糊，贴其四周，待干后再着色彩。

2. 水彩画之临本

欧美新教授法，初学绘画，即由写生入手，不用临本。然吾国人智识幼稚，以不谙画法者，强其写生，如坠五里雾中，有无从着手之势。况水彩着色，最为复杂。倘不先用临本，知其颜料配合之大概，即从事写生，亦有朱墨颠倒之虞。故初学水彩画，当先用临本。迨稍谙门径，然后从事写生，较为便利。

日本水彩画临本，无佳者。以余所见，英国伦敦出版水彩画帖数种尚适用。

浅谈西画

缘起

　　这次应马先生之邀,来此与大家探讨一些有关西洋绘画艺术之话题,余虽所知尚浅,然承蒙诸位抬爱,盛情难却,故敝人自得勉力为之!

　　首先,余从西洋绘画史说起,并于中举一些名作加以评析,以供诸君作一概貌之了解。西画源流,亦如国画一般久远,可谓"源远流长"。

　　言及西洋绘画,多指欧洲历史延伸下来之文明体系;而欧洲文明最早达到艺术高峰的是古希腊、古罗马,西洋美术史称为"古希腊、古罗马艺术",此中历经欧洲中世纪之变革,于14世纪初至16世纪末这段时期,迎来了西方艺术第二次顶峰——即伟大之"文艺复兴运动"。

　　以下,敝人将以西洋艺术大师生平或其代表画作加以介绍与评析,以飨诸位!

1. 文艺复兴时期欧洲绘画

　　因古史繁杂,难以考研,今从近代最具影响之"文艺复兴"讲起。首先,当略讲述"文艺复兴"之由来。

　　"文艺复兴"一词源自意大利语"Finascia",意为"再生"或"复兴"。14—16世纪，欧洲发生的"文艺复兴运动"，实为一场伟大之思想与文化的解放运动。于此运动，新兴之资产阶级将中世纪文化视为黑暗、倒退，而将希腊、罗马之"古典文化艺术"评为"光明""高雅"之典范，力图将其复兴。

"文艺复兴"起源自意大利国，后蔓延至整个欧洲，于文学、绘画、雕塑、音乐等多个领域均引起空前之革新，故而影响深远，终成波澜壮阔之文化景观。

下面，余为诸位列举几位"文艺复兴"时期欧洲绘画的名家及其代表作品，略作评介，望诸位借鄙人的妄谈浅说，能对"文艺复兴"时期的欧洲绘画有所知晓。

（1）波提切利

波提切利乃"文艺复兴"时期，翡冷翠（今译为佛罗伦萨）画派的最后一位画家。他于1486年创作的《维纳斯的诞生》，可谓杰作。

该画最大特色，是对人物神情之描写，以及颜色搭配等，并能将人物内心惟妙惟肖表达出来，给人一种美感或净化之感受；其次，时值基督教会统治之下，因宗教保守之影响，袒露之画法似有不妥，因赤裸之人体在当时被视为亵渎或诱惑，甚而成为"异教"，故此画风大体不为世人所接受，可见此画于彼时当属创新之举。

再者，此画师之贡献在于，其巧妙运用了新的绘法，在继承并发展了中世纪之装饰风格处，尚创造出一种线条明确、节奏感强之画风，予人精致、明快、洁净之独特画风，为世人称道。

（2）达·芬奇

达·芬奇（Leonardo da Vinci）乃文艺复兴盛期之首位大师，其与画家米开朗基罗、拉斐尔共被誉为"文艺复兴三杰"。其精力过人，多才多艺，除绘画外，尚通晓力学、光学、天文学、地理学、解剖学、植物学、机械工程学、地质学、兵器学、水利学和土木工程学，且在众多领域多有建树，真可谓是"奇才"。

达·芬奇是一位颇具人文思想的艺术家，有"为世服务、造福于民"之人生观与艺术观；且为理论与实践、艺术与科学结合之典范人物。其作《最后的晚餐》和《蒙娜丽莎》，代表了达·芬奇在美术方面之辉煌成就。达·芬奇作画，善于描绘局部之细微，尤善以人物肢体动作来表达其内心之情感，往往在一举手、一投足间留下深刻而丰富之蕴涵，《最后的晚餐》即是用如此手法，将画中人物内心表露无遗！多有画作描绘基督与十二门徒之最后晚餐，然其中空前之作当属达·芬奇所绘。其画作构思巧妙，布局卓越，细微写实之处及严格的体面关系引人入胜，使观者有如身临其境。画中人物举手投足之神态，亦刻画得极细入微，惟妙惟肖。性格之描绘契合画题之主旨，及构图多样而统一，使之不愧为西画作品之经典。

（3）弗朗索瓦·克鲁埃

弗朗索瓦·克鲁埃（Francois Clouet），乃16世纪法国枫丹白露画派大画家让·克鲁埃之子——枫丹白露画派乃16世纪活跃于法国宫廷之美术流派。此流派形成于公元1530年前后，法国国王法兰西一世将不少意大利画家请至法国，为其位于枫丹白露之宫殿创作壁画与雕刻。以此为缘，诸法国画家与来法之意大利艺术家交往甚密，交流之余自然形成了一种独特之画风，此画派后人称之为"枫丹白露画派"。所创作之作品多是体现"样式主义"风格。

弗朗索瓦·克鲁埃继承其父之传统，其精美的垩笔素描颇具独立之审美。除肖像画之外，弗朗索瓦·克鲁埃还创作了诸多神话故事题材。《贵妇人出浴》为其代表作，画中妇人虽袒露身体，构图却依然予人写实的半身肖像画之感，构思巧妙地展现了贵族的生活。

这幅作品通过巧妙的构思将宫廷贵妇的生活不动声色地表达了出来。作品的背景是一间豪华闺房，房中的女仆正在收拾屋子，而那名贵妇在浴缸里裸着上身，右手握着一支羽毛笔，左侧有一位正在哺乳的保姆，而旁边一个小男孩正在偷窃浴缸搁板上的水果。据相关资料考证，这位贵妇实际上是法国国王查理九世的情人玛利亚·图舍。

2.17世纪欧洲绘画

人云，15、16世纪文艺复兴时期的艺术家们是把"艺术从宗教拉回了人间",那么也可说,包括绘画在内的17世纪欧洲美术,是对这一现实(或现世)人间艺术进一步的发展作出了贡献。不过,随着资本主义的快速成长、人文主义的深入传播以及宗教势力的顽固抵抗,使得这一发展充满了曲折和多样性。

最初,文艺复兴时期的绘画在表达人文主义思想时尚未脱离宗教题材;而至17世纪的欧洲绘画,却勇敢地走出了宗教影响,使得现实的世俗的人物画、肖像画、风景画、静物画乃至裸体人像画普遍繁荣起来,表现了上流社会在现实生活中的安定、富足及享乐。

再者,文艺复兴时期的绘画崇尚"和谐、宁静、理想"之美;而17世纪的欧洲绘画则强调打破和谐、崇尚自然,主张源于真实、自然之美,并因此丰富了绘画艺术的表现手段。于是,在此背景之下,意大利、荷兰和西班牙相继出现了"现实主义"画派——这些艺术家深入下层社会、了解百姓生活,因之,作品带有明显的写实主义风格和社会批判色彩。

17世纪之欧洲素有"巴洛克时代"之称,"巴洛克"是一种包括绘画、音乐等在内的美术表现形式,因其符合民众需求及宫廷贵族之好,终成为宗教和封建贵族的"正统艺术",并在17世纪风靡欧洲。

(1)卡拉瓦乔

卡拉瓦乔乃17世纪意大利最伟大之现实主义画家。生于伦巴第省卡拉瓦乔小镇一建筑师家庭,11岁时移居米兰,后随著名画家西蒙·彼得尔查诺学习绘画。在西蒙·彼得尔查诺的影响下,卡拉瓦乔接触过"样式主义"艺术,但对其影响最深的当属文艺复兴时一些大师之作,及伦巴第下层百姓悲惨现实之生活。

自1597年起,卡拉瓦乔进入其绘画创作生涯之盛期。画家彻底克服了"样式主义"之影响,独辟蹊径,将其于风俗画中所得之新法运用于宗教绘画之中,从而在宗教绘画创作上获得重大突破。1592—1602年,卡拉瓦乔在一次争吵中误杀一人,故而不得不离开罗马,迁移那不勒斯,至此开始流浪生涯。然则,流浪生涯亦使画家有机会接触下层百姓之真实生活,最终成为敢于歌颂普通百姓之伟大艺术家。

卡拉瓦乔盛期之作有《圣母之死》和《圣保罗的改革》等；从1606—1610年，在卡拉瓦乔创作晚期，其作品有《洗礼者约翰的斩首》《圣路乔的埋葬》等作品；其杰出之画作为《基督的降临》和《基督的笞刑》，作品中之画面色调浓重，其特殊处理之法，亦被后人称之为"黑绘法"。

卡拉瓦乔逝于1610年，年仅37岁；死后，其风格为各国"现实主义"画家所继承，时人称其画风为"卡拉瓦乔之现实主义"。

《基督在以马忤斯的晚餐》亦为卡拉瓦乔代表作之一，描绘《圣经》中"基督复活"之情节。在作品中，卡拉瓦乔选择门徒突然认出基督后内心的震惊作为创作之要点，采取的是短缩透视手法；画面背景为暗黑色墙壁，一束亮光照于基督脸上，以红、白对比之法，使之成为画面中心；而摆在桌上的水果，有的已熟透，有的已裂开，有的则变质，借此，表达画家之精神或信仰上帝与基督乃永恒不灭之神。

卡拉瓦乔有一信念，即事实无论美与不美，画者都应忠实于它，若能将其真实表现，即是佳作。此番论述被时人批评为"粗鲁之自然主义"，而后世之人则称之为"卡拉瓦乔之写实主义"，因其能令欣赏者从内心生起虔敬之心。

（2）鲁本斯

"巴洛克"（Baroque）一词乃"奇形怪状""矫揉造作"等意，其最初为18世纪末"新古典主义"艺术家用来嘲讽17世纪之艺术之语，说此派画风有违"古典艺术"之典范，为贬义之词。

巴洛克美术源于17世纪意大利之罗马，后盛行于全欧，其成就多体现于建筑、雕刻、绘画、音乐诸方面，以热情奔放、华丽大度及运动感强为典型风范。

"巴洛克美术"多讲究光线之运用，强调作品中之局部或精神气质，且追求写实特性，注意人物之性格心理，且注意外部造型之匀称，追求和谐；画家们喜以寓意或象征手法来表达画作内涵，力图表现人物深层之内在心理，或表达神秘之视觉感受。"巴洛克"风格中，最杰出之代表为画家鲁本斯（Peter Paul Rubens）。

画作《劫夺留西帕斯的女儿》以动静及色彩强烈对比而构图，

于中尚有宁静与神圣之表达，故而不觉野蛮，小天使之出现，令人无暴戾之感，似为本能而延伸之游戏。鲁本斯之天赋，可从其色彩及赋予作品以活力中得以窥见。

（3）伦勃朗

西洋画师伦勃朗，早年曾师从威椤柏格、拉斯特曼学习绘画，且吸收卡拉瓦乔之"明暗法"并有所创新，后形成自己独特之艺术风格。1623年，伦勃朗因创作《杜普教授之解剖课》而一举成名，并与贵族之女莎士基亚结成连理。此间，其佳作不断，如《画家和他的妻子》《基督受难》《圣家族》和《丹娜厄》等。

《丹娜厄》取材于希腊神话：被囚禁在铜塔中的丹娜厄，与化作金雨的神——宙斯结为情侣。长期以来，这一题材被许多画家所喜爱。在这一幅画中，伦勃朗以自己的妻子为模特，塑造了一位妩媚的女性形象。

后因伦勃朗艺术之求与权贵产生矛盾，加之爱妻离世，备受打击；同年，其巨作《夜巡》因人物排列问题遭到订画人反对，故而心情忧郁。此后，伦勃朗开始创作《圣经》故事画作，同时亦有肖像画与风景画，其作品具色彩温暖、明暗分明之特点，而体裁丰富、造型微妙。

晚年，乃为画家生活最困难之时——因订画之人日少，收入几无；1662年，伦勃朗第二位夫人不幸逝世；六年后，其爱子亦离人间，可谓不幸中之不幸。然而生活之不幸并未摧折伦勃朗之坚强意志和创造力；反之，其最伟大之肖像作品——《呢绒公会理事们的肖像》《大卫在所罗门前弹琴》《浪子回家》等，即在此段艰难岁月所创。1669年10月10日，伦勃朗不幸病逝。

伦勃朗一生创作之作品极多，虽已遗失不少，尚留下五百余幅油画、二百余幅蚀刻版画及一千五百余幅素描，为荷兰不可多得之"现实主义"作品。

说起此幅《夜巡》作品，尚有一段让人省思之背景：虽《夜巡》花费伦勃朗之大量心血，而此画却为伦勃朗引来一场极为不利之诉讼——因此这幅之订购者乃阿姆斯特丹射击公会，而成员因同等之钱财却不能占有同等显著之地位，故而向伦勃朗提出抗议，讨返画金之余尚对伦勃朗大肆攻击，由此可见艺术家之不易；加之伦勃朗曾以妻子为模特画过宗教题材之作品，故而遭到维系传统道德之人的非议。于是，不幸随之而来：不仅订画者疏远于他，而其爱妻不久亦离开人世，可叹人世之无常！

（4）委拉斯开兹

画家委拉斯开兹（Diego de Silvia Velazquez，1599—1660），1599年生于塞维利亚。少年时曾师从著名画家巴契科学习绘画技法，17岁即获得"艺术家"之称号，可见其天赋不同一般。

其创作之时所观之对象，多为下层平民，因之常与流浪者、老妇、商贩走卒相往来，此从其画作中可以窥之一二，亦可从中理会画家之内心情感，如《卖水的人》（1617）即是此类作品。

1623年委拉斯开兹被任命为宫廷画师，至61岁去世时，其在西班牙王宫度过几近40年之久。1629年，委拉斯开兹结识大画家鲁本斯，在鲁劝说之下，他先后两次周游意大利，发掘前辈艺术大师之宝藏。

其一生创作了大量肖像作品，对象既有国王大臣、亲朋好友，亦有平民百姓、下层用人；其人格颇高，于描绘教皇或王公大臣亦无丝毫阿谀之态，描绘侍从、用人亦无轻蔑或不逊，故可见其人品之端绪。

委拉斯开兹乃西班牙17世纪现实主义绘画大师，亦为西班牙17世纪绘画艺术之光荣典范。

（5）维米尔

维米尔（Jan Vermeer）乃荷兰著名风俗画家。代表作有《倒牛奶的妇女》《包头帕的少女》《做花边的女子》和《画家和他的画室》等。其作品多以市民、家庭女主人为主角，描绘其日常之生活细节，却不流枯燥，并富生活之趣。运用色彩，维米尔喜用蓝、黄色调；其作品构图，多注重几何形状，且不愿于细节之上有意刻画，给人以浑然天成之感，作品多以简洁、精练、朴实抑或凝重见长。因其善于表达物态平凡朴实之美，故世人赞其为"描绘宁静生活的诗人""描绘光影变化的卓越大师"。

3.18 世纪欧洲绘画

18 世纪的欧洲，封建制日益动摇、衰落，继荷兰、英国发生"资产阶级革命"之后，伟大的"启蒙运动"导致了法国 1789 年"资产阶级大革命"的爆发——它为资本主义在欧洲的全面发展开辟了广阔道路。由于"启蒙运动"产生了巨大影响，欧洲的 18 世纪被人们称作"启蒙时代"或"理性时代"。文化艺术中心也自意大利转移到了法国。

在思想极度变革的背景下，欧洲的审美趣味却依然具有顽强而鲜明的特性，在 18 世纪的文化艺术中，封建统治阶级的艺术理念始终与新兴资产阶级的审美观念发生对峙与碰撞，因而在那一百年间，欧洲的绘画艺术并存着两种不同的艺术潮流——"洛可可艺术"和"市民美术"。

"洛可可艺术"是完全属于上流社会的装饰品与享乐物——它是一种追求艺术效果和装饰感的艺术风格，可以说它是将巴洛克艺术中的"宫廷因素"和"豪华因素"推向了顶峰，但这种风格不像巴洛克在 17 世纪那样盛行，它仅流行于王宫和贵族府邸，后来影响的面也不是很广。

"市民美术"是一种在"启蒙主义"思想影响下的、于 18 世纪中叶形成的一种针对平民的艺术风格。它反映的是新兴资产阶级的美学理想和平民百姓的生活愿望，可以说它是一种与"洛可可艺术"完全对立的表现风格。

（1）亚森特·里戈

亚森特·里戈出生于彼尔比尼扬，青年时曾崇拜凡·代克之盛装肖像作品，22 岁时到巴黎从事创作；然，其 29 岁方肯接受王室之预订，因画技高超故而很快饮誉上流社会；31 岁被聘为宫廷画师，故其肖像画作及卓越之才方能声名远播。

17 世纪，法国尤重肖像艺术。至 18 世纪初，肖像画已渗入各个阶层，其时所出著名肖像画家，如弗朗索瓦·德·特鲁瓦、拉吉利埃、里戈等人皆为此一时期之杰出代表。

亚森特·里戈继承拉吉利埃之遗风，亦画穿着华丽、服饰高贵的人物，或以神话为题材，能凸显被画者之爱好或气势；其用色鲜艳强烈，造型准确细致，甚而所画者比真人更显高雅，因而大受王公贵族喜爱。

（2）弗朗索瓦·布歇

弗朗索瓦·布歇（Francois Boucher），是继华多之后最能代表"洛可可"风格之画家。他喜欢神话或田园诗，在画中喜借缪斯、狄安娜等女神形象表现娇艳女性之胴体。

人体画在西方有着深厚传统，无一文化能比西洋人对裸体表现有如此持久之兴趣。18世纪，西洋画之裸体女子多不遮掩，表现亦较自然，无东方女性之害羞表情，甚有挑逗之意味。布歇画风即为此类，其人喜用明亮之蓝色、玫瑰色或黄白色，以此类颜色调和而成之肤色足以刺激视者之感官。

《浴后的狄安娜》乃布歇表现女人身体作品中最好的一幅，其技法为法国绘画之骄傲。布歇以蓝色丝绸与女子之肌肤形成鲜明对比，令其肤色有红润、细腻之感。狄安娜即希腊神话中之阿耳忒弥斯，是月神和狩猎之神，为最高神祇宙斯之女，以贞洁而著称。

（3）夏尔丹

夏尔丹乃18世纪法国最伟大的画家之一，亦是西洋美术史上静物画大师。夏尔丹擅长创作风俗画、静物画，其风俗画多表现平民生活；其静物画则尽力将平凡化为优美；其主要作品有《勤劳的母亲》《烟斗与茶具》和《鳐鱼》等。

夏尔丹创作多不加修饰、崇尚自然，喜描绘平常之家庭用品，或日常之生活细节。其质朴之风格似接近伏尔泰、狄德罗等哲人，与其时先进之"启蒙主义"思想相合。

以绘画形式来表现普通市民的生活并能将自然、亲切、朴实之美感表达出来，确属不易，而夏尔丹之画却能使人易感画中温暖及生命气息，此类沉穆、凝重、朴实之画作反愈显醇美动人，使阅者感受其自然而真切之表白——此点正是夏尔丹伟大及动人之处。

(4)弗拉格纳尔

弗拉格纳尔（Fragonard）为追求艺术，曾几经转辗——起初师从平静朴实之画家夏尔丹学画，但老师并未发现他潜在之才华，甚至一度将其看成是无可救药之浪荡子；后来，弗拉格纳尔又从师于画家布歇门下，通过这位师长，弗拉格纳尔找到了其渴望的一切。

《秋千》是为后人所提及最多之作，描绘了在树阴浓密的花园里，衣着华丽的时髦女子荡着秋千——如布歇笔下之狄安娜，所有明亮之光环皆集于该女子一身，粉色衣裙引人起浪漫之遐想；于画面左下角，一青年男子与荡秋千的少妇传递情意，而活泼的小爱神，则目睹了这一现场。构图看似平淡无奇，却能将其中之人物内心表达得淋漓尽致，实是高明之手法。

(5)戈雅

戈雅（Francisco de Goya）出生于西班牙一农民家庭。15岁时在一画家的工作室学习绘画。1776年，只身前往首都马德里，入宫廷挂毯织造厂任设计，画有不少挂毯草图。自1785年起，戈雅任马德里皇家美术学院副院长之职，兼宫廷画师，于此期间，为王公贵族描绘不少肖像。

1789年，"法国大革命"前夕，戈雅艺术创作渐趋成熟，其早期乐天无忧之心情渐为愤怒、激情及冷静所代。其创作之肖像作品中，尤为突出者乃《何维兰诺斯肖像》《斐德南·居耶马赫德肖像》《穿衣的玛哈》《裸体的玛哈》及《伊萨贝尔·柯包斯·德·波赛尔肖像》等。1824年，戈雅侨居法国波尔多，直到1828年逝世。

戈雅乃近代欧洲绘画史上伟大之先驱者，其鲜明"现实主义"画风并"浪漫主义"激情，深刻影响了后来人，或说19世纪浪漫主义及现实主义推崇者，皆从戈雅之绘画中获过启发。

《穿衣的玛哈》与《裸体的玛哈》同为名作，亦是戈雅代表作之一；"玛哈"乃当时西班牙社交场上对名媛淑女之通称。戈雅所画的"玛哈"是谁，众说不一，至今仍无定论。

(6)安格尔

安格尔（Jean-Auguste-Dominique Ingres）乃法国古典主义画派最后一位代表画家。1780年生于蒙特庞省，早年曾向杜尔兹学习绘画，

17岁时到了巴黎，师从著名画家达维特，深得赏识。

1806年，安格尔赴意大利，1824年方回巴黎；1834—1841年，其再度赴罗马，深研文艺复兴时期意大利古典大师之作品，就中首推拉斐尔。受老师达维特及意大利古典艺术之启发，安格尔对古典绘画理解更为精确。此后，当其师流亡比利时，便成为法国"新古典主义"之代表人物。

虽为19世纪"新古典主义"之楷模，安格尔并非照搬古贤之样式，乃取融会贯通、取长补短之手法，将古典艺术造型美之精髓加以吸收、融化，并用自然之风格融入在写实中，故而形成其洗练、单纯之画风；其多以"静穆伟大、崇高单纯"为创作原则，故而其作品多能达到构图严谨、色彩单纯、造型典雅之特点，尤其于人体美之作品中表现突出，如《泉》《大宫女》《瓦平松的浴女》（或名《浴女》）《土耳其浴室》等。

安格尔绘画必强调骨骼，而肌肉次之，其认为肌肉画得过于精确易使造型失真，乃到庸俗，此为美学中重要之理论。安格尔崇尚自然，创作中往往不事雕琢，欲将自然形象与古典造型完美结合，又无造作与刻意，且经精练之笔法表达，故无神秘之虚构或信仰之成分，乃纯粹之艺术创作。

或许，画家想寄眷恋于青春形象，或向往隽永与安宁；其笔下之裸体，无纤毫之浮夸与做作，摒弃一切非自然之流露，故而创造之美感人至深，必将流传亦久。

《泉》是其盛名之作，代表安格尔的艺术顶峰。而此画创作颇为不易，此画是其1820年在意大利创作，而到1856年在巴黎方完稿，前后历时三十六年，不可谓不难得也！

此画原名《维纳斯》，修改多次；又将秀发修改为倒倾之水瓶，使之成为具有"古典主义"象征之名作。

（7）德拉克罗瓦

德拉克罗瓦乃法国浪漫主义代表人物。其艺术继承了文艺复兴以来，威尼斯画派、伦勃朗、鲁本斯和康斯太勃尔等大师之成就，对后世画家颇具影响。

德拉克罗瓦17岁拜格朗为师学习绘画，后入美术学院。1822年，受席里柯《美杜萨之筏》之启发，创作了著名画作——《但丁之舟》。于 1816 至 1823 年间，师从"新古典主义"画家皮埃尔·桂安恩。其作品颇具鲁本斯之风格。

1824 年，以巨作《希阿岛的屠杀》令人瞩目，从而成为"浪漫主义"画坛之主将，与以安格尔为首之古典主义画派相抗衡。后陆续创作出《萨尔纳塔帕尔之死》《十字军进入耶路撒冷》《马利诺·法利罗的死刑》等"浪漫主义"巨作，其画惊人心魄，颇具震撼力。

此人善用色彩，其造型之精巧可与提香或鲁本斯相媲美，作品极富浪漫气息和表现力；《自由引导人民》即是作者为实现共和、争取民主以及自由而创作，体现出革命意识及精神，又不失浪漫氛围。

（8）米勒

米勒（Jean Francois Millet）乃法国杰出画家，"巴比仲画派"之代表。其一生多半定居乡村，作品多为农民勤劳朴实之生活写照，其画作《拾穗者》《晚钟》《播种》，素有"农村三部曲"之称；除此之外代表作尚有《扶锄的农夫》《樵夫之死》《喂食》《母与子》等。其所绘之人物皆不强调面部表情，或描述特定之景象，而以典型之姿态表现出其对农民深厚的感情，及对大自然的热爱与赞美。其素描用笔似断似续，线条浑厚而淳朴，亦不乏抒情之内涵，善于表达艺术语言，而作品以亲切、感人为特点；因贫困之故，其作多为小幅油画或素描作品。

浅谈国画

缘起

应诸位同学盛情相邀,于此讲谈国画历史与绘画之技巧,朽人只好勉而为之,权当与大家共学吧!

我国绘画技法堪称"一宝",与书法并称"双绝"。只是,国画不似西洋画易于保存,多因国画绘制于易碎的纸或绢上。

两汉时期,我国艺术可称为"大家风范",但那时的艺术多为壁画,只可观摩,不易携带,不似西洋画之木板或布等材质易于流传。

两汉时期的艺术,材质多是石材或陶瓷、砖瓦,艺术水平极高,但多为笨重之材质,故可遇不可求,临摹亦不易得。

至隋、唐之时,因国富民强、文化兴盛,故艺术成就亦高,我国艺术方至前所未有之顶峰。当时的绘画艺术延续了雕刻之艺术技法,创作作品多以宗教题材、人物肖像画成就最大,亦开"山水画"之先河。

及至宋、元,则为我国绘画艺术之巅峰期,其中尤以山水画为代表,花鸟绘画成就亦不俗。至明代时,绘画作品则以花鸟为卓著。清朝一代,则将山水画发挥到极致,风格倾向写意,虽寄托自然景观之写实,然而重在体现自我之心境,故而流派纷起、大师并出,大有百花齐放之势。

以下,朽人就一些名家或名画加以简述与评析,以供同学欣赏,我们先从隋唐开始讲起。

1. 隋唐时期

（1）展子虔

展子虔，渤海（今山东阳信）人，是北周末年、隋朝初年的大画家。他曾经历北齐、北周，最后在隋朝担任朝散大夫、帐内都督等职。

展子虔擅长画人物、山水及其他杂画，在绘画技法上几乎无所不能。其对人物的描绘相当细致，喜以色晕染面部。他亦善画马，所画之马以神态逼真见长——如画立马更有足势，若画卧马则腹有腾骧起跃之势，与当时的大画家董伯仁齐名。所绘山水，能就远近，有咫尺千里之势。

他曾在洛阳天女寺、云花寺，长安灵宝寺、崇圣寺等处所绘制佛教壁画，作品有隋朝官本《法华变相图》《长安车马人物图》，白麻纸《弋猎图》《南郊图》《王世充像》《白描》等六卷，收录入《贞观公私画史》之中；还有《朱买臣覆水图》《北齐后主幸晋阳图》《维摩像》等画迹，收录入《历代名画记》中；又有《北极巡海图》《石勒问道图》等二十余幅，收录入《宣和画谱》中。

他传世之作有《授经图》《游春图》。据称，《游春图》乃我国现存最古之卷轴山水画。

（2）阎立本

《步辇图》所绘之景为唐太宗召见吐蕃使者。

画中，太宗威严平和，端坐于宫女所抬的步辇上；红衣虬髯者为宫中执掌礼仪之官员，其后着藏服者即为吐蕃使者。

此画的作者阎立本是唐代画家，陕西西安人氏。其父阎毗及其兄阎立德都擅长绘画及建筑。而立本则擅长绘画人物、车马和楼阁，后人有称为"丹青神化""冠绝古今"之誉言；其传世之作有《步辇图》《历代帝王图》《萧翼赚兰亭图》。

《步辇图》记录了一千二百多年前，汉族的文成公主和藏族的松赞干布联姻的重要历史事件。此画特色在于，画家将人物的仪态与身份、气质与心境刻画得至为鲜明，尤其是衣纹展现圆转、流畅至为突出，人物之五官亦勾画精细。其中，人物的发式与服饰颇具初唐时期之特点。

（3）周昉

周昉，京兆（今陕西西安）人，唐代画家，字景玄，又字仲朗；出身显贵家庭，先后官越州、宣州长史。

此人一生性情直爽、好学不倦，擅长仕女画。初学张萱，后取长而自创；其绘画多为贵族妇女，所画人物多优游闲佚、容貌丰满、衣褶劲简，且色彩柔和艳丽，为当时宫廷贵族、士大夫之所重。后来，唐德宗李适闻其名，诏至章明寺绘画，经月余始成，德宗推为"第一"。他所绘制的、具有华丽优美的"水月观音"像颇具特色，雕塑者多仿效之，世称"周家样"。

其传世作品有《簪花仕女图》《挥扇仕女图》等。

《簪花仕女图》以四位贵妇人为表现，分"戏犬""漫步""看花""采花"四个情节；而中间穿插一持扇侍女，侍女形象较小以示其身份，与贵妇人形成身份对比，其中人物发型、眉毛及体态都以丰腴肥硕为主，故能体现唐代之审美风尚，勾线流畅、笔画有力，色彩也很艳丽丰富，突显出肌肤之质感和服饰的轻薄感。

（4）李思训

李思训，成纪（今甘肃天水）人氏，是唐朝皇亲宗室，后官至右武卫大将军，封"彭国公"。

他是唐代杰出的书画家，工书法、绘画，尤擅长绘画山水树石，其笔力遒劲、格调细密，喜写"云霞缥缈"之景色，鸟兽草木皆能穷其姿态，亦爱用神仙故事点缀幽曲、寂静之岩岭。他喜以青绿为质、金泥为纹的山水画，作品多富装饰性。

他的绘法技巧源于隋代的展子虔，并继承和发展了六朝以来以"色彩为主"的表现形式，玄宗皇帝曾评其画作为国朝山水第一，"列神品"；明代大画家董其昌更推他为"北宗"山水画之祖。唐代张彦远总结说"山水之变始于吴（道子），成于二李（李思训、李昭道父子）"。其子李昭道亦擅山水，人称其父子为"大、小李将军"。其传世的画作有《山居四皓图》《江山渔乐图》《群峰茂林图》等，收录入《宣和画谱》。

《江帆楼阁图》所绘长松秀岭，翠竹掩映，群山层叠，朱廊碧殿，江天阔渺，风帆近流，有着唐朝衣冠者四人；此画融山水树木与人物，既自然又交相辉映，一派春光景象；画中山石用墨线勾勒轮廓，后以绿色渲染，不作皴擦；所画松树以交叉取形，整体则势态葱郁；他用笔工整，山石青绿，着色艳丽，安岐评之为"傅色古艳，笔墨超轶"，表明山水画到这一时代已趋成熟。

（5）王维

王维，自幼聪颖，据载他九岁即能作诗写文，后成为唐开元、天宝间的著名诗人；其人书法工于草书、隶书，亦熟娴丝竹音律，擅长绘画，乃多才多艺之才子；其青年时便已名享京师，甚得皇族王公之敬重。唐人薛用弱《集异记》就有记载："王维右丞，年未弱冠，文章得名。性娴音律，妙能琵琶，游历诸贵之间，尤为岐王之所眷重。"

王维对于绘画的贡献有二：一是融诗情于画中，开创了绘画新篇章，延至宋代，形成一种"诗中有画，画中有诗"的"诗情画意"风格。二是突破"金碧山水"之局限，初步奠定我国"水墨山水画"之基础，而至元、明、清三代发展为最重要之绘画形式，故他被后人尊为"文人画南宗之祖"。

《伏生授经图》卷所绘为汉代的伏生授业的情景，亦是人物肖像画。所绘人物形象逼真、清癯苍老，所用笔法清劲有力。此画无画家之自款，但画上有南宋高宗所题"王维写济南伏生"般字样。

秦始皇统一天下后，曾接受丞相李斯的建议，而采取了"焚书坑儒"的手段以统治人心，诸多宝贵之书籍顿遭损毁。伏生，济南人，原为秦博士。据说当时焚书时，伏生冒生命之危保存了《尚书》，汉文帝为求能治《尚书》之人而知伏生，其时年已九十余，不便行使，故汉文帝遣晁错前往受教，得文二十八篇。此画上有南宋高宗题的"王维写济南伏生"字样。

王维崇信佛教，性喜山水，其诗多以山水、田园为内容，所绘物景颇为传神，笔法精深入微；晚年隐居蓝田辋川，过着吟诗作画、谈禅说佛的隐逸生活。此人兼通音乐，工书法，精绘画，擅画平远之景致，喜以"破墨"手法绘制山水松石，北宋苏轼赞其"诗中有画，画中有诗"，其有"不衣文采"之创作理论，对后世文人画影响甚大。

（6）李昭道

李昭道，甘肃天水人，字希俊，唐代著名画家。曾任太原府仓曹、直集贤院等官职，后官至太子中舍。

李昭道继承其父李思训之长，亦擅长"青绿山水"的绘画创作，世称"小李将军"。亦擅绘画鸟兽、楼台、人物，并创"海景图"。其画风巧妙精致，虽"豆人寸马"，也画得"须眉毕现"。由于画面繁复，线条纤细，论者亦有"笔力不及思训"之评。主要画作有《海岸图》《摘瓜图》等作品，收录入《宣和画谱》。

《明皇幸蜀图》描绘了"安史之乱"时唐明皇逃往四川避难的情形。画家有意加强了春天山岭间之诗意，于层峦叠嶂描绘飘浮白云，树木亦秀丽动人；此画之妙处在于，人物虽小却分毫可辨，能使观者轻易分辨人物之身份。

我国国画之类别和技法，可分人物、山水、花鸟；其中，人物画是历史上最早形成的画科，早于山水与花鸟。大家皆知西洋画注重造型，而国画注重传神，可谓不注意精确之造型"由来已久"。我国最早创作的人物画，多重人物之刻画，力求逼真、传神，讲求气韵之灵动，形神要兼备，故古代论画著作中称其为"传神论"（顾恺之）。

而分门别类中，人物画又分为道释画（宗教画）、仕女画、肖像画、历史故事画等。历代之著名代表画家，有东晋的顾恺之，五代的顾闳中，宋代的李唐，明代的仇英、唐寅，清代的费丹旭等大师。

2. 宋元时期

（1）夏圭

夏圭，南宋画家，宋宁宗时任画院待诏。初学人物画，后改绘山水；他将范宽、李唐的斧劈皴进一步发展，创立了"拖泥带水皴"；其创作时除师法李唐而讲求阳刚之风外，更讲究水墨淋漓、清明透逸的效果，与马远同为"北方山水画派"之杰出代表。宁宗时为画院待诏，赐金带。画人物酝酿墨色如傅粉之色，笔法苍老，墨汁淋漓；所画雪景，全学范宽。画院中人凡画山水的，自李唐以下，无出其右者，与当时大画家马远齐名，故称"马夏"。

他喜以长卷横幅表现情景，而画面变化亦十分复杂，多以线、面或干、湿等手法互用，皴法也十分丰富，故艺术效果极强。其创立的"拖泥带水皴"法，不仅对南宋绘画有所影响，而尤其对后世的"文人画"的表现形式影响更大，且后人在继承其法的基础上，不单用在人物画上，花鸟画中亦被广泛运用。

夏圭的画法多受佛教禅宗影响，故他主张"脱落实相，参悟自然"，趋向"笔简意远，遗貌取神"的效果。充分表现出了虚实和空气感，用笔清劲，简练概括，简劲苍老而墨气明润，给人浑厚朴实、明朗俊秀的印象。明代王履曾赞曰："粗而不流于俗，细而不流于媚；有清旷超凡之远韵，无猥暗蒙尘之鄙格。"明代大画家董其昌虽对"北宗"山水颇怀偏见，却对夏圭十分折服，说"夏圭师李唐而更加简率，如塑工之所谓减塑者"。

夏圭更善于表现烟雨朦胧的江滨湖岸景色，其点景人物亦简括生动，楼台等建筑物不用界尺，信手而成，取景剪裁极为精练。亦喜用一角半边的构图，故有"夏半边"之说。山水构图喜欢大胆剪裁，突破全景而仅画半边之景，时人称为"夏半边"；南宋宁宗时任画院待诏，曾受到皇帝赐金带的荣誉。

代表作有《溪山清远图》《山水十二景》《江山佳胜图》《西湖柳艇图》《观瀑图》《梧竹溪堂图》《烟岫林居图》《松崖客话图》《钱塘秋潮图》等，其中《钱塘秋潮图》，描绘的是钱塘江秋潮初至，浪涛翻滚奔腾之情景，左边山上有座塔，当为观潮的最佳地点，通过潮水和近山的比例，我们易于体会潮水之势，给人来势凶猛之感。而整幅画面色彩鲜丽、清秀明朗，图中的树、石、浪潮全用中锋勾勒，视觉上明快刚劲，似有跳跃之感，就是"马夏画派"的典型风格。

（2）米芾

米芾所处的时代，正是画院写实派山水画大行其道之时，而他却只想表达心中的"意气"，以天真、颠狂手笔来表现山石的面貌，故能在画面上自由发挥，因他这类举止类同"颠狂"，故人称"米颠"。

米芾能诗文，擅书画，精鉴别；行书、草书得力于王献之，用笔俊迈，世人评为"风樯阵马，沉着痛快"，他与蔡襄、苏轼、黄庭坚合称"宋四家"。米芾画山水，出自董源，天真发露，不求工细，多用水墨点染，自谓"信笔作之，多以烟云掩映树石，意似便已"。其子米友仁亦是画家，师承其画法，自称"墨戏"，画史上称"米家山""米氏云山"，因其传承而有"米派"之称。

他亦画梅、松、兰、菊等花卉画，晚年兼画人物，自称"取顾（恺之）高古，不入吴生（道子）一笔"。米芾好模仿名迹，能以假乱真；并以行、草书最著，博取前人所长，用笔俊迈豪放。《宣和书谱》论其书"大抵初效羲之"，自谓"善书者只有一笔，我独有八面"。

他传世作品甚多，主要有《苕溪诗》《蜀素帖》最为著名。《蜀素帖》为米芾书法精品，为他38岁时所作，其书法苍老凝练、行笔涩劲、沉稳爽利、清雅绝俗，可谓"超神入妙"。其书体为"二王"及唐、五代书风之延续，但与前人书法无一相似之处，是米芾自家风格之明证。明画家董其昌题跋曰："米元章此卷，如狮子捉象，以全力赴之，当为生平合作。"

（3）米友仁

米友仁是米芾长子，故人称"小米"，早年即以擅长书画而知名，宋徽宗宣和四年（1122年），应选入掌书学。南渡后官提举两浙西路茶盐公事、兵部侍郎，敷文阁直学士，世称"米敷文"。

其为继承家学，少即以书画知名，擅画云山，略变其父之风格成一家之法。所绘画作，多以云烟变灭为法度，而风格看似草成，实则法度森严，自称"墨戏"；且性格耿直、不附时风，自重为珍。善书法，"酷似乃父，亦精鉴赏"，但自有自家风格。

《潇湘奇观》为米友仁所绘山水画之代表作。图绘江边雪山、云雾变幻的奇境；只见浓云翻卷，远山坡脚隐约可见，随云气之游动变化，山形可隐可显。群山重叠起伏，远处峰峦终于出现于白云中；中段主峰耸起，宛如尖峰起伏；林木疏密、远近层次清晰，显露真实；但末段一转山色，隐入淡远之间，体现自然界之造化神奇。

此画作者以"没骨法"取代隋唐北宋以来之"双勾法"，给人以自然美之印象，改变了山水画的形象和表现手法。作品主要运用泼墨法和破墨法,依仗水墨的晕染来塑造形象,很少用线勾勒,浓淡、虚实的墨色,使景致时隐时显,忽明忽晦,朦胧又富变化,故时人谓他"善画无根树,能描朦胧云"(汤垕《画鉴》),笔与墨之巧妙结合,使得米氏之云山兼具"滋润"与"沉郁"之特色。

(4)赵孟𫖯

山水画,是指以山川河流等自然景观为主体的绘画,其最早只是作为人物画之背景而创作,后独立成一支最能代表国画艺术成就之画种。山水画注重整体构图效果,尤其以位置之摆放、神韵之表达,以及笔墨之浓淡为要点。

就风格之不同,又分水墨山水、青绿山水等小类。历代代表之人物有:唐之李思训;宋之李成、范宽、董源;元之黄公望、吴镇、王蒙、倪瓒;明、清二代之董其昌、王时敏、王鉴、王原祁、石涛、八大山人等名家。

赵孟𫖯,元代书画家、文学家。字子昂,号"松雪道人""水精宫道人",中年曾作孟俯,浙江湖州人氏,宋宗室之后裔。宋亡后,隐归乡里闲居。元世祖忽必烈搜访宋朝"遗逸",经程钜夫荐举,始任兵部郎中,又官至翰林学士承旨,封"魏国公",谥"文敏"。

赵孟𫖯精通音乐,善鉴定古物玉器,其中以书法、绘画成就尤高。山水画取法董源、李成;人物、鞍马师法李公麟和唐人;亦工墨竹、花鸟等画,所画风格皆以笔墨圆润苍秀见长,以飞白法画石,以书法用笔写竹,力主变革南宋院体格调,自谓"作画贵有古意,若无古意,虽工无益",遥追五代、北宋法度,有评论谓"有唐人之致去其纤,有北宋人之雄去其犷",遂开元代之新画风。

赵亦善诗文,其诗之风格以和婉为色;兼工篆刻,尤以"圆朱文"著称。传世画作有《鹊华秋色图》《红衣罗汉图》《幼舆丘壑图》《秋郊饮马图》《江村渔乐图》等。

《红衣罗汉图》所绘,身着红色袈裟的罗汉盘腿坐于树下青石之上,左手前伸,神态安详,正在讲授佛法的情景。图中罗汉颇似西竺僧人,据悉他常与西域僧人往来,故能对西域人之神态特征刻画入微;其人物造型取法于唐之阎立本,即以铁线描勾勒,且用笔凝重,苍劲有力,人物形象逼真。

3. 明代时期

（1）戴进

戴进，明代画家，号静庵，浙江杭州人。少年时当过金银首饰学徒，后改学绘画，刻苦用功，画艺大进，宣德年间供奉宫廷，因画艺高超而遭妒忌，遂被斥退。后浪迹江湖，卖画为生。

他擅长山水、人物。其山水画师法马远、夏圭，并取法郭熙、李唐，多是遒劲苍润手法；用笔劲挺方硬，水墨淋漓酣畅，发展了马远、夏圭传统。

人物画师法唐宋传统，兼长工笔、写意；工笔用铁线描和兰叶描；写意从马远变化而来，笔墨简括；花鸟画工笔、写意、没骨诸法皆擅长。人物佛像则能变通运笔、顿挫有力。

其画作在明中期影响较大，追随者甚众，人称"浙派"，遂成明代前期画坛之主将，后世推他为"浙派"创始人。传世之作有《春山积翠图》《风雨归舟图》《三顾茅庐图》《达摩至慧能六代像》《南屏雅集图》《归田祝寿图》《葵石蛱蝶图》《三鹭图》等。

（2）唐寅

《落霞孤鹜图》，是唐寅所绘山水画的代表作。画面表现的是：崇岭峙立，几株柳树亭立，半掩水阁台榭，下临江水；阁中一人独坐眺望，旁有童子侍立。不远处，落霞孤鹜，烟水微茫，故画中景观辽阔优美。

此画技法工整，山石用湿笔点染，故线条流畅，风格潇洒俊秀，突显飘逸；画上自题诗是借王勃之少年得志，来为自己坎坷不平之遭遇而吐不愉。此画风格近于南宋院体，为他盛年得意之作。

唐寅出生于商家，故地位较低。其幼年即能刻苦学习，11岁显出过人之才，并能写出一手好字。16岁中秀才，29岁参加乡试，获"解元"（第一名）。次年，赴京会考，与他同路赶考的江阴地主徐经，因暗中贿赂主考官的家童而事先得知考题，但事情败露。唐寅亦受牵下狱，遭受凌辱。此后，自负的唐寅对官场产生反感，自此，性格、行为流于不羁，后在好友祝允明规劝下发奋读书，决心以诗文书画终其一生。

唐寅性格狂放不羁，在绘画中则独树一帜，自成一家；其行笔秀润缜密，颇具潇洒清逸之韵味。他的山水画多表现为雄伟险峻、楼阁溪桥、四时朝暮的江山胜景；有时亦描写亭园幽境中文人逸士的悠闲生活。其山水画大幅气势磅礴，小幅清隽潇洒，题材多样。其人物画多写古今仕女或历史典故。其传世的画作有《王蜀宫妓图》《落霞孤鹜图》《事茗图》《看泉听风图》等。

（3）陈淳

陈淳，明朝画家，江苏苏州人，字道复，号白阳，又号白阳山人。曾学画于文徵明，后不拘师法；又法米芾、黄公望、王蒙。其山水较文徵明疏放开阔，盖学米友仁而致笔迹放纵也。其尤擅长水墨写意花鸟，开明代写意花鸟画之新局面。

前面讲过山水画，此处再讲一讲花鸟画之特色。花鸟画，亦是国画一大分类。泛指以花卉、鸟、兽等动植物为主体的绘画。此类创作之体裁，产生年代较人物、山水为晚，多讲求精细或趣味，刻画以精巧、传神为主。

画花鸟就表达形式的不同，又分为工笔花鸟及写意花鸟二类。以表现手法而言，国画主要以写意或工笔，或二者兼顾为主，但以讲究意境深远、气韵充实、画面传神为创作手法。以线条勾线传神、着色自然为特点，总以和谐为主旨；另以独特之手法，以印章为点缀，以达平衡、增韵为独创，是为东方绘画之魅力所在，更显完美，此为西洋画之所无。

大写意，即以线条疏散、施墨粗放为特点，削繁为简、遗形取神为手法，创作者多为泼墨粗画。小写意，即以简练归融为特色，多强调笔墨中之情趣，不苛求惟妙惟肖，但求整体气势与着色。工笔，是与写意不同的手法，与写意相反，多求刻画精确，要求工整、细致，乃至细节明确、刻画入微，手法以细腻、准确为度。

（4）仇英

仇英，明代画家，字实父，号十洲，太仓（今属江苏）人，后定居苏州。其出身工匠，后从周臣学画，因文徵明之推赞而知名当时，以卖画为生。

仇英擅画人物，尤长仕女。工于设色，又善水墨、白描，能运用不同笔法表现不同对象。刻画之人物形象，或圆转流利，或劲利有力，皆为精工、妍丽之作，世人有"周昉复起，亦未能过"之评。他的山水画多学赵伯驹、刘松年，所画青绿山水之作，多呈细润而风骨劲峭，亦善绘制花鸟。晚年客居于收藏家项元汴家，摹仿历代名迹，据称"落笔乱真"。

仇英在当时名家周臣门下学画，曾用心临摹古代佳作，因刻苦及天赋不凡，故而技艺大进，成就卓著，因而与沈周、文徵明、唐寅并称"明四家"或"吴门派"。

他所创作的题材很广泛，擅写人物、山水、车船、楼阁、界画等场景；尤擅长于临摹，技法之中，工笔、写意、白描俱佳；画风细腻工整、色彩华丽，取古德之长而又能化为己用、自成一格。

其传世作品有《春夜宴桃李园图》《柳下眠琴图》《桃村草堂图》《剑阁图》《松溪论画图》和《玉洞仙源图》。

《春夜宴桃李园图》描绘了李白"春夜宴桃李园"的故事，是历来众多画家偏好的题材。前人一般着眼于"欢歌"和"夜游"的情景，而这幅图的作者却表现"幽赏未已，高谈转清"的时刻——李白与友人于庭园中秉烛而坐、饮酒赋诗……身后有侍从、乐女相伴。其中，人物刻画传神，所勾勒的线条也是十分的秀丽婉转。

（5）董其昌

董其昌，华亭（今上海松江）人氏，明代著名书画家、书画鉴赏家兼书画理论家。字玄宰，号"思白""香光居士"，人称"董华亭"。万历进士，授编修，官至礼部尚书、太子太保，谥号文敏。

他的书法，先从颜真卿，后学虞世南，再后，又觉唐书不如魏晋，转学钟繇、王羲之，并参以李邕、徐浩、杨凝式等笔意，自谓"于率逸中得秀色"，其书法分行布白、疏宕秀逸，颇具个人特色，对明末清初的书风影响很大。董其昌擅画山水，师法董源、巨然，以元代黄公望、倪瓒为宗，成为集历代画家之大成者。但重写意，不重写实，所画丘壑变化较少，而讲究笔致、墨韵，画格清润明秀、灵静飘逸。论画标榜"士气",将古代山水画家仿禅宗而分为"南宗""北宗",并推崇"南宗"(如王维者流)为文人画正脉,形成崇"南"贬"北"之己见,其说影响明代以后的画坛;又提倡作画须"读万卷书,行万里路",此调对后世论画亦影响较大。

此人才华俊逸,好谈名理,善鉴别书画。书法出颜真卿,后遍学魏晋唐宋诸名家,并融诸家之长自创风格;其行书古淡潇洒,楷书则有颜真卿之率真韵味,草书植根于颜真卿的《争座位帖》《祭侄文稿》,兼有怀素之圆劲和米芾之跌宕。与邢侗、米万钟、张瑞图合称"明末四大家",对明末清初书风影响很大。

其书法结体宽绰,取颜真卿之布白而不强作恢宏,取米芾之"奇宕萧散,时出新致,以奇为正,不主故常",故而笔势潇洒随意。传世之作有《秋兴八景图》《山庄秋景图》《昼锦堂图》等。

4. 清代时期

(1)吴宏及国画之装裱

吴宏(宏,一作弘),清代著名画家,字远度,号竹史,江西金溪人,长居江宁(今南京)。

其人诗书均精,自幼喜爱绘画,笔墨得诸家之长而能出己意,纵横放逸。

吴宏乃"金陵八家"画派中的一员。他曾在顺治十年(1653年)游黄河,归来后笔墨一变为纵横放逸,改变以前的风格;书中说他"偶画墨竹,亦有水墨淋漓"之致。他的传世作品有《柘溪草堂图》《水榭待客图》《山村樵木图》等。

他的《柘溪草堂图》描绘的是,坐落在白马湖东岸树丛中的小村、主人的优雅住所——柘溪草堂。因为环境太美,以至于主人邀请画家将它描绘下来,并将其日常的生活表现于中,使此画成为得意之作。我们可以看到,村前有一座小桥,湖水环绕着村庄,树林里的楼台面对湖水,主人或来客可登楼远眺,或与客人相对而坐、侃侃而谈,有如置身世外桃源。

方有同学问及国画的装裱,此处再略讲一些国画装裱之相关知识。由于国画多绘于易于破碎、变形之宣纸或绢物之上,故我国国画均须在背后用纸托裱,以绫、绢、纸等镶边后装上轴杆,以便保存留传。我国绘画装裱技术距今已有千余年的历史,在传统的意义上,国画装裱后才算是一幅完整的作品。

立轴

立轴是国画中装裱的一种式样。中间部分叫"画心"(又名"画身"),上面称"天头",下面称"地脚"。上、下又有"隔水"。装裱尺寸四尺以上的称为"大轴",俗称"中堂";特大的称为"大堂"或"大中堂";三尺以下的画幅称"立轴"。上装天杆,下装轴。有的天头贴"惊燕带"(又称"绶带"),这种格式盛行于北宋宣和年间。"画心"上、下端加镶锦条,称之为"锦眉"。

册页

册页是中国书画装裱的一种式样。因画身不大,亦称之为"小品"。有正方形,也有长方形、竖形或横形;有推篷式、蝴蝶式和经折式三种;也有裱成单片的,称之为"散装"。一般册页均取双数,少则四开、八开、十开,多则十二开、十六开或二十四开。册页外镶边框,前、后添加副页,上、下加板面。这样,欣赏、携带、保存、收藏就比较方便了。

屏条

屏条,中国书画装裱的一种式样,由于画身狭长,所以有装裱成屏条形式的。屏条单独的称为"条屏";四幅并排悬挂的称为"堂屏"或"四季屏";也有四幅以上乃至十二幅、十六幅的,这些都是成双的完整画面,称为"通景屏"或通屏。

手卷

手卷也是装裱式样中的一种,也称"长卷"或"图卷"。外面有"包首",前面有"引首",中间是作品;紧连作品两边的叫"隔水",后面有"拖尾"。"包首"的上面贴有"题签"。历代名画如北宋王希孟的《千里江山图》,张择端的《清明上河图》,元代黄公望的《富春山居图》等,都是手卷的装裱式样。

（2）石涛

石涛是明朝靖江王朱赞仪的第十世孙，父名朱亨嘉，曾于南明隆武时在广西自称"监国"，后被俘遭杀，其时年尚幼小。他本来是明末皇族，未满十岁家庭惨遭变故，于是削发为僧，四处流浪；他法名叫原济，亦作元济（后人误传为"道济"），号石涛，又号苦瓜和尚、大涤子、清湘陈人等。

他因逃避兵祸，四处流浪，得以遍游名山大川，而悟大自然之奇妙造化，至清康熙时期，其名已传扬四海，他曾两次在扬州为康熙帝接驾，并奉献《海晏河清图》，晚年与王公贵族亦交往较密。

石涛所画山水、兰竹、人物等，讲求创意，构图善于变化，笔墨恣肆，意境新奇，一反当时仿古之风，王原祁评他为"大江以南，当推石涛为第一"。他的画作对扬州画派及近代中国画影响很大；兼工书法和诗，对画论尤有深入研究，所著有《苦瓜和尚画语录》（其手写刻本，名《画谱》）较为有名。

其一生遍游名山大川作画写生，"搜尽奇峰打草稿"，为明清时期最富创造性的一代大画家。他作画构图新奇，无论是黄山云烟、江南水墨，还是悬崖峭壁、枯树寒鸦，总能力求新奇，意境清新悠远，尤善用"截取法"以传深邃之境；石涛还讲求气势，故其笔势恣肆、淋漓洒脱而又不拘小疵，有豪放之态，以奔放见胜。

石涛善用墨法，枯湿、浓淡兼融并施，尤喜用湿笔，通过水墨的变化与笔墨的相融，多能表现山川之氤氲气象，或意境深远、厚重之态；有时用墨浓而显墨气淋漓，有时运笔酣畅流利或加方拙之笔，于是方圆结合以显朴实，秀拙相生而露清新。

他擅画山水，主张应细心体察大自然之景观，领会于心而下笔如有神助，笔墨"当随时代"而绘；画山水者应"脱胎于山川""搜尽奇峰"，进而"法自我立"，《黄山八胜图》即其代表作之一。石涛的传世作品有《搜尽奇峰打草稿图》《黄山八胜图》《海晏河清图》等。

（3）八大山人

八大山人原名朱耷，清初著名画家。字雪个，号个山，后更号为个山驴、八大山人等，江西南昌人，明朝皇室之后。清初之时隐其姓名，隐居在南昌青云谱道院。

八大山人经历明清之际天翻地覆的时局变化，且自身从皇室沦为逸民，并为避害而出家，可见其饱经苦难；其诗文书画出众，但因家破国亡之故，装聋作哑，从其作品中可略见其心之悲怆。

朱耷擅画水墨花卉禽鸟，笔墨简括凝练、形象夸张、意境深刻；所写山水，画境冷清、枯寂；其水墨画技法对后世写意画影响很大；他的山水画及花鸟画，多所体现其内心孤寂遁世、清高自赏的风骨和性情品格，丝毫不比他的花鸟画逊色。兼有豪情纵逸的雄健风格、朴茂酣畅的凝重情意和生拙涩秀的奇特韵味，然而虚淡中含意多，蕴涵深刻。

《山水图》亦名《秋林亭子图》，写秋薮茅亭、地老天荒之景，笼罩着一派荒凉静寂、无可奈何的气氛，有一种苦笑不得的枯索情味。

八大山人书法成就颇高，致使被其画名掩盖，知者不多。其书法，行楷学王献之的淳朴圆润，并自成一格。其所写书体，以篆书之圆润施于行草，自然起落，以高超的手法将书法的落、起、走、住、叠、围、回等技巧藏蕴其中，且能不着痕迹。古人谓之"藏巧于拙，笔涩生朴"，由此可知八大山人书法之妙，世之少见。

能窥山人之书体全貌的，莫过于《个山小像》中其所题字——他以篆、隶、章草、行、真等六体书之，可见其功力之深，世间罕见伦比者，可谓集山人书法之大成。其晚年时，书法达其艺术成就之巅，草书亦不再怪异、雄伟，如其所写之《行书四箴》《般若波罗蜜多心经》等，平淡无奇、浑若天成，无丝毫修饰，静穆单纯，似超脱凡俗、不着人间烟气，是书家所爱之珍品。

（4）邹喆及国画之技法

邹喆，清代画家。字方鲁，江苏吴县人。自幼随父亲客游金陵，其画宗法于其父。其山水画稳重而有古气，富简淡清逸、超绝脱俗之情趣，兼长水墨花卉。其画设色清雅，笔墨精练，画面意境清旷，笔墨秀润峭利，至令景物清隽生动、形象逼真。传世作品有《崇山萧寺图》《松林僧话图》《山水》等。

《崇山萧寺图》描写崇山峻岭山坳间，有寺院深藏幽静处，山脚下有水竹村庄、村舍错落；旁边溪回路曲、小溪蜿蜒；另板桥横跨，设色清雅，故而画面生动。其笔粗犷苍劲，又不失清淡超逸之趣，确属佳作。

最近，有同学来问国画技法，余在此略述一些。我国国画的技法自古流传的不少，但常用者或有独特之处归纳如下：

十八描

十八描指人物画中衣服褶纹的描绘方法，又有"古今描法一十八"之称。此法在明代周履靖的《夷门广牍》和汪珂玉的《珊瑚网》中有讲述，简称"十八描"——即高古游丝描（顾恺之）、琴弦描、铁线描、行云流水描、马蝗描（又名"兰叶描"，马和之）、钉头鼠尾描（武洞清）、混描、撅头描（马远、夏圭）、曹衣描（曹不兴）、折芦描（梁楷）、橄榄描（颜辉）、枣核描、柳叶描（吴道子）、竹叶描、战笔水纹描、减笔描（马远、梁楷）、柴笔描、蚯蚓描。

双勾

双勾就是用线条勾描物象的轮廓，又名"勾勒"。因其基本是用左右或上下两笔勾描合拢，故又名"双勾"，多用于工笔花鸟画。

白描

白描指用墨线勾描物体而不加色彩的一种手法。唐代的吴道子、北宋的李公麟、元代的赵孟頫等都是白描的高手。

皴法

皴法指一种表现山石、树皮纹路的用笔方法。对历代画家根据山石的不同结构、质感、树木的纹理所创造的表现形式，是后人根据前人的经验以及对大自然的体会所总结的不同手法。而历代下来，皴法主要有以下几种：披麻皴（董源、巨然）、直擦皴（关仝、李成）、雨点皴（范宽）、卷云皴（李成、郭熙）、解索皴、牛毛皴、荷叶皴（赵孟頫）、长斧劈柴皴（李唐、马远）、鬼脸皴（荆浩）、拖泥带水皴（米芾）、折带皴（倪瓒）、破网皴（吴伟）。树的皴法有：有鳞皴（松树皮）、绳皴（柏树皮）、交叉麻皮皴（柳树皮）、点擦横皴（梅树皮）、横皴（梧桐树皮）。

没骨

没骨指一种不用笔勾、墨画为骨，而直接用色彩涂抹、描绘物体的手法。五代黄筌所画花卉，勾勒用笔较细，着色后几乎不见笔迹，遂有"没骨花枝"之称；后来到北宋时期，有画家徐崇嗣学黄筌之手法，所绘花卉更是不加墨线勾线，只用彩色画成，世称"没骨画"，后人将此类画法称之为"没骨法"。

泼墨

泼墨指将墨泼于纸上后，随其形状画出景物的一种手法。相传唐代的王洽，曾以墨于纸上而画出形神兼顾的画作，遂成绘画的创作方式。后世将用笔水墨饱满、淋漓尽致、气势磅礴的手法称之为"泼墨"。

（5）髡残

髡残，湖南武陵（今常德）人。字介丘，号石溪，又号白秃，自称残道人，晚年署名"石道人"；在画坛上与石涛并称"二石"，又与程正揆并称"二溪"。

据说，其母梦僧人入室而孕，因而他年岁稍长，总以为自己前生是僧人，故常思出家。程正揆在《石溪小传》中说髡残"廿岁削发为僧，参学诸方，皆器重之"。髡残自幼爱好绘画，年轻时放弃求取功名，20岁削发为僧，云游名山；30岁时明朝灭亡，他参加了何腾蛟的反清队伍，抗清失败后，避难常德桃花源。

髡残善绘画，尤其精于山水；绘画技法宗法黄公望、王蒙，早期基础出于明代谢时臣，所融之技法可上追元代四大家及北宋之巨然，曾说："若荆、关、董、巨四者，得其心法惟巨然一人。巨然媲美于前，谓余不可继迹于后。"他习学元代四家以及明代大画家董其昌的画法，同时敢于"变其法以适意"，并以书法入画，不做临摹效颦，此真可见其重情用心、重视笔墨技法之处。

他在艺术上主张抒发个性，敢于创新，反对古板陈旧、墨守成规，其作品充满质朴的感情，似不假造作、真挚感人，故而风格独特，于当时成就最为突出，对后世影响很大。

髡残的山水画章法稳健，繁杂严密而不堵，郁茂浓厚而不塞，景色不以新奇取胜，而以平凡见其幽深处。其善用雄健之秃笔和渴墨，层层皴擦勾染，厚重而不板滞，秃笔而不干枯，是以他的作品具有"奥境奇辟，缅邈幽深，引人入胜"的艺术境界。

他平生喜游历名山大川，对大自然之博大神奇有其独到的领会，后住在南京牛首山幽栖寺。曾自谓平生有三惭愧："常惭愧这只脚，不曾阅历天下多山；又常惭此两眼钝置，不能读万卷书；又惭两耳，未尝记受智者教诲。"

髡残的性格比较孤僻，书中云他"鲠直若五石弓，寡交识，辄终日不语"。对于禅学，他亦有独到之体悟，能"自证自悟，如狮子独行，不求伴侣者也"。他的画学，在当时已有相当造诣，受到周亮工、龚贤、陈舒、程正揆等人的推崇，因而他在当时的佛教界和艺术界皆有很高的声望。

髡残从事绘画比他人艰难，也付出更多心力，因其一生多受病痛折磨，可能与他早年避兵隐居桃源深处有关，但他从未放逸其心。他尝在《溪山无尽图卷》自题省悟之语，颇为感人。其语云："大凡天地生人，宜清勤自持，不可懒惰。若当得个懒字，便是懒汉，终无用处。出家人若懒，则佛相不得庄严而千家不能一钵也。神三教同是。残衲时住牛首山房，朝夕焚诵，稍余一刻，必登山选胜，一有所得，随笔作山水画数幅或字一两段，总之不放闲过。所谓静生动，动必做出一番事业，端教作一个人立于天地间无愧。若忽忽不知，惰而不觉，何异于草木！"

张庚在《国朝画征录·髡残传》中有评云："石溪工山水，奥境奇辟，缅邈幽深，引人入胜。笔墨高古，设色精湛，诚元人之胜概也。此种笔法不见于世久矣！"由此可见，髡残之画深得元代四大家之精髓。

（6）弘仁

弘仁，明末清初画家，僧人，安徽歙县人。俗姓江，名韬，字六奇；明末诸生（秀才），明亡后出家，法名弘仁，字渐江，自号渐江学人，又号渐江僧、无智、梅花老衲。自幼丧父，家贫，事母至孝，一生未娶。

他是明末秀才，明亡后，有志抗清，离歙赴闽，入武夷山为僧，师从古航禅师；云游各地后回歙县，住西郊太平兴国寺和五明寺，经常往来于黄山、雁荡山之间；工诗文、书法，其诗多从国家身世有感而发，其中尤其以民族感情至为强烈。其人画风萧散淡泊、简洁冷峭。

他擅画山水，取法宋元诸家，尤喜倪瓒（云林），师其法而用功最多；虽尊师法，但又不拘于师法，并能独自创新，所谓"师法自然，独辟蹊径"可作他艺术生涯的注脚。他的作品多画黄山，构图简洁，山石方折，险峰壁立，奇松倒挂；笔墨秀逸而凝重，意境宏阔亦淡远；其画气势峻伟，先声夺人；其人亦善画梅，绘画多得梅花疏枝淡蕊、冷艳寒香之韵致。

弘仁早年从学孙无修，中年师从萧云从，从宋元各家入手，后来师法"元代四家"，尤崇倪瓒画法，作品中如《清溪雨霁》《秋林图》《枯槎短荻图》等取景清新，多有云林遗意。他对倪瓒十分崇拜，曾于画中题诗云："迂翁笔墨予家宝，岁岁焚香供作师"，可见其尊重如斯。

弘仁以画黄山而闻名，世人谓"得黄山之真性情"，笔墨苍劲整洁，富秀逸之气，给人以清新之意趣。与石涛、梅清同为"黄山画派"中的代表人物。查士标在他的山水画题云："渐公画入武夷而一变，归黄山而一奇。"

弘仁的绘画于当时及后世皆享誉极高，后人将其与髡残、朱耷、石涛合称"清初四高僧"；又与汪之瑞、查士标、孙逸合称为"新安派四大家"，又称"海阳四家"，弘仁居首位。学他画风的有祝昌、高翔、秦涵等人。

张庚在《国朝画征录》中说："新安画多宗清（倪瓒）者，盖渐师道先路也。"代表作有《乔松羽士图》《松石图》《黄山蟠龙松》《梅屋松泉图》《黄海松石图》等。

五大书体及其流派

　　书法，顾名思义就是书写文字的规则或方法，用以记录或传递信息，故文字不可不重视。然而，各国的文字，因其产生之年代与人们认识的不同，故在结构、分布及至章法多不相同；甚至一国文字，因历史变迁之不同，而有不同之形体，故有书体及流派之由来。

　　古书云"书画同源"，而实际亦如此。以我国汉字为例，即从形象之图画开始的，后来书法成为一门艺术，即是"字如画"或"画如字"，自有它的艺术魅力所在。

　　自秦汉以来，不少书法名家多为书画大家，甚而融字之法入画，或融画之势入字，颇有开创之大家，故有五体流派之由来。

　　进而述之——工笔中之人物，其脸或手、或臂、或衣褶，多为玉箸篆的笔法；再者，花卉画中之花、瓣、茎、叶，亦是篆书的笔法，故而线条或流畅柔软，或坚硬如铁，可证以书绘画者也。而绘画之腕力、手势，与书法之力度与技法，亦多有默然相契之处，此为"以画入笔者"之明证也。

　　若论书体，一般称正、草、隶、篆及行书，共称"五体"。现从发展之次序，首以甲骨文为先，次为钟鼎文、石鼓文、大篆、小篆，以上是"古文"的范畴；而后才有隶、草等体。现简要讲一下它们的历史由来及其流派。

1. 古文

（1）甲骨文

甲骨文为我国最早的文字形式，是以商代和西周早期（约公元前16—前10世纪）的龟甲、兽骨为载体的文献，此为已知的最早的汉语文献形态。

早期，那些刻在甲骨上的文字曾被称为"契文""甲骨刻辞""卜辞"或"殷墟文字"，现通称为"甲骨文"。因商、周时期的帝王，凡诸事多用龟甲或兽骨进行占卜，以察吉凶或定国事，后将占卜之结果刻于甲骨之上方便保存，此即为"甲骨文"之由来。

当然，除占卜吉凶外，甲骨文内容涉及面亦广，如天文、历法、气象、地理、封地、世系、家族、人物、官职、征伐、刑狱、农业、田猎、宗教、祭祀、疾病、生育、灾祸等，故甲骨文是研究我国古代——尤其商代的社会历史、文化及语言文字极为珍贵之资料，已发掘的甲骨文献中的殷商甲骨卜辞，主要是殷墟甲骨。

殷墟甲骨是商代自盘庚迁殷至帝辛（商纣王）270余年间的遗物，大多数出土于河南安阳小屯村或其附近。自清光绪二十五年（1899年）被发现后，大量有字甲骨遭私人滥掘，并为古董家、学者和一些驻中国的外国传教士所收集。1928年秋才由国立中央研究院历史语言研究所组织人员进行科学发掘。

最早编纂甲骨文献的人是江苏丹徒的刘鹗。光绪二十九年（1903年），刘鹗在罗振玉的帮助下，编纂并出版了历史上第一部甲骨文集《铁云藏龟》。因此，研究甲骨文早期贡献最大的是金石学家罗振玉。

当时人们尊尚鬼神，遇事占卜，他们把卜辞刻在龟甲和兽骨的平坦面上，涂上红色标示吉利，黑色标示凶险。这些文字皆用刀刻，大字约一寸见方，小字如谷粒，或繁或简，精致非凡。

（2）金文

比甲骨文稍晚出现的是金文，金文也叫"钟鼎文"。商、周是青铜器的时代，青铜器的礼器则以鼎为代表，乐器以钟为代表，"钟鼎"常常作为"青铜器"之代名词。金文（或钟鼎文）就是指铸在或刻在青铜器上的铭文。

以内容而言，金文的内容多为当时祀典、赐命、诏书、征战、围猎、盟约等活动（或事件）记录，皆反映当时之社会生活。金文字体整齐遒丽，古朴厚重。相对甲骨文而言，化板滞为流畅，变化多且丰富。

以字体而言，金文基本上属籀（大篆）体。

周宣王时所铸之《毛公鼎》，上面的金文极具有代表性，其铭文共32行，共497字，是出土之青铜器铭文中最长者。《毛公鼎》铭文的字体结构严整，瘦劲流畅，布局不弛不急，字之位置排列得当，是金文作品中之杰出者。此外，《大盂鼎》铭、《散氏盘》铭亦是金文中难得之作。

古文中除殷墟甲骨较为著名外，钟鼎方面有《盂鼎》《小盂鼎》《散氏盘》《毛公鼎》，乃至《三体石经》中的古文。

（3）篆书

"篆"者，依《法书考》解释："篆者，传也，传其物理，施之无穷。"谓为传递事物的信息或道理，可以传承、延绵，以至无穷。

《说文》云："篆，引书也。"谓引笔而书，引书成画，积画成形，形以象字之意也。在六书中，指事、形声、会意、转注、假借皆以象形为基础而来。故象形字为最早之文字形状，亦是篆字的主要特征，此为其一。

篆书特征之二，是其笔画有转无折，一切转弯之笔画，都成圆转而成，无有方折。

此所谓"篆"为广义的"篆"，泛指秦代与秦代以前的各种字体。在漫长的历史演变过程中，经多次的变化，其历史可分三阶段，即：古文（包括甲骨文、钟鼎文等）、大篆（籀书）和小篆。

大、小二篆，虽出自钟鼎甲骨，但依然为原始字体。唐代孙过庭曾在《书谱》中说过："篆尚婉而通。"就是说篆书的笔画必须婉转而通顺；所谓通顺，指转弯的笔画没有方折笔势，而成圆转。

秦时，隶书自小篆中出，渐成新的字体，当时还是隶书的雏形。

至汉代时，隶书渐兴，时为以后，此一时期为隶书成熟期、壮年时期，是隶书当道的典型时期。作为实用文字，二篆逐渐退位让于隶书，但作为书法艺术，仍有名家，如汉相萧何所作，时称"萧籀"。后汉篆书名家中有位名叫曹喜的，时称"篆、隶之工，收名天下"，史书中说他"喜倾慕李斯笔势，少异于斯而亦称善"。此人尤工悬针篆、垂露篆与薤叶篆。

另外，后汉名家还有蔡邕，他是《熹平石经》的书写人，著有《篆

99

势》，史书中说"蔡邕书采斯喜之法，为古今杂形"。此外，许慎工小篆，师法李斯，笔法奇妙，著有《说文解字》14篇，对后世影响极大，承传了篆（籀）书法度，成为后世学习之圭臬，曾被奉为"楷书正误"的标准。后汉著名篆书遗迹中的《嵩山少室》《开母庙》和《西岳庙》三石阙，还有汉碑篆额若干种。

至魏晋南北朝时期，虽楷、行、草等书体均已诞生，而仍不乏篆书名家。如魏时《正始三体石经》上的古文和小篆，可谓汉篆的典型。而《吴禅国山碑》篆法严整，《天发神谶碑》则由转而折、由圆而方，名为篆书，已显隶书之韵意。晋时的《安丘长城阳王君神道碑》，其篆书笔法多方头尖尾，略带挑法。

此外，宋代范晔工草隶，尤善小篆，梁代萧子云："创造小篆飞白，意趣飘然。"欧阳询评云："萧侍中飞白，轻浓得中，如蝉翼掩素。"另，梁代庾元威善作百体书，并作杂体篆24种，这些亦是篆书名家。

唐代之篆书名家首推李阳冰，史书中说他的篆书"变化开阖，如虎如龙，劲利豪爽，风行雨集"。他自己也说过："（李）斯翁之后，直至小生，曹喜、蔡邕不足信也。"唐代吕总说他："李阳冰书若古钗倚物，力有万夫。李斯之后，一人而已。"史书中说他的《乌石山般若台题名》《处州新驿记》《缙云城隍庙记》《丽水忘归台铭》为"阳冰四绝"；另有《李氏三坟记》《唐公德政颂》，以及"听松"二字，都很有名。

五代两宋时期工篆书者亦不少。较著者为徐铉、徐锴兄弟，世称"二徐（铉为"大徐"，锴为"小徐"）。兄弟二人皆好李斯小篆，造诣颇深。徐铉遗迹有《篆千文》《温仁朗碑额》等。徐锴著有《说文解字系传》四十卷，《说文解字篆韵谱》五卷。除"二徐"外，较著者尚有郭忠恕、僧人释梦英等。

郭忠恕，字恕先，著有《汉简》一书，作品则有《重修五代汉高祖庙碑》《怀嵩楼记》等传世。

梦英（僧），衡州人，号宣义，工"玉箸篆"，有《千字文》《夫子庙堂记》《妙高僧传序》等传世；著作有《篆书偏旁字源》。

元代时，篆书成就较大者，如赵孟頫、吾丘衍、周伯琦等人。赵孟頫篆书多见于碑额及墓志铭盖。吾丘衍著有《学古编》《三十五举》《周秦石刻音释》《印式》等专论"篆法"之著作。周伯琦有《李公岩》《临石鼓文册》等传世,著有《六书正讹》《说文字原》二书。

明代篆书名家中,以李东阳最为有名,其小篆清劲入妙,卓而超群,自成一家。赵宧光根据《天玺碑》而小变其体,创作草篆,颇具个人特色。程南云、景阳、徐霖、陈淳、王穀祥等人亦是有名之书法家,他们多承宋、元遗风。

清代篆书名家则比前代更多,以清康熙时期的王澍最为有名,此人篆书谦和朴实,一时顿称"无双"。江声的篆书兼《石鼓》《国山》之遗意,故成一代名家。清乾隆时的洪亮吉、孙星衍、钱坫、桂馥等亦以篆(籀)书著称,而尤以钱坫为杰出。清嘉庆时期,有名家邓琰(石如)崛起,其篆法出入二李(李斯、李阳冰),包世臣在《艺舟双楫》中将其推为"神品第一"。清代篆书名家多笃守阳冰之法,邓琰则一改往习,以隶笔而为篆书,对后世影响极大。清道光年间,黄子高篆法俊健,直追邓琰之风。又有何绍基以颜真卿之笔法作篆,圆融茂密、刚劲有力,终成一格。至清末乃有杨沂孙、泗孙兄弟二人均从《石鼓》入手,参以钟鼎款识,自谓"历劫不磨"。后有吴大澂,所写篆文平整匀净、凝重简练,中年以后杂以古籀,另辟蹊径,终成高手。吴芷舲则以汉碑篆额、汉印篆法,参以《开母庙》《国山》《天发神谶》等碑刻,于邓、钱二家之外独树一帜。

此为篆书演变之脉络,所述或许不全,容后来者补之改之可也!

(4)大篆

大篆,起于西周晚年,春秋、战国间通行于秦国,字体与秦篆相近,但字形构形多为重叠,因著录于《史籀篇》,故称"籀文",籀文是秦统一中国前流行之文字。

《史籀篇》乃用首句为篇名,实非人名。《史籀篇》取多少字已不可知,许慎《说文解字》中举出220余个不同的字。

大篆著名碑帖有《石鼓文》《秦公敦铭》。李斯小篆著名遗迹有《泰山刻石》。据传《会稽刻石》和《峄山刻石》亦李斯作品,但传世的据说都是宋郑文宝重刻的南唐徐铉摹本。《琅邪台刻石》传为李斯所书。

籀文,又称"石鼓文",以周宣王时的太史籀所书因而得名。

他在原有文字的基础上进行创新，并刻于石鼓上而得名，石鼓文是流传至今最早的刻石文字，为石刻之祖。

隋唐之际，在天兴县（今陕西省凤翔县）发现了十个石碣，样子像鼓，故起名为"石鼓"，上面的文字也因此而称为"石鼓文"。每个石鼓上都刻着一首六七十字的四言诗，据专家考证，这些石鼓乃春秋末年至战国初年的物品，上面的诗是歌颂秦王的。石鼓文为现存最早的石刻文字。

（5）小篆

小篆，又名"秦篆"，因相传为秦国丞相李斯所创，故名。小篆为通行于秦代之文字。其字体形体偏长，匀圆齐整，由大篆衍变而来。东汉的许慎《说文解字·叙》称："秦始皇帝初兼天下……罢其不与秦文合者。（李）斯作《仓颉篇》，中车府令赵高作《爰历篇》，太史令胡毋敬作《博学篇》，皆取《史籀》大篆，或颇省改，所谓'小篆'者也。"今存《琅邪台刻石》《泰山刻石》残石，即小篆代表作。自李斯以后，唐代李阳冰、五代的徐铉、近人邓石如等皆以篆书见长。

自甲骨文、钟鼎文、大篆发展到春秋战国时，各国删繁就简，各行其令，故文字极不统一。秦灭六国后，秦王采纳丞相李斯之意，进行文字改革，故有六国文字统一之事。据记载，参加统一文字工作的人有赵高、程邈、胡毋敬等。但依《说文解字》收列9353字，所举须要改革的篆文只有225字，所以不能说李斯"创造了"小篆。相传，秦代金、石刻文皆出李斯之手，此为李斯的杰出功绩，其对秦统一文字、简化文字的贡献亦是功德不小。

自周平王于公元前770年东迁洛阳（河南）后五百余年，经历诸侯兼并的春秋时期和七国争霸的战国时期，语言方面，则出现了"言语异声""文字异形"的现象。据史料记载，只"宝"字的写法，当时就有194种不同形态；"眉"字的写法也有104种；"寿"字的写法亦在百种以上。这些异形的文字，有的字体柔婉流动、疏密夸张，有的体势纵长、结构怪异，此为书法艺术新的里程碑。

公元前221年，秦始皇统一天下，为了便于统治，故在文字上实行了"书同文字"的政策，"罢其不与秦文合者"。秦文是沿袭西周的文化传统，在"金文""籀文（大篆）"基础上发展起来的一种书体，故秦文又称"秦篆"，后人又用"小篆"称之，以区别于"大篆"。

秦代刻石保存小篆书迹稍多，以秦始皇所立诸石最为重要，《琅邪台刻石》《泰山刻石》及其残存拓本《始皇廿六年诏》等最能见其真相。

《峄山刻石》是秦篆（即小篆）的代表之作，字的点画均为线条，粗细一致，圆起圆收；字体端庄严谨，有实有虚，疏密得当，显得从容平和，而且刚劲有力，故后人有评云"画如铁石，千钧强弩"。《峄山刻石》的字结构上紧下松，垂脚拉长，有居高临下的俨然之态，似乎读者须仰视而观；在章法上行列整齐、规矩和谐。秦刻石在总体上从容、俨然、强健的艺术风范与当时秦王朝的时代精神是统一的。《峄山刻石》原石被后来三国时期的曹操登山时毁掉了，但留下了碑文。

小篆字体，当以秦刻石为代表。据《史记·秦始皇本纪》言：秦始皇曾经在东巡中立了六块碑刻，今所存者仅《泰山刻石》《琅邪台刻石》两种，秦刻石传出自李斯之手。

《泰山刻石》为前219年时所刻，原石毁于清乾隆五年（1740年），今存十字，其书笔画简约，结体规矩典雅。

《峄山刻石》今所传者为宋代郑文宝所摹刻，《峄山刻石》翻刻的有很多，而尤以郑氏为最精。以上诸碑是秦篆的典型，其特点是用笔匀净、劲瘦，提笔疾过，圆融峻俨，其笔法又有"玉箸""钗骨"之说，所以秦篆又称"玉箸篆"。

2. 隶书

隶书，又称"隶文""隶字"，是我国自有文字以来第二大书体。因原来用以辅助篆书，故又称"左书""佐书"或"佐隶"，此几种叫法随着隶书取代篆书而逐渐不用。

古时，书家多谓隶书是秦代程邈所创，直到近代方才认为隶书是自然演变而来的。隶书从秦代开始，经长期发展、演化，至东汉末年进入成熟期，这时楷书也逐渐出现。东汉末年，钟繇任黄门侍郎之职，他能写隶、楷、行、草诸体，尤善于楷书。他所书之楷体，世称"开创了由隶到楷的新貌"；而此时楷书已渐占统治地位，但隶书作为一种书法、一种艺术，仍为世人所喜爱，故能流传至今。

随后，隶体不断地变化发展，其书体之特征为：笔画比篆书复杂而多变，不但有横、直、折、勾，还出现点、戈、撇、捺；笔法是方圆并用，方多于圆；逆锋、藏锋、回锋兼施；行笔是中锋、偏锋都有或同时存在；其笔法的典型特点是有波势、用挑法，即平常所说的"蚕头燕尾"，字的形状也由长而为扁平。

隶书从秦隶到汉隶，最后又过渡到唐隶，其间还经过众说纷纭的"八分"，如后所述。

清代以隶书著称者有郑簠、陈恭尹、顾蔼吉、桂馥、邓琰（石如）、黄易、伊秉绶、陈鸿寿、赵之琛、何绍基、俞樾、徐三庚等人，其中，郑簠、陈恭尹、顾蔼吉为专工隶书者；而桂馥、邓琰、黄易、伊秉绶、陈鸿寿、徐三庚等人篆字亦不亚于他们的隶书成就；至于邓琰（石如），虽以篆刻著称，而其所写隶书苍劲浑朴、卓尔超群，自成一家，是隶书中难得一见之珍品。

（1）秦隶

早期的隶书，因初脱胎于小篆，故虽比小篆简洁，但仍保留篆书的较多笔势、笔意，其字多是半篆半隶、浑然一体，用笔变圆为方折，多用中锋圆笔，此时的隶书尚无波、挑，保存了篆字细长的字形，章法参差交错，变化随意而为，不受界格之所局限，如《秦权》《云梦秦简》或西汉时的碑刻。

（2）汉隶

此时的隶书，已是发展成熟的隶书，为隶书的典型时期。一般所谓"隶书"，多指这一时期的隶书。已完全摆脱篆书笔意而成全新之书体，其主要特色为"波磔披拂，形意翩翩"，用笔"藏锋逆入""逆入平出"或"翘首举尾，直刺斜掣"，多为"蚕头燕尾"势；笔画有粗有细，轻重相应；字形亦由长方而成方扁。

隶书，以汉隶为主体；汉隶，则以后汉时的隶书为准则。在后汉隶书中，有名的碑刻很多，如《裴岑纪功碑》《西狭颂》《夏承碑》《张迁碑》《子游残碑》《鲜于璜碑》《礼器碑》《曹全碑》《熹平石经》《史晨碑》《石门颂》《杨淮表记》《仓颉庙碑题铭》等，这些碑刻风格不同、笔法互异，按其笔法大致可分"方笔""圆笔"两大类；但按其风格、神韵，则可分为五大流派：

①如《乙瑛碑》《史晨前后碑》《礼器碑》《华山庙碑》等属"圆润瘦劲、端整精密"的一派，以"法度谨严、笔意飞动"见称，乃隶法之正宗。

②如《曹全碑》《孔宙碑》《孔彪碑》等属"秀丽工整、圆静多姿"的一派，是汉隶中之精品。

③如《张迁碑》《鲜于璜碑》《西狭颂》《衡方碑》等属于"方整宽厚、峻宕雄强"的一派，为隶书中之佳作。

④如《石门颂》《杨淮表记》《封龙山颂》《开通褒斜道石刻》等属"风神纵逸、气势奔放"的一派，亦难得之石刻。以上各碑，除《封龙山颂》外皆为摩崖石刻；而花岗石石质坚硬，颗粒较大，虽无法刻得秀丽严谨、粗细有形，然而恰能体现隶书"飘逸奔放"的风格。

⑤又如《郙阁颂》《夏承碑》《君子残石》等属"意态奇古、气度宽阔"的一派，亦是难得一见的书法作品，多为书法家所爱。

3. 楷书

楷书，即楷体书法，是从汉末、魏晋时起直至近代广泛流行的书体，是我国第三大书体。

楷书，又称"正书""真书"。楷有"楷模""法度""标式"等义，最初用以称呼书体。晋代卫恒《书势》云："上谷王次仲，始作楷法。"所说"楷法"为"八分楷法"，即间乎隶、楷之间的"八分"书体；近世所谓的"楷书"，非指"八分楷法"，乃指脱尽隶笔、隶意的正书楷体，故楷体又称"正书"。从形成的角度讲，钟繇所写的楷字即是"正书"，虽他的字尚有隶书的笔意在，但说楷书起自汉末也是可以的。

楷书之特征有三：其一，笔画端正，结体整齐，工妙在点、画，神韵体现于结体——楷字多平正齐整、端庄大方、结构严谨，正如宋代苏轼所说，"大字难于结密而无间，小字难于宽绰而有余"，故楷书"严整而不失飘扬、犀利刚劲而似飞动"。其二，笔画有规律可求——如"永字八法"即是习楷之范例，故有规律可寻，即一切楷书的笔画皆可纳于"八法"之中。其三，起止三折笔——"运笔在中锋"是楷书的典型笔法，运笔中锋，则字多遒润。

楷书的体势和风格流派较多，然就其基本规格而言大同小异。其小异可分为三：一是肥、瘦之分，肥厚者如颜体，瘦挺者如柳体；尚有极瘦者，如瘦金书。二有长、方之别，正方者如褚体，长方者如欧体。三是朴、媚之异，淳朴者如虞体，妩媚者如赵体。

楷书的著名流派，多出现在魏、晋、唐、宋之间，后分为南、北两大体系。

南系楷书的著名流派，首推钟、王，此为魏晋时期楷书开宗立派之主要代表。钟即钟繇，王指二王："大王"王羲之，"小王"王献之。钟、王的楷书，秀丽挺拔，备尽法度。钟繇的《宣示表》，王羲之的《黄庭经》《乐毅论》，王献之的《洛神赋十三行》，都是他们的著名墨迹。钟、王之后，欧（阳询）、虞（世南）、褚（遂良）、薛（稷）相继于后；其次，又有颜（真卿）、柳（公权）、赵孟頫等书法家横空出世，这些书法大家多有自创，终成一家风格。后世所说的"欧体""颜体""柳体"即是指他们的楷书风格而言。

北系楷书的著名流派源自魏时的碑帖。魏碑，乃是界乎隶、楷之间的一个流派，亦是重要的楷书体系，是书法中珍贵之宝藏。最早以索靖为代表，而后方形成"北系"书法体系。北系楷书的书法遗迹主要是石刻碑铭，且多没有记载书写者姓名，因此北系楷书不是依书法家的风格而定，而是以碑帖名称来区分流派，传世碑帖中，最为有名者有《谷朗碑》《郑文公碑》（魏）、《张猛龙碑》（魏）、《龙门造像诸品》（魏）等。另，除魏碑外，尚有少量晋碑及南朝宋、梁时碑，如《爨宝子碑》（东晋）、《爨龙颜碑》（南朝宋时）、

《瘗鹤铭》（南朝梁时）、《石门铭》（魏）、《张玄墓志》（魏）。至清代时，有书家阮元首倡碑学，包世臣继之，近人康有为接踵而起，大兴"尊碑卑唐"之风，故而使碑学大盛。

（1）欧体

为欧阳询所创，其字正书结构，"易方为长，以就姿媚""四面停匀，八方平正""书如凌云台，轻重分毫无负""笔备众美，翰墨洒落"，此即史书所说欧体之风格，欧体著名碑帖有《九成宫醴泉铭》《皇甫碑》《化度寺碑》。

（2）虞体

为虞世南所创，其字偏长，略同于欧体，字形工整齐备，不倾不倚，法遵"二王"（王羲之、王献之），严谨洒脱，如《孔子庙堂碑》。

（3）褚体

为褚遂良所创，其书丰润劲练、清远古雅，用笔方、圆兼容，间含隶意；结体婉畅，用笔多变、中侧兼收、顺逆并用，其书对后世影响极大。著名碑帖有《孟法师碑》《大字阴符经》《雁塔圣教序》等。

（4）薛体

为薛稷所创，其书得欧、虞、褚、陆之遗风；其师承血脉近于褚遂良。此人用笔纤瘦有力，结字疏通流畅。著名碑帖有《封中岳碑》《郑敞碑》《杳冥君铭》等。

（5）颜体

为颜真卿所创，其字探源篆隶，楷法谨严，放而不流，拘而不拙，结字方圆，笔法肥劲，如《多宝塔》《东方朔画赞》《勤礼碑》《麻姑仙坛记》《颜氏家庙碑》。

（6）柳体

法出颜真卿，后独创一格、自成一家，其字笔意瘦挺，体势骨力遒劲、爽利挺秀。著名的碑帖有《玄秘塔碑》《神策军碑》等；尤其是《神策军碑》，可看出柳字与颜字之间的关联或渊源。

（7）赵体

为赵孟頫所创，世称"赵体"。其字以"风流、和婉"著称，其书风遒媚秀逸、和婉适中，结体严整、笔法圆熟。著名碑帖有《妙严寺记》《三门记》《妙法莲华经》《信心铭》等。

宋代楷书，首推蔡襄。蔡襄，宋代杰出书法家，"宋代四大家"之一。其书风格意取晋、唐，恪守法度，以神佳为度，讲究古意，书云"端劲高古，容德兼备"，为开启宋代书派主流之代表。蔡襄之字师法蔡邕、崔纾，后崛然独起。初学周越，其字变体出于颜真卿；年轻时，其字明劲有力，晚年则回归淳朴恬淡、婉美妍媚；他的大字端庄沉着，小字则秀丽多姿。大楷作品有《洛阳桥记》《有美堂记》《昼锦堂记》等，小楷如《茶谱》《集古录序》等。

宋徽宗赵佶，正书笔势劲逸，初学薛稷，后变其法度，独创一格，自号为"瘦金书"，对后世楷书亦有较大影响。

元代著名书家赵孟頫，善篆、隶、真、行、草书，尤以楷、行书著称于世。

明代楷书较著名者有董其昌，他初学颜、虞，后改钟、王，后终成一家。

清代楷书名流有钱沣、何绍基，其楷法皆学颜真卿。钱沣之字，结体严整，气势雄伟；何绍基之字则体势遒劲，气势流畅，此二人对清代楷法影响较大。

以上为楷书之简要脉络。

前文所谈楷书碑帖，多以大楷、中楷为主；而小楷名帖则较少，主要有钟繇的《荐季直表》、王羲之的《东方朔画赞》《乐毅论》《黄庭经》《曹娥碑》、王献之的《洛神赋十三行》、钟绍京的《灵飞经》、赵孟頫的《道德经》、文徵明的《醉翁亭记》《雪赋·月赋合册》等。

4. 草书

草书，即草体书法。草为"草创""草藁"之意，章草和今草为草书的两大主要流派，代表其发展之两大阶段。

（1）章草

章草由隶书演化而来，沿用隶书章法，横画上挑，左右波磔分明。

"笔有方圆，法兼使转"，结体"古雅平正、内涵朴厚"。唐代孙过庭于《书谱》中说："章务险而便。"唐代张怀瓘在《书断》中说："此乃存字之梗概，损隶之规矩，纵任奔逸，赴速急就。"可见章草就是隶书过渡到草书之特有形态，或称"隶草"。

章草著名的碑帖有西汉史游的《急就章》、东汉张芝的《秋凉平善帖》、东晋王羲之的《豹奴帖》，西晋索靖的《出师颂》也是章草精品；另有西晋陆机的《平复帖》，西晋索靖的《月仪》《载奴》帖也颇可观。自今草兴起后，章草式微，传世的有唐代褚遂良的《黄帝阴符经》等。

（2）今草

今草由章草演变而来，此时已完全脱离章草之隶书痕迹，故字更显潇洒、奔放和流畅。今草流派较多，大致可分为三支：

①小草：唐代孙过庭在《书谱》中说："草贵流而畅。"故小草特征以"流注、顺畅"为主；运笔多用转法，故字多显"韵媚、婉约"，而法度较为谨严，字字区分，不作连续带笔，意态飞舞奔放、随意流畅。著名碑帖以孙过庭《书谱》为代表，故小草派又称"书谱派"。另有隋代智永《千字文》亦是有名的代表作。

②大草：又名"狂草"，唐代张怀瓘在《书断》中说："字之体势一笔而成，偶有不连，而血脉不断，及其连者，气候通其隔行。"所以"大草"又名"一笔书"。其特点是于小草笔法之上，进而成为"字字相连、体势连绵"的笔势，其字笔意奔放、变化万千、首尾呼应，故气势贯穿一体、融会一如。著名碑帖有张芝的《知汝殊愁帖》，张旭的《肚痛帖》《古诗四首》，怀素的《自叙帖》《食鱼帖》，都是大草或狂草的典型作品。

③行草即草书、行书夹杂之字体，其早期形态为"藁书"（即"相闻书"），一般用于尺牍。王愔云："藁书者，若草非草，草行之际。"故知"藁书"为草书发展之过渡形态，后来发展成草书、行书并用，其特点为"行草夹杂、用笔秀丽，字不连绵但神气贯通"。如王羲之的《快雪时晴帖》《行穰帖》，王献之的《中秋帖》《送梨帖》即是典型墨迹。

后世草书名家，有宋代苏轼《醉翁亭记》、黄庭坚《诸上座帖》、米芾《草书九帖》、蔡襄《草书二诗帖》，明代祝允明《前后赤壁赋》、文徵明《滕王阁序》等，明末清初的王铎则一反常规、另辟蹊径，后自成一家，其章法影响后世亦大。此等大家于草书上造诣颇高、别具一格，为草书之代表人物。

5. 行书

　　行书，即行体书法，亦名"行押书"，行书从楷书演化而来。唐代张怀瓘云："务从简易，相间流行。"宋代姜夔《续书谱》云："行出于真。"行书特征是"非真非草"，介乎真、草之间。从楷书到今草，较自然形成了行书。宋代的《宣和书谱》中就有"真几于拘，草几于放，介乎两间者，行书有焉"之语，可知行书之特征。

历代书法家及其作品

前面，我们就五大书体以及它们的流派讲述了一番。接下来，我们再以年代划分，分别讲述一下各个朝代的书法特色，以及同时代的书法名家，并就他们的代表作品略加评述，以增趣味。

1. 秦汉时期

我国秦汉时期，汉字的变迁更为剧烈也最为复杂，大篆经过省改而创造了小篆，李斯所书《泰山》《琅邪》《峄山》等石刻，即是"小篆"典型。另外，隶书发展成熟，草书发展成章草，行书和楷书亦萌芽。书法家可谓人才辈出，此一时期的书法成就影响后世极为深远。

秦汉书法遗存今天的有帛书、简牍书，还有壁画、陶瓶及碑上的刻字。汉代的石碑艺术在这一期间取得了辉煌的成就。西汉碑刻虽少，而东汉则有"碑碣云起"之兴盛现象，可见书法在当时的成就。这一时期出现不少好的石碑，如以《张迁》为代表的"方劲古朴类"；以《曹全》为代表的"飘逸劲秀类"；以《礼器碑》和《前史晨碑》《后史晨碑》为代表的"端庄凝练类"等著名的碑铭。

至汉时，篆、隶、章草均有成绩，如此时已显露行书、正楷的端倪；而且，由于书法艺术在秦汉时代的昌盛，在这一时期的篆刻作品亦是十分精美的，并出现了各种印章。

（1）史游

史游，西汉元帝时人，官至黄门令。曾解散隶体而求速书，但存字的梗概，损隶书的规矩，但求书写纵任奔逸，而大胆打破隶书书写之章法，因作《急就章》，故后人称其书体为"章草"。因草创而成的字体，故称"草书"。

《急就章》，汉代史游撰。唐代张怀瓘在《书断》中说："章草者，汉黄门令史游所作也。"王愔说："汉元帝时史游作《急就章》，解散隶体，汉俗简惰，渐以行之是也。"

其书自始至终，无一复字。文辞雅奥，亦非后世蒙学诸书所可及之。旧时曾有曹寿、崔浩、刘芳、颜之推《注》，今皆不传，唯颜师古《注》一卷存世。后有王应麟补注之，厘为四卷。

《急就章》今本34章，此书不是简单地把许多单字放在一起，而是有意识地加以组织，按姓名、衣服、饮食、器用等分类变成韵语，多数为七字句，这样学童在学习认字的同时还能增长各方面的知识。全书取首句"急就"二字作为篇名，"急就"就是速成的意思。这是一本速成的识字课本，全书共收2016字，没有重复的句子，文辞雅奥，是后世蒙书少能匹及的。

从周秦到汉中叶，可以说是以《史籀篇》为代表的蒙学教材流行时期。从汉中叶到南北朝时期，史游的《急就章》盛行，是当时主要使用的蒙学教材。而"自唐以下，其学渐微"，《急就章》的主流地位渐被新出的《千字文》所替代了。

汉代时期，先合秦代《仓颉》《爰历》《博学》等三书为《仓颉篇》，作为蒙学教材。后来又有《凡将篇》（司马相如作）、《急就章》（史游作）、《元尚篇》（李长作）、《训纂篇》（扬雄作）等书先后问世；后来又把《仓颉篇》《训纂篇》《滂熹篇》合为一书，称为《三仓》（也称为《仓颉》），这些书都是汉初《仓颉篇》的继续和发展，而《仓颉篇》文字又取自《史籀篇》。

颜师古本比皇象碑多63字，而少"齐国""山阳"两章，只有32章。王应麟在《艺文志考证》中以为此二章起于东汉，或许最为精确。其注考证广泛，足补师古之缺。别有黄庭坚本、李焘本、朱子越中本等，诸本字句小有异同；但王应麟所注，多从颜（师古）本，以其考证精深，较他家更为有据可证罢。

（2）钟繇

钟繇，字元常，颍川长社（今河南长葛东北）人。他工于书法，师承曹喜、蔡邕、刘德昇，博采众长，融会贯通，各体兼能，尤精于隶书和楷书。

他的书法从学习汉隶入手，但改进了"蚕头凤尾"的写法，使字形更为方正平直、简单易写，点画颇多奇趣，结体茂密修长、飘逸萧疏，已具楷书面貌，他也因此成为汉字由隶入楷的主要代表人物，故后人有奉他为"楷书之祖"者；他与张芝、王羲之齐名，故并称为"钟张"或"钟王"，梁武帝萧衍评其书："如云鹄游天，群鸿戏海，行间茂密，实亦难过。"

钟繇的书法真迹早已失传，我们现在所能看到的都是后世临摹本，《荐季直表》和《宣示表》是摹刻中的佼佼者，从中可以看出钟繇书法的精神与意趣。此二表布局空灵，结体疏朗，字形略扁，带有隶书的痕迹。虽结体、法度尚有不成熟之处，似不如晋、唐楷书那般工整端正，但天真无邪、古朴盎然，自有妙不可言处，故为后人所推崇。

钟繇在书法上下过大苦功，曾自称："吾精思书学三十年，坐与人语，以指就座边数步之地书之，卧则书于寝具，具为之穿。"可见其矢志于学。相传，有一次他在著名书法家韦诞家中看见一篇蔡邕论笔法的文章，苦求不得，以至到后来"捶胸吐血"，还是曹操用"五灵丹"救活的；等到韦诞死了之后，"繇阴发其冢，始得之，书遂大进"，可见他对书法的执着和专一。他能书写隶、楷、行、草等各种字体，尤其擅长楷书，开"由隶到楷"之新面貌。

他的楷字较扁，近似隶书，笔画清劲遒媚，结构茂密，笔画峭薄修长。今存《宣示表》《荐季直表》《贺捷表》《还示帖》《力命表》《墓田丙舍》《调元表》等帖，为晋、唐时的临摹本。

他的书法"丰润有致、刚柔相济，且古雅幽深，备尽法度"，被誉为"秦汉以来，一人而已"，后人甚至奉他为"楷书之祖"。

钟繇的书法主要学曹喜、刘德昇和蔡邕，他的正楷书法独步当时，自言"精思书学三十年"，其所作字体，秀美典雅、幽深无际，故能超人一等。

他所处年代正是隶、楷交错变化之时，正如元代袁裒《总论书家》中所说的那样："汉魏以降，书虽不同，大抵皆有分隶余风，故其体质高古。"因此，在他的楷书之中带有浓厚的隶书意味。

他的小楷书法，体势微扁，行间茂密，点画厚重朴实，笔法则清幽俊劲、醇古简静，质地淳朴。唐代张怀瓘在《书断》中评他："真书古雅，道合神明，则元常第一。"又说："元常真书绝妙，乃过于师，刚柔备焉。点画之间，多有异趣，可谓幽深无际，古雅有余，秦、汉以来，一人而已！"

对于钟繇的书法，历代多有评论，王僧虔说："钟公之书，谓之尽妙。钟有三体，一曰铭石书，最妙者也；二曰章程书，世传秘书教小学者也；三曰行押书，行书是也。三法皆世人所喜。"《书法正传》云："钟繇书法，高古淳朴，超妙入神。"南朝羊欣在《采古来能书人名》中称："钟书有三体，一曰，铭石之书，最妙者也；二曰，章程书，传秘书教小学者也；三曰，行押书，相闻者也，三法皆世人之所善。"

另有《荐季直表》，传为钟繇作品中唯一有墨本传至今之作品。该表书于魏黄初二年（221年），时钟繇已七十，内容为推荐旧臣关内侯季直的表奏。此帖笔法"古雅茂密、渊懿错落"，为难得之书法精品，又因刻于石上，故有"自华氏之有刻印，而天下之学钟书者不知有《淳化阁帖》"之誉。

他的真迹已无存世，宋以来法帖中所刻的作品，如《宣示表》《贺捷表》《荐季直表》《力命表》《墓田帖》等，都是后人临摹之作。

2. 魏晋南北朝

（1）王羲之

王羲之，东晋杰出书法家，字逸少，琅邪临沂（今属山东）人。出身贵族，为王旷之子，王导之侄。官至右军将军、会稽内史，人称"王右军"，后辞官隐居于会稽山阴（今浙江绍兴）。

工书法，初从卫铄（卫夫人）学书法，后见前代书法名家如李斯、钟繇、蔡邕等人的墨迹，无不用心揣摹，后博采众长，取诸体之精华为己所用，此后，师法张芝、钟繇。他善增损古法，变汉、魏朴质之书风，而创妍美流畅之新体。后世评者以为，其草书"浓纤折中"，楷书"势巧而形密"，行书则"遒美劲健，富于变化，又不失天然真趣"，故其书为历代学书者之所宗，对后世影响极大，故有"书圣"之誉。

王羲之楷书，小楷代表作有《乐毅论》《黄庭经》（亦称《换鹅帖》）等；草书的代表作有《十七帖》《桓公帖》《朝廷帖》《宰相帖》《司徒帖》《中书帖》《侍中帖》《尚书帖》《司马帖》《太常司州帖》《护军帖》《十一月帖》等。《淳化阁帖》中收有他的书法字帖共计159帖，多为行草夹杂。

王羲之行书代表为《兰亭序》《快雪时晴帖》等，后世刻石者和临摹者很多，宋时刻石多达数百种。其他行书法帖也很多，现将较著名的帖子列目如后：《奉橘帖》《诸弟帖》《快雪时晴帖》《从弟帖》《丧乱帖》《曹娥帖》《二谢帖》《诸贤子帖》《频有哀祸帖》《贤女帖》《伯熊帖》《此月帖》《阮公帖》《六月帖》《蔡家帖》《九月帖》《家中帖》《十月帖》《夫人帖》《三月帖》《贤弟帖》《快雨帖》《夏日帖》《平安帖》《极寒帖》《奉告帖》《州民帖》《小佳帖》《旧京帖》《悉佳帖》《安西帖》《伯慰帖》《山阴帖》《叙慰帖》《水兴帖》《廓然帖》《建安帖》《遣书帖》《瞰豆帖》《省书帖》《慈颜帖》《宿昔帖》《青李来禽帖》《书魏钟繇千字文》。

王羲之有关"书论"的著作不少，传世的有《题卫夫人〈笔阵图〉后》《书论》《笔势论》《用笔赋》《记白云先生书诀》等。这些"书论"曾载于唐代张彦远的《法书要录》、韦续的《墨薮》，宋代朱长文《墨池编》、陈思《书苑菁华》，明代汪挺《书法粹言》，清代冯武《书法正传》等，影响较大。

《兰亭序》是行书法帖，又名《兰亭宴集序》，为东晋穆帝永和九年（353年）三月三日，王羲之与谢安、孙绰等人集会于山阴（今浙江绍兴），其时与会人等各抒情怀，畅作诗篇，后羲之为作序文是也。《序》中记叙兰亭之美及聚会欢乐之情，以及对生死无常的感慨。

王羲之生前，特别重视《兰亭序》，去世后，由子孙传藏，传至王羲之七世孙智永（僧），因为无嗣，交绍兴永欣寺和尚、弟子辨才手里保存；后到唐太宗李世民手中，唐太宗死时，随葬入唐昭陵；五代时，一名叫温韬的人发掘昭陵而得，致使《兰亭序》真迹不知去向。因此序书法极美，故为历代书家之所推崇，后世誉为"行书第一"。

存世本中，唐摹墨迹以"神龙本"为最著，故称为《兰亭神龙本》。此本摹写精细，笔法、墨气、行款、神韵，都将羲之之笔韵和意境体现得淋漓尽致，为公认的最好摹本。石刻本则首推"定武本"。

《兰亭序》表现了王羲之书法艺术最高境界，此序将作者之气度、胸襟、情愫、感怀皆表现于字里行间，是难得之佳作。古人称王羲之的行草如"清风出袖，明月入怀"，堪称绝妙之喻。

《快雪时晴帖》为王羲之所书。其帖行书四行，字体流利秀美、灵动潇洒，唐代张怀瓘在《书断》中说："逸少秉真行之要，子敬执行草之权；父之灵和，子之神骏，皆古今之独绝也。"又说："右军开凿通津，神模天巧，故能增损古法，裁成今体，进退宪章，耀文含质，推方履度，动必中庸，英气绝伦，妙节孤峙。"

乾隆一生酷爱书法，刻意搜求历代书法名品，他对此帖极为珍爱，在帖前题写了"天下无双，古今鲜对"。全帖二十八字，字字珠玑，誉为"二十八骊珠"。他把此帖和王珣的《伯远帖》、王献之的《中秋帖》（号为"晋人三帖"）并藏于养心殿内，并御书匾额"三希堂"，视为稀世瑰宝。乾隆十二年又精选内府所藏魏、晋、唐、宋、元、明书家134家真迹，包括"三希堂"在内，摹刻于石上，命名为《三希堂法帖》。

（2）王献之

王献之，东晋杰出书法家，字子敬，小字官奴，王羲之的第七子；官至中书令，曾于病时让族弟王珉代行"中书令"之职，故世称王献之为"王大令"，王珉为"王小令"。

王献之工书法，善楷、行、草、隶各体，尤以行草著名。其书法，在继承张芝、王羲之的基础上另创新法，用笔外拓（开廓），俊迈而带逸气，故有"破体"之称。南朝宋、齐、梁间人多宗其体，唐、宋以来的书家也多受其影响。王献之继承父学，且进一步独创天地，字画秀媚、妙绝时伦，以至与父齐名，人称"二王"。

墨迹著名者，有行书《鸭头丸帖》，小楷《洛神赋十三行》。

草书有《玄度帖》《前告帖》《吾当帖》《侍中帖》《马侍御帖》《裴员外帖》《裴九帖》《崔十九帖》《八月帖》《十二月帖》（即《中秋帖》）《秋冷帖》《秦中帖》《数月帖》《远书帖》《岁尽帖》等。行书有《诸舍帖》《东山帖》《舍内帖》《黄门帖》《东园帖》《李参军帖》《荐王德祖帖》《山阴帖》《冠军帖》《外甥帖》《鹅群帖》《如意帖》《二十九日帖》《卫军帖》《地黄汤帖》等。

《洛神赋十三行》是王献之的小楷代表作品，据说王献之喜好书写《洛神赋》，写了不止一行，而是十三行，故有此书。从《洛神赋十三行》中可看出，王献之的楷书笔法已不带隶意，字形也由横势变为纵势，是完全成熟之楷书作品。

此帖中字，用笔挺拔有力，风格秀美圆润，笔力遒劲有力，气韵神采飞扬，字体匀称和谐、变化自然。王献之的楷书与其父王羲之相比有所不同：羲之的字含蓄，运用"内擫"手法；而献之的字神采外露，多运用"外拓"手法。其父子二人的字对后代皆产生过深刻影响。

宋代董逌《广川书跋》说："子敬《洛神赋》，字法端劲，是书家所难。偏旁自见，不相映带；分有主客，趣向严整。与王羲之《黄庭经》《乐毅论》相比，一反遒紧缜之态，神化为劲直疏秀。"

王献之曾在十五六岁时劝其父亲"宜改体，且法既不定，事贵变通，然古法亦局而执"，可见其对书法之极深感悟。

他的真迹已不复存在，今世所见为南宋贾似道所刻石本，因石色如碧玉，故称"碧玉十三行"。王献之所书《洛神赋》，体势秀逸俊丽，笔致洒脱自然。清代杨宾在《铁函斋书跋》中评为"字之秀劲圆润，行世小楷无出其右"。梁武帝《古今书人优劣评》称："王献之书绝众超群，无人可拟，如河朔少年，皆悉充悦，举体沓拖而不可耐。"唐代张怀瓘在《书断》中评其行草为："兴合如孤峰四绝，迥出天外，其峻峭不可量也。尔其雄武神纵，灵姿秀出，臧武仲之智，卞庄子之勇，或大鹏抟风，长鲸喷浪，悬崖坠石，惊电遗光。察其所由，则意逸乎笔，未见其止。盖欲夺龙蛇之飞动，掩钟张之神气。"

王献之的字虚和简静、神朗气清、灵秀流美，与文章清虚脱俗的内涵极为和谐，故后人奉《洛神赋十三行》为"小楷之极则"。

他的行书以《鸭头丸帖》为最著，体现了王献之的行书笔法，其行笔如急风骤雨，结体又疏朗有致、顾盼生姿，能寓秀美于奇险之中，是书家之所敬服处。

3. 隋唐五代

（1）欧阳询

欧阳询，唐初杰出书法家，字信本，乳名"善奴"，潭州临湘（今湖南长沙）人。官至太子率更令，世称"欧阳率更"；唐太宗时授弘文馆学士。

工书法，初学王羲之，后兼学王献之，所写书法劲险刻厉、刚劲有力，于平正中突显险绝，后风格自成一家，世称"欧体"，对后世影响很大；他与虞世南、褚遂良、薛稷三人并称为"唐初四大家"。

书体碑刻较著名的，楷书有《九成宫醴泉铭》。《九成宫醴泉铭》立于唐贞观六年（632年），楷书24行，每行49字。此碑用笔方整，且能于方整中见险绝，字画的安排紧凑，匀称，间架开阔稳健。明代陈继儒曾评说："此帖如深山至人，瘦硬清寒，而神气充腴，能令王者屈膝，非他刻可方驾也。"明代赵涵在《石墨镌华》中称此碑为"正书第一"。

《九成宫醴泉铭》是欧阳询的代表作之一。铭文由魏徵撰，记载了唐太宗在九成宫避暑时发现涌泉的事由，后欧阳询奉敕而书。原碑24行，每行49字，传世最佳拓本是明代李琪旧藏宋拓本。

此碑书法，高华庄重，法度森严，笔画似方似圆，结构布置精严，局部险劲而整体端庄，无紊乱夹杂处，亦无松弛感。唐人评其书为"森森然若武库矛戟"，"有龙蛇战斗之象，云雾轻笼之势"。

元代虞集题此碑时说："楷书之盛，肇自李唐，若欧、虞、褚、薛尤其著者也。余谓欧公当为三家之冠，盖其同得右军运笔之妙谛。观此帖结构谨严，风神遒劲，于右军之神气骨力两不相悖，实世之珍。

但学《兰亭》面而欲换凡骨者,曷其即此为金丹之供!"明代王世贞对此碑亦评云:"信本书太伤瘦俭,独《醴泉铭》遒劲之中不失婉润,尤为合尔。"

欧阳询书法用笔方整,略带隶意,笔力刚劲。清代包世臣曾说:"欧字指法沉实,力贯毫端,八方充满,更无假于外力。"故知欧体字强调指力,所写笔画需骨气内含、结实有力,每一笔画需轻重得体、长短适宜,得"中实"之趣方好;其字主笔多向外延伸,显中宫紧密严谨,尤其右边之竖笔,常向上夸张延伸,更显其超人之胆识,这些皆为"欧字"用笔独特之处。

在欧阳询之作品中,《化度寺碑》少其变化之丰,《温彦博墓志铭》逊其温润之势,独此碑寓险峻于平正之中,融丰腴于瘦硬之内,含韵致于法度之外,兼纳南派和雅与北派雄劲。

《九成宫醴泉铭》是欧阳询75岁时的作品,最能代表他的书法水平。《宣和书谱》誉之为"翰墨之冠";元代的赵孟頫说:"清和秀健,古今一人。"

(2)虞世南

虞世南,唐书法家,字伯施,越州余姚人,工书法,亲承王羲之七世孙智永传授,妙得其体。所书笔致圆融遒逸,外柔内刚,风神潇洒,骨力遒劲,后开一家之新面貌。唐代张怀瓘在《书断》中称:"其书得大令之宏规,含五方之正色,姿荣秀出,智勇在焉。秀岭危峰,处处间起,行草之际,尤所偏工。及其暮齿,加以遒逸。"与欧阳询、褚遂良、薛稷并称为"唐初四大家"。

他的楷书碑刻有《孔子庙堂碑》《破邪论》,墨迹有《汝南公主墓志铭》《左脚帖》《东观帖》《醒带帖》《积时帖》等,另编有《北堂书钞》160卷行世。

虞世南其人性喜沉静,清心寡欲,精思读书,博达古今,才情横溢;其笔致圆润遒逸,萧散洒落,有六朝余韵。其书法刚柔并重,骨力遒劲,行笔流畅,继承了王献之外拓法而别树一帜,其字"积雄劲为内势,化刚柔为一体",世称"虞体"。

《孔子庙堂碑》即是他的代表作。此碑为虞世南69岁时所书,该碑笔力遒劲,气力内沉,从容向外;点画之间,信手拈来,舒卷自如,如玉树临风、纤尘不染，突显雍容华贵、端庄优美之姿，体现其书论中"冲和"之旨。

此碑书法俊朗圆腴，端雅静穆，是初唐碑刻中的杰作，也是历代金石家和书法家公认的"虞书"妙品。宋代黄庭坚有诗云："孔庙虞书贞观刻，千两黄金那购得？"可见原拓本于北宋时已不多见了，亦可从此处得见此碑之珍贵。

其原碑早已毁没，后世主要有宋元两种翻刻本：一为宋代王彦超摹刻于陕西西安，俗称"陕本"；二为元朝至正年间重刻于山东城武，俗称"城武本"。后至清时，临川李宗瀚得唐石原拓本，世称"唐拓"。现世所见之《孔子庙堂碑》即是以李氏所藏唐拓为底本、缺字以"陕本"补全后合并而成之碑帖。

虞世南除于书法上独树一帜外，且于书论上亦有建功，为唐初有书学理论并影响后世之第一人，他所撰写的《笔髓论》既有对楷书、行书、草书等书体的评述和技法之精要分析，更提出以"冲和"为主的美学见解，精辟而独到，足见其于书法、美学上深思之力。

（3）褚遂良

褚遂良，初唐杰出书法家，字登善，钱塘人氏，官至"河南郡公"。

大书法家虞世南死后，唐太宗感叹"从此没有人可以与他讨论书法"时，魏徵推荐褚遂良，说他"下笔遒劲，甚得王逸少（王羲之）体"，后太宗下诏召褚遂良为"侍读直学士"。贞观二十三年，唐太宗病危时，命褚遂良和长孙无忌同为"顾命大臣"，辅佐"太子"李治。高宗即位后，封褚遂良为"河南郡公"，后累迁至吏部尚书、尚书右仆射等，位极人臣；此后，因极力反对唐高宗废王皇后而立武则天为"皇后"，被贬官流放至桂林，后再贬至安南，直到去世。

褚遂良博涉文史，尤工书法。其书初学虞世南，后师法王羲之，下笔古雅绝俗，正书丰润流畅，行则变化多姿、气势俊秀。其字对后世书风影响甚大，故世人将他与欧阳询、虞世南、薛稷并称"唐初四大家"。

杜甫有诗句云："书贵瘦硬方通神"，《雁塔圣教序》表现的正是"瘦硬通神"之韵味。宋代董逌《广川书跋》中亦说："疏瘦劲练，又似西汉，往往不减铜筩等书，故非后世所能及也。昔逸少所受书法,有谓'多骨微肉者筋书,多肉微骨者墨猪;多力丰筋者圣,无力无筋者病'。河南(指褚遂良)岂所谓瘦硬通神者邪?"

《雁塔圣教序》碑为褚书中最杰出者,其字圆润瘦劲,笔法娴熟老练;其时,褚遂良已步入老年,故其为唐楷已创出了规范,他在字体结构上改变了欧、虞二人的长形字,创造出看似纤瘦,实则劲秀的字体。

(4)颜真卿

颜真卿,京兆万年(今陕西西安)人,字清臣,为我国书法史上的"楷书四大家"之一。曾任平原(今属山东)太守,官至吏部尚书、太子太师,封"鲁郡公",世称"颜平原""颜太师""颜鲁公"。颜真卿在"安禄山之乱"时,固守平原城,为义军盟主,后前往劝降叛将李希烈时不幸遇害。

颜真卿的书法,初学褚遂良,后请教有"草圣"之誉的张旭,深悟笔法要旨;后参考并运用篆书的笔意来写楷书,以致有所创新,遂变初唐楷书"瘦硬清劲"而为"雄强茂密",能熔篆、隶、楷、行、草于一炉,有如"折钗股,屋漏痕",又如"以印印泥,以锥画沙";其楷书笔力丰满、端庄雄伟,方严正大,朴拙雄浑,且气势森严,颇具法度;行书则"遒劲郁勃、阔达自如",书风区别于"二王"(王羲之、王献之)和唐初诸书家,因独特之笔法,故世人称其字为"颜体"。

颜真卿的书法既有前贤书体的气韵和法度,又不为古法所缚,后突破唐初楷书成规,自成一体,为"圆笔"之开创者,后人称之为"颜体",与书法家柳公权并称为"颜筋柳骨"。世人说王羲之是书法中"尚韵"的最高典范,颜真卿则为"尚法"的最高榜样。唐人《书评》论其书:"如荆卿按剑,樊哙拥盾,金刚嗔目,力士挥拳。"可见对其极为推崇。其书风格影响所及,延绵至今。

他的墨迹较多,墨迹中楷书有《自书告身》,行书有《祭侄文稿》《刘中使帖》,碑刻则有《争坐位帖》《多宝塔碑》《东方朔画赞》《颜家庙碑》《麻姑仙坛记》《颜勤礼碑》《中兴颂》《八关斋记》等;其文章后人辑有《颜鲁公文集》行世。

《祭侄文稿》乃颜真卿为祭奠于"安史之乱"中就义的侄子颜

季明所作。唐天宝十四年（755年），安禄山谋反，平原太守颜真卿联络其从兄常山太守颜杲卿起兵讨伐叛军。次年正月，叛军攻陷常山，颜杲卿及其少子季明先后遇害。唐肃宗乾元元年，颜真卿命长侄往河北寻得季明首骨而归，于是挥泪写下这篇感人至深、流芳千古的祭文。

《祭侄文稿》因是祭文，是颜真卿有感而发的，故笔迹急促、匆忙，涂抹删补处随时可见；纵观全篇，悲愤慷慨之气、苍凉悲壮之情溢于笔端，至"贼臣不救，孤城围逼"时，有百感交集之愤激，故其字于此狂涛倾泻，字形也变得时大时小，行距忽宽忽窄，用墨燥润相间，笔锋藏露并用；至"呜呼哀哉"时，情感顿达高潮，因而所书随情挥，其实是字由心发，神气所注，故而宛如天成，整篇皆从内心之流露。

《祭侄文稿》为作者情之所至、无意作书，故写得起伏跌宕、神采飞扬，得自然之妙；且以真挚情感运于笔墨，悲壮哀伤注入其间，其字不计工拙、随意无拘，纵笔豪放，血笔交融而一气呵成，故得神来之笔，被后人誉为"天下第二行书"。元代鲜于枢《跋》语谓："《祭侄季明文稿》，天下行书第二。"元代陈深说："《祭侄季明文稿》，纵笔浩放，一泻千里；时出遒劲，杂以流丽。或若篆籀，或若镌刻，其妙解处，殆若天造。岂非当时注思为文，而于字画无意于工，而反极工耶？"

清代王顼龄《跋》："鲁公忠义光日月，书法冠唐贤。片纸只字，是为传世之宝。况祭侄文尤为忠愤所激发。至性所郁结，岂止笔精墨妙，可以振铄千古者乎。"

《多宝塔碑》，全称《大唐西京千福寺多宝塔感应碑》，天宝十一年四月廿日建，岑勋撰文，颜真卿书丹，徐浩题额，史华刻字，现藏西安碑林，是他继承传统的作品。《书画跋》："此是鲁公最匀稳书，亦尽秀媚多姿，第微带俗，正是近世撰史家鼻祖。"

（5）柳公权

柳公权，字诚悬，京兆华原（今陕西铜川）人，官至太子少师。工书，尤以楷书闻名。初学王羲之，后师颜真卿、欧阳询，用笔遒健，字体结构俊秀严紧、刚劲有力，尤以骨力胜人一筹，其书对后世影响很大，故后人将他与书法家颜真卿并称为"颜筋柳骨"。

柳公权的楷书，书体开展，中宫密集，重心偏高，而以撇、捺等加以支撑，给人以俊秀之感，法度极为森严；"柳体"起笔、收笔无法则可循，顿挫提按也没有规矩可依；其笔大体均匀，且棱角分明。

柳公权学"颜体"，一变宽博丰润而为紧峭俊秀，化凝重端正为犀利遒健，偏重骨力，给人以"俊俏英伟"之感，故有"颜筋柳骨"之誉。北宋朱长文《墨池编》中评其书云："正书及行楷皆妙品之最，草不失能，盖其法出于颜，而加以遒劲丰润，自名一家。"

他博览群书，才华出群，出口成章，对答如流。一次陪文宗到未央宫，轿车刚停，文宗就令他以数十言颂之。公权一视，出口成章，左右逢源，言辞流利优美，无不惊叹。文宗又笑着说："卿再吟诗三首，称颂太平。"公权毫无难色，慢步高歌，七步三首，文宗感叹地说："曹子建七步成诗，卿七步诗三首，真乃奇才也。"

柳公权历经了唐朝代、德、顺、宪、穆、敬、文、武、宣、懿十代皇帝，官至太子少师、紫光禄大夫上柱国、河东郡开国公。咸通六年逝世，享年88岁，葬于耀县阿子乡让义村，墓前有清代乾隆陕西巡抚毕沅立碑，上书"唐太子太师河东郡王柳公权墓"。

《神策军碑》是柳公权楷书的代表作之一。此碑结体布局平稳匀整，保留了左紧右舒的传统结构。运笔方圆兼施、运用自如；笔画敦厚方正、沉着稳健，表现了柳体楷书浑厚、开阔的典型风格。正如岑宗旦《书评》云："（柳书）如辕门列兵，森然环卫。"清代孙承泽跋文说："柳学士所书神策军纪圣德碑，风神整峻，气度温和，是其生平第一妙迹。"

《玄秘塔碑》是柳公权的代表作，其体中宫紧密，四周疏放，笔书向内攒聚，向外辐射，撇高捺低，表现出静中有动的超逸姿态。

其书初学王羲之，后融北碑方笔于楷书，取"欧体"之瘦硬险峻，又削减"颜体"之肥厚丰满；结体中宫紧缩，四角宽博开张；用笔瘦硬挺劲，骨峻气宏，自成一家，人称"柳体"。

柳公权的书法遒劲俊媚，用笔、结体都有其独到之处。他在用笔方面非常注重法度，讲究"精确干脆、一丝不苟"，尤其对笔画的始末笔端特别注重，方落、圆收，或方圆兼施，以求准确无误。其字短线浑厚有力，长线刚挺有质，似有弹性。挑、钩、折等用笔自如，锋出锐利，有"势不可当"之态；此外，柳体运笔多用中锋，以腕力行之，故线条纯厚、质朴苍劲，可谓"笔正"之典范。

柳公权的书法尤以楷书为佳，其笔法、结构已达炉火纯青之地步，对当时以及后世都产生了极大的影响。据史书载，当时的公卿大臣家的碑刻墓志如不是"柳体"所书就以为不孝，足见其影响之大。

（6）张旭

张旭，唐朝大书法家，字伯高，吴郡（治今江苏苏州）人，官至金吾长史，世称"张长史"。其母陆氏为初唐书家陆柬之的侄女，即虞世南的外孙女。陆氏世代以书传业，有称于史。张旭为人洒脱不羁，豁达大度，卓尔不群，才华横溢，学识渊博。他擅长"狂草"，号称"草圣"。因其为人性格豪放，好饮酒，善写诗，与当时著名诗人李白、贺知章等人交往甚密，人称"酒中八仙"。唐人好以书饰壁，相传张旭往往大醉后呼叫狂走，然后挥笔狂写，故世人呼"张颠"。其草书"行笔如从空掷下，俊逸流畅，焕乎天光，若非人力所为"。意蕴超妙，行笔非凡。

张旭的书法，初学"二王"，端正谨严，规矩至极，传世《郎官石柱记》可见其楷法笔法，然而，最能代表其书法创造性成就的，则是他的狂草作品。其善于生活中观察体悟，据其自称，他的书法是见公主与担夫争道而得其意［大意谓"略甚狭窄而又势在必争，妙在主次揖让之间能违而不犯"（典出唐代李肇《国史补》），从而领悟到书法的结构布白"进退参差有致，张弛迎让有度"的书法意境——此即所谓"担夫争道"之典故由来］，后观公孙氏舞剑而得其神，自此书艺大进。

《肚痛帖》草书6行30字，笔墨纵横，一气呵成。《肚痛帖》是张旭狂草的代表作，此帖写得纵横飞扬，精灵跳跃，犹如灵兔奔走，疏狂的笔法使字形结体动荡，但通篇看去却很平稳。《古诗四帖》以其崭新、高美的形式，巨大的气魄开雄伟壮润之篇章。明代王世贞跋云："张长史《肚痛帖》及《千字文》数行，出鬼入神，惝恍不可测。"

高适在《醉后赠张旭》中赞云："兴来书自圣，醉后语尤颠。"杜甫亦云："张旭三杯草圣传，脱帽露顶王公前，挥毫落纸如云烟。"张旭狂草，出乎天性，而力运自发，宛如天成。

　　欧阳修在《集古录》中说："旭以草书知名，而《郎官石记》真楷可爱。"丰道生跋："行笔如从空掷下，俊逸流畅，焕乎天光，若非人力所为。"《宣和书谱》中评说："其名本以颠草，而至于小楷行草又不减草字之妙，其草字虽然奇怪百出，而求其源流，无一点画不该规矩者。"

　　他精工楷书、草书，尤以草书著称。他的书法得于"二王"，而又独创新意。楷书《郎官石柱记》，取欧阳询、虞世南，笔法端庄严谨、不失规矩，展现楷书之精妙。

　　旧时，常熟城内曾建有"草圣祠"，祠内有一副楹联，云："书道入神明，落纸云烟，今古竞传八法；酒狂称草圣，满堂风雨，岁时宜奠三杯。"可见其书法之精湛。

　　书法大家颜真卿曾向他请教笔法，怀素继承和发展了他的草法，后以"狂草"得名，对后世影响很大。其草书与李白诗歌、裴旻剑舞并称为"三绝"。

　　唐代韩愈竭力推崇其书，在《送高闲上人序》中称："旭善草书，不治他技，喜怒窘穷，忧悲愉佚，怨恨思慕，酣醉无聊不平，有动于心，必于草书焉发之。观于物，见山水崖谷，鸟兽虫鱼，草木之花实，日月列星，风雨水火，雷霆霹雳，歌舞战斗，天地事物之变，可喜可愕，一寓于书。故旭之书，变动犹鬼神，不可端倪，以此终其身而名后世。"

　　张旭狂草，笔墨纵横，然能左右逢源、游刃有余。《宣和书谱》云："其草字虽奇怪百出，而求其源流，无一点画不该规矩者，或谓张颠不颠是也。"此言或许最为恰当。

　　其书博大清新，纵逸豪放之处，远超前代，颇具盛唐气象。传世书迹除楷书《郎官石柱记》外，草书有《肚痛帖》《古诗四帖》等较为著名。

4. 宋元时期

（1）蔡襄

蔡襄，字君谟，北宋书法家，擅篆、籀、楷、隶、行、草等体。蔡襄为人忠厚、正直，讲究信义，学识渊博。书法史上论及宋代书法，素有苏、黄、米、蔡"四大书家"的说法，他们四人被认为是宋代书法的典型代表。"宋四家"中，前三家分别指苏轼（东坡）、黄庭坚（涪翁）和米芾（襄阳漫士）。宋四家中，蔡襄年龄辈分，应在苏、黄、米之前。从书法风格上看，苏轼丰腴跌宕；黄庭坚纵横拗崛；米芾俊迈豪放，他们书风自成一格，苏、黄、米都以行草、行楷见长，而只有蔡襄喜欢写规规矩矩的楷书。其书正楷端庄沉着，行书温淳婉媚，为时人所重。

蔡襄的字"端劲高古，容德兼备"。《自书诗帖》得鲁公笔法而修于鲁公书，可为楷则。沈括说他善于"以散笔作草书，谓之散草，或曰飞草，其法皆生于飞白，自成一家"。这说蔡襄虽追求古趣，但不是"泥古不化"的，敢于创新。

《东坡题跋》称："'蔡君谟独步当世'此为至论。君谟行书第一，小楷第二，草书第三；就其所长而求其所短，大字为小疏也。天资既高，辅以笃学，其独步当世宜哉。"明代陶宗仪《书史会要》云："君谟工字学，大字矩数尺，小字如毫发，笔力位置，大者不失缜密，小者不失宽绰。"米芾《海岳名言》评其书："如少年女子体态娇娆，行步缓慢，多饰铅华。"

传世墨迹有《谢赐御书诗》和书札、诗稿等；碑刻有《万安桥记》《昼锦堂记》等。著有《茶录》《荔枝谱》，及后人所辑《蔡忠惠公集》等。

蔡襄官至端明殿学士，知杭州，卒谥"忠惠"。擅篆、籀、楷、隶、行、草等书体，楷书师法颜真卿，结体端严，体格恢宏；行书得晋人风韵，潇洒简逸。论书注重"神、气、韵"，崇尚古法。他上承唐代书法，下开宋代新风，与苏轼、黄庭坚、米芾并称"宋四家"。

蔡襄书法浑厚端庄、淳淡婉美，其正楷端重沉着，行草温淳婉丽。其书法在其生前就受时人推崇，极负盛誉，最推崇他书艺的人数苏东坡、欧阳修。

在"宋四家"中,苏轼、黄庭坚、米芾都以行草见长,而蔡襄却以楷书著称。其书法师从褚遂良、颜真卿,兼取晋人法则;其字端正沉着、雄伟遒丽。米芾、苏东坡、黄庭坚、欧阳修对他的书法都十分推崇。

欧阳修说:"自苏子美死后,遂觉笔法中绝。近年君谟独步当世,然谦让不肯主盟。"(《欧阳文忠公集》)

许将《蔡襄传》说:"公于书画颇自惜,不妄为人,其断章残稿人悉珍藏,仁宗尤爱称之。"

《自书诗帖》是其行书代表作,整篇神气连贯,笔意温婉清隽,犹有王羲之的《兰亭》遗风。传世墨迹有《茶录》《牡丹谱》《与杜长官帖》,石刻《万安桥记》《昼锦堂记》等;后人辑有《蔡忠惠公集》传世。

(2)苏轼

苏轼是北宋著名的文学家、书画家。他与他的父亲苏洵、弟弟苏辙皆以文学闻名于世,世称"三苏"。他与唐代的韩愈、柳宗元和宋代的欧阳修、苏洵、苏辙、王安石、曾巩合称"唐宋八大家";又与黄庭坚、米芾、蔡襄被称为最能代表宋代书法成就的书法家,合称为"宋四家"。

元丰二年(1079年),苏轼到任湖州还不到三个月,因有人说他作诗讽刺"新法",故有"文字毁谤君相"的罪名,后被捕下狱,史称此事件为"乌台诗案"。元祐六年(1091年),他又被召回朝,但不久又因为政见不合,被外放颍州。元祐八年(1093年)他以"讥刺先朝"罪名,贬为惠州安置,再贬为儋州(今海南省儋县)别驾、昌化军安置。徽宗即位,调廉州安置、舒州团练副使、永州安置。元符三年(1100年)大赦,复任朝奉郎,北归途中卒于常州,谥号"文忠",时年六十六岁。

黄庭坚在《山谷题跋》中说:"东坡书如华岳山峰,卓立参昂,虽造物之炉锤,不自知其妙也。余谓东坡书,学问文章之气郁郁芊芊,发于笔墨之间,此所以他人终莫能及耳。"又说:"至于笔圆而韵胜,挟以文章妙天下,忠义贯日月之气,本朝善书者,自当推为第一。"

存世书迹著名者，有《前赤壁赋》《答谢民师论文帖》《祭黄几道文》《黄州寒食诗帖》《洞庭春色中山松醪两赋合卷》；此外，尚有《一夜帖》《久上人帖》《子由梦中诗帖》《与子厚书》《天际乌云帖》《董侯帖》等；碑刻有《丰乐亭记》《司马温公碑》《表忠观碑》《苏子丹碑》（亦称《罗池庙迎送神辞碑》）《醉翁亭记》等。

另有，《与若虚帖》《答钱穆父诗帖》《付颖沙弥二帖》《遗过于帖》《次韵秦太虚诗帖》《与郭廷评书帖》《与宣猷丈帖》《渔父破子词帖》《武昌西山诗帖》《石恪画维摩赞帖》《鱼枕冠颂帖》《致道源四帖》等已收入《三希法帖》。

苏轼字子瞻，又字和仲，号东坡居士；人称"玉局""长公""雪堂"，谥"文忠"，眉州眉山（今属四川）人。嘉祐进士，历官翰林学士、端明殿侍读学士、礼部员外郎，至兵部尚书、礼部尚书；苏轼生平喜爱提拔后进，著名诗人和书法家黄庭坚、北宋著名词人秦观等人均出其门下。

《前赤壁赋》将苏轼的旷达胸襟、高洁灵魂及超逸优游的心境体现了出来，故明代董其昌赞扬此书墨法云："每波画尽处每每有聚墨痕，如黍米珠，恨非石刻所能传耳。"

苏轼的书法，主要是行书和楷书，楷书也含有行书的韵昧。其书法初学"二王"，后学李邕、徐浩，中年以后又学颜真卿、杨凝式，继而自成一格。其字特色，"笔圆韵胜"，即丰肥而有气韵。他曾说过："作字之法，识浅、见狭、学不足，三者终不能尽妙；我则心、目、手俱得之矣。"

其书集众家之长，开创"刚健婀娜、丰腴圆润"的"苏体"，后启"宋代尚意"的独特风格。与黄庭坚、米芾、蔡襄并称"宋四家"。黄庭坚在《山谷题跋》中称："蜀人不能书，而东坡独以翰墨妙天下。"

黄庭坚曾题字云："东坡道人少时学《兰亭》，故其书姿媚似徐浩；至于酒酣放浪，能忘工拙时，瘦硬字乃似柳诚悬。中年喜学颜鲁公、杨风子书，其合处不减李北海。至于笔圆而韵胜，挟以文章妙天下，忠义贯日月之气，本朝善书者自当推为'第一'。数百年后，必有知余此论者。"

其子苏过在《斜川集》中说:"吾先君子,岂以书自名哉。特以其至大至刚之气发于胸中,而应之于手,故不见其有刻画妩媚之工,而端章甫若,有不可犯之色。"

(3) 米芾

米芾,一作黻,字元章,号鹿门居士、襄阳漫士、海岳外史,祖籍太原(今属山西),迁襄阳(今湖北襄樊),世称"米襄阳";后定居润州(今江苏镇江),徽宗赵佶召为书画学博士,官至礼部员外郎,人称"米南宫"。相传,他爱古好奇,常穿了唐代服装在大街上四处走;又喜爱石头,看见奇石就下拜,呼之为"兄",因其举止狂放或疯颠,故世称"米颠"。

米芾书法成就最大者是行书和草书。他能博取前人所长,用笔俊迈豪放,自谓"刷字",意谓"运笔迅速而劲挺",世有"风樯阵马,沉着痛快"之评。黄庭坚说:"元章书如快剑斫阵,强弩射千里,当所穿彻,书家笔势,亦穷于此。"他曾自述云:"善书者只得一笔,我独有八面。"后人更称赏他是"八面出锋"。

他的书法作品,大至诗帖,小至尺牍、题跋都具有"痛快淋漓、欹纵变幻、雄健清新"的特点,"快刀利剑"之气势。传世作品如《蜀素帖》《苕溪诗》是其书风成熟时得意之作,用笔跌宕起伏,雄健异常,变化多端,为难得之书品。

《宣和书谱·行书六》称:"大抵书效羲之,诗追李白,篆宗史籀,隶法师宜官,晚年出入规矩,深得意外之旨。自谓善书者只得一笔,我独有八面,识者然之。"

曾自负能提笔作小楷,笔笔端谨,字如蝇头,而位置规模,皆若大字,然不肯多写。曾奉诏仿《黄庭》小楷,作周兴嗣《千字》韵语。

他学过很多名书法家的作品,临摹得十分逼真。据说他曾向朋友借了古书画,临摹后,将真迹和摹本一起交给物主,物主竟无法辨认。有人评说:"善临摹者,千古惟米老一人而已。"其擅画,曾创"米字点",作《夏雨图》,苍茫沉郁,大雨滂沱,为世所重。

著有《宝晋英光集》《书史》《画史》《砚史》《海岳名言》《宝

章待访录》等。行书书迹有《多景楼诗》《苕溪诗》《蜀素帖》《拜中岳铭》《三吴诗帖》《与景文书帖》《天马赋》《方圆庵记》《三帖卷》《跋陈摹褚本兰亭》《李太师帖》《张权帖》（一称《河事帖》）《张季明帖》《伯充台坐帖》《步辇图题名》《陈揽帖》《叔晦帖》《知府帖》《春和帖》《珊瑚帖》《复官帖》《诗跋褚摹兰亭》《紫金帖》《鹤林甘露帖》等；草书有《元日帖》《中秋登海岱楼二诗帖》《论草书帖》《吾友帖》《两三日帖》等，亦曾书《千字文》，其《鲁公仙迹记》原在湖州鲁公祠，石佚后已重刻。

　　米芾能诗文，擅书画，精鉴别，好收藏名迹，能以假乱真。他以行草书最著，博取前人所长，用笔俊迈豪放，有"风樯阵马，沉着痛快"之评。《宣和书谱》论其书："大抵初效羲之"，"篆宗史籀，隶法师宜官，晚年出入规矩，深得意外之旨"。

　　《蜀素帖》笔法苍老凝练，行笔涩劲，沉稳爽利，世有"清雅绝俗，超神入妙"之叹。其书体虽属宋朝简札书风，是"二王"及唐、五代书风的延续，但细察似乎与前人书法无一相似之处，是米芾自家风格的最好体现。明代董其昌跋曰："米元章此卷，如狮子捉象，以全力赴之，当为生平合作。"

　　米芾的用笔特点，主要是善于在正侧、偃仰、向背、转折、顿挫中形成"飘逸超迈"的气势以及"沉着痛快"的风格。米芾的书法中常有侧倾的体势，欲左先右，欲扬先抑，都是为了增加跌宕跳跃的风姿、骏快飞扬的神气，以浑厚功底作前提，故而出于天真自然，绝非"矫揉造作"；章法上，重视整体气韵，兼顾细节的完美，成竹在胸，书写过程中随遇而变，独出机巧。

　　其画山水出自董源，天真发露，不求刻意，多用水墨点染，自谓"信笔作之，多以烟云掩映树石，意似便已"。子友仁继父法有所发展，自称"墨戏"，画史上有"米家山""米氏云山"和"米派"之称。

　　米芾还爱砚。砚为"文房四宝"之一，为书画家必备之物。米芾于砚，素有研究，有《砚史》一书，据说对各种古砚的品样，及端州、歙州等石砚的异同优劣均有详细的辨论，倡言"器以用为功，石理以发墨为上"。其子米友仁书法继承家风，亦为一代书家。

（4）赵孟頫

赵孟頫，元代大书法家。其书风探远源古，力追"二王"，斟酌隋、唐风格，一变而为宋代"习尚"；其用笔流丽圆转、骨力秀劲，呈现出富有个性的娇美风格，自成一家，世称"赵体"。

赵孟頫，字子昂，号松雪道人，湖州（今属浙江）人。他是宋朝的宗室，宋亡后仕元，深受元世祖和元仁宗的宠遇，被授予各种官职，在政治上相当显赫。但因他是宋宗室而为元朝高官，故颇为宋朝遗民所轻视，且常遭到蒙古贵族中一些人的反对，因而心情矛盾，故他的诗文中常会流露出抑郁之情，并将大量精力用在书画创作中。

书法则工篆书、隶书、真书、行书、草书，各体皆能；早年曾学宋高宗的字，中年后取法"二王"和智永（僧），晚年则师法李邕，兼取颜真卿、米芾之长，最后兼容并包、取众之长，形成了"结体严整、运笔圆熟、姿态妍媚"的"赵体"。

存世书迹甚多。正书有《玄妙观重修三门记》《妙严寺记》《信心铭》《续千字文卷》；小楷有《汲黯传》《道统源流册》《道德经》《道统生神章》；章草有《临急就章》；行书有《洛神赋》《绝交书》《临兰亭序》《临集王书圣教序》《胆巴碑》《心赋》《雪赋》《归田赋》《兰亭十三跋》等。此外，所书碑石也不少，其中《张天师神道碑》存北京朝阳门外东岳庙。松江有其《松江宝云寺记》。

在绘画上，无论山水、人物、花鸟、竹石、鞍马，孟頫无所不能；工笔、写意、青绿、水墨，亦无所不精。据说他自五岁起学书，几无间日，直至临死前尚"观书作字"，对书法可谓"情有独钟"。其提出"作画贵有古意""云山为师""书画本来同"等法度，颇为后人所重。

他善篆、隶、真、行、草书，尤以楷、行书著称于世，《元史》本传云："孟篆、籀、分、隶、真、行、草无不冠绝古今，遂以书名天下。"元代鲜于枢《困学斋集》称："子昂篆、隶、真、行、颠草为当代第一；小楷又为子昂诸书第一。"其书风遒媚俊秀、清雅飘逸，结体严整端庄，笔法圆熟妙丽，世称"赵体"。其与颜真卿、柳公权、欧阳询并称为"楷书四大家"。

赵孟頫所书，尤其擅长楷书和行草。其小楷，书体备极楷则，墨迹如《道德经》等；其大楷，书体法度森严，如《胆巴碑》《玄妙观重修三门记》等；其行草，书体优美洒脱，墨迹如《洛神赋》《兰亭十三跋》等，时人有评云"花舞风中，云生眼底"。

谈写字的方法

我到闽南这边来，已经有十年之久了。

前几年冬天的时候，我也常到南普陀寺来，看到大殿、观音殿及两廊旁边的栏杆上，排列了很多很多的花。尤其正在过年的时候，更是多得很。

其中有一种名叫"一品红"的（闽南人称为圣诞花，其顶端之叶均作红色，学名为 Euphorbia Pulcherrima），颜色非常鲜明，非常好看，可以说是南国特有的一种风味，特有的色彩。每当残冬过去，春天快到来的时候，把它摆出来，好像是迎春的样子，而气象确也为之一新。

我于去年冬天到这里来，心中本来预料着，以为可以看到许多的"一品红"了。岂知一到的时候，空空洞洞，所看到的，尽是其他的花草，因而感到很伤心。为什么？以前那么多的"一品红"，现在到哪里去了呢？找来找去，找了很久，只在那新功德楼的地方，发现了三棵，都是憔悴不堪，颜色不大鲜明，很怨惨的样子。也没有什么人要去赏玩了。于是使我联想到佛教养正院：过去的时候，也曾经有很光荣的历史，像那些"一品红"一样，欣欣向荣，有无限的生机。可是现在，则有些衰败的气象了。

养正院开办已经三年了，这期间，自然有很多可纪念的史迹。可是观察其未来，则很替它悲观，前途很不堪设想。我现在在南普陀这里，还可以看到养正院的招牌，下一次再来的时候，恐怕看不到了。这一次，也许可以说是我"最后的演讲"。

（1）这一次所要讲的，是这里几位学生的意思——要我来讲关于写字的方法。

我想写字这一回事，是在家人的事，出家人讲究写字有什么意思呢？所以，这一次讲写字的方法，我觉得很不对。因为出家人假如只会写字，其他的学问一点不知道，尤其不懂得佛法，那可以说是佛门的败类。须知出家人不懂得佛法，只会写字，那是可耻的。出家人唯一的本分，就是要懂得佛法，要研究佛法。不过，出家人并不是绝对不可以讲究写字的，但不可用全副精神去应付写字就对了。出家人固应对于佛法全力研究，而于有空儿的时候，写写字也未尝不可。写字如果写到了有个样子，能写对子、中堂来送与人，以作弘法的一种工具，也不是无益的。

倘然只能写得几个好字，若不专心学佛法，虽然人家赞美他字写得怎样的好，那不过是"人以字传"而已。我觉得：出家人字虽然写得不好，若是很有道德，那么他的字是很珍贵的，结果都是能够"字以人传"。如果对于佛法没有研究，而且没有道德，纵能写得很好的字，这种人在佛教中是无足轻重的了。他的人本来是不足传的。即能"人以字传"——这是一桩可耻的事，就是在家人也是很可耻的。

今天虽然名为讲写字的方法，其实我的本意是要劝诸位来学佛法的。因为大家有了行持，能够研究佛法，才可利用闲暇时间，来谈谈写字的法子。

关于写字的源流、派别，以及笔法、章法、用墨……古人已经讲得很清楚了。而且有很多的书可以参考，我不必多讲。现在只就我个人关于写字的心得及经验随便来说一说。

诸位写字的成绩很不错。但是每天每个人只限定写一张，而且只有一个样子，这是不对的。每天练习写字的时候，应该将篆书、大楷、中楷、小楷四个样子，都要多多地写与练习。如果没有时间，关于中楷可以略掉；至于其他的字样，是缺一不可的。且要多多地练习才对。

我有一点意见，要贡献给诸位。下面所说的几种方法，我认为是很重要的。

（2）我对于发心学字的人，总是劝他们先由篆字学起。为什么呢？有几种理由：

第一，可以顺便研究《说文》，对于文字学，便可以有一点常识了。

因为一个字一个字都有它的来源，并不是凭空虚构的，关于一笔一画，都不能随随便便乱写的。若不学篆书，不研究《说文》，对于文字学及文字的起源就不能明白——简直可以说是不认得字啊！所以写字若由篆书入手，不但写字会进步，而且也很有兴味的。

第二，能写篆字以后，再学楷书，写字时一笔一画，也就不会写错的了。我以前看到养正院几位学生所抄写的稿子，写错的字很多很多。要晓得：写错了字，是很可耻的——这正如学英文的人一样，不能把字母拼错一个。若拼错了字，人家怎么认识呢？写错了我们自己的汉文字，更是不可以的。我们若先学会了篆书，再写楷字时，那就可以免掉很多错误。此外，写篆字也可以为写隶书、楷书、行书的基础。学会了篆字之后，对于写隶书、楷书、行书就都很容易——因为篆书是各种写字的根本。

若要写篆字的话，可先参看《说文》这一类的书。有一部清人吴大澂的《说文部首》，那是不可缺少的。因为这部书很好，便于初学，如果要学写字的话，先研究这一部书最好。

既然要发心学写字的话，除了写篆字外，还有大楷、中楷、小楷，这儿样都应当写。我以前小孩子的时候，都通通写过的。至于要学一尺、二尺的字，有一个很简便的方法：那就可用大砖来写，平常把四块大砖拼合起来，做成桌子的样子，而且用架子架起来，也可当桌子用；要学写大字，却很方便，而且一物可供两用了。

大笔怎样得到呢？可用麻扎起来做大笔，要写时，就可以任意挥毫。大砖在南方也许不多，这里倒有一个方法可以替代：就是用水门汀拼起来成为桌子。而用麻来写字，都是一样的。这样一来，既可练习写字，而纸及笔，也就经济得多了。

篆书、隶书乃至行书都要写，样样都要学才好；一切碑帖也都要读，至少要浏览一下才可以。照以上的方法学了一个时期以后，才可专写一种或专写一体。这是由博而约的方法。

（3）至于用笔呢？算起来有很多种，如羊毫、狼毫、兔毫等。普通是用羊毫，紫毫及狼毫亦可用，并不限定哪一种。最要注意的一点：就是写大字须用大笔，千万不可用小笔！用小的笔写大字，那是错误的。宁可用大笔写小字，不可以用小笔写大字。

还有纸的问题。市上所售的油光纸是很便宜的，但太光滑很难写。若用本地所产的粗纸，就无此毛病了。我的意思：高年级的同学可用粗纸，低年级的可用油光纸。

此地所用的有格子的纸，是不大适合的，和我们从前的九宫格的纸不同。以我的习惯而论，我用九宫格的方法，就不是这个样子。

若用这种格子的纸，写起字来，是很方便的，这样一来，每个字都有规矩绳墨可守。如写大楷时，两线相交的地方，成了一个十字形，就不致上下左右不相对称了。要晓得：写字总不能随随便便。每个字的地位要很正，要不偏左不偏右，不上不下，要有一定的标准。因为线有中心点，初学时注意此线，则写起来，自然会适中很"落位"了。

平常写字时，写这个字，眼睛专看这个字，其余的字就不管，这也是不对的。因为上面的字，与下面的字都有关系的——即全部分的字，不论上下左右，都须连贯才可以。这一点很要紧，须十分注意。不可以只管写一个字，其余的一切不去管它。因为写字要使全体都能够配合，不能单就每个字去看的。

再有一点须注意的：当我们写字的时候，切不可倚在桌上，须使腕高高地悬起来，才可以运用如意。

写中楷悬腕固好，假如肘部要倚着，那也无妨。至于小楷，则可以倚在桌上，不必悬腕的。

（4）以上所说的，是写字的初步法门。现在顺便讲讲关于写对联、中堂、横披、条幅等的方法。

我们写对联或中堂，就所写的一幅字而论，是应该有章法的。普通的一幅中堂，论起优劣来，有几种要素须注意的。现在估量其应得的分数如下：

章法：五十分

字：三十五分

墨色：五分

印章：十分

就以上四种要素合起来，总分数可以算一百分。其中并没有平均的分数。我觉得其差异及分配法，当照上面所分配的样子才可以。

一般人认为每个字都很要紧，然而依照上面的记分，只有三十五分。大家也许要怀疑，为什么章法反而分数占多数呢？就章法本身而论，它之所以占着重要的原因，理由很简单，在艺术上有所谓三原则。即：统一、变化、整齐。

　　这在西洋绘画方面被认为是很重要的。我便借来用在此地，以批评一幅字的好坏。我们随便写一张字，无论中堂或对联，将字排起来，或横或直，首先要能够统一：字与字之间，彼此必须相联络、互相关系才好。但是单只统一也不能的，呆板也是不可以的，须当变化才好。若变化得太厉害，乱七八糟，当然不好看。所以必须注意彼此互相联络、互相关系才可以的。

　　就写字的章法而论大略如此。说起来虽很简单，却不是一蹴可就的。这需要经验的，多多地练习，多看古人的书法以及碑帖，养成赏鉴艺术的眼光，自己能常去体认，从经验中体会出来，然后才可以慢慢地有所成就。

　　所谓墨色要怎样才可以？即质料要好，而墨色要光亮才对。还有印章盖坏了，也是不可以的。盖的地方要位置设中，很落位才对。所谓印章，当然要刻得好；印章上的字须写得好。至于印色，也当然要好的。盖用时，可以盖一颗、两颗。印章有圆的、方的、大的、小的不一，且有种种的区别。如何区别及使用呢？那就要于写字之后再注意盖用，因为它也可以补救写字时章法的不足。

　　（5）以上所说的，是关于写字的基本法则。可当作一种规矩及准绳讲，不过是一种呆板的方法而已。

　　写字最好的方法是怎样？用哪一种的方法才可以达到顶好顶好的呢？我想诸位一定很热心地要问。

　　我想了又想，觉得想要写好字，还是要多多地练习，多看碑，多看帖才对，那就自然可以写得好了。

　　诸位或者要说，这是普通的方法，假如要达到最高的境界须如何呢？我没有办法再回答。曾记得《法华经》有云："是法非思量分别之所能解。"我便借用这句子，只改了一个字，那就是"是字非思量分别之所能解"了。因为世间无论哪一种艺术，都是非思量分别之所能解的。

即以写字来说，也是要非思量分别，才可以写得好的。同时要离开思量分别，才可以鉴赏艺术，才能达到艺术的最上乘的境界。

记得古来有一位禅宗的大师，有一次人家请他上堂说法，当时台下的听众很多，他登台后默默地坐了一会儿，以后即说："说法已毕。"便下堂了。所以，今天就写字而论，讲到这里，我也只好说"谈写字已毕"了。

假如诸位用一张白纸（完全是白的），没有写上一个字，送给教你们写字的法师看，那么他一定说："善哉善哉！写得好，写得好！"

诸位听了我所讲的以后，要明白我的意思——学佛法最为要紧。如果佛法学得好，字也可以写得好的。不久，会泉法师要在妙释寺讲《维摩经》，诸位有空儿的时候，要去听讲，要注意研究。经典要多多地参考，才能懂得佛法。

我觉得最上乘的字或最上乘的艺术，在于从学佛法中得来。要从佛法中研究出来，才能达到最上乘的地步。所以，诸位若学佛法有一分的深入，那么字也会有一分的进步。能十分地去学佛法，写字也可以十分地进步。

今天所说的已经很够了。奉劝诸位：以后要勤求佛法，深研佛法。

明代篆刻

前面讲到,篆刻至元代时,已从官印扩充到私印,并出现文人自刻自篆之风。这主要是因为宫廷及民间辑录的古印谱增多,加上大书法家赵孟頫、吾丘衍等人的提倡,又因印刷业的发达,令印谱流传渐广,故篆刻至元代,不但开文人自刻之先河,且开复兴之气象。

明代时期,因印刷之便利、石材多样化,以及印学理论之兴起,于是文人篆刻渐成风气,致使文人流派异军突起,成为明代艺术风景线上一道亮丽的景色。其中,文彭、何震二人被世人认为是明后期最杰出的两大印家,对当时篆刻艺术影响极大。

1. 文彭

文彭,字寿承,号三桥,长洲(今江苏苏州市)人,书法家文徵明的长子,与弟弟文嘉一起称誉艺坛;曾任两京国子监博士,故世称"文博士",他是明代中期著名的篆刻家,是明代篆刻史上的先驱者。

文彭曾尝试将青田石作刻印材料,很成功,后被文人广泛采用和传播;又因其身份显赫,又开风气之先河,故后人公认其为明代篆刻之领袖。时人对他评价较高,如朱简云:"德靖之间,吴郡文博士寿承氏崛起,树帜坫坛……自三桥而下,无不人人斯籀,字字秦汉,猗欤盛哉!"可见其影响所及。

据明代王野的评论,文彭的篆刻作品"法虽出入,而以天韵胜"。以其作品观之,其印以安逸清丽为主调,刻意师法汉代,但亦有宋元之遗风。以其书画作品上的钤印考之,后世认为出自文彭之手的,如"文彭之印"(朱、白各一)"文寿承氏""文寿承父""寿承氏""三桥居士"等；常见者为"寿承氏""七十二峰深处"二印。这些印的四周边栏都呈现严重剥蚀状，颇似金石所印效果，而这种洁净的篆法配以古朴边栏的处理方法，成为后世修饰印面技艺之先声。

综观其于篆刻之贡献，可分为二：一是开创以石材刻印，后遂成风气，开辟了石章之先河；二是师法秦汉，摈除宋元之流弊，有承前启后之功绩。他所开创的"吴门派"（亦称"三桥派"），开篆刻流派之端绪，故后人将他视为流派篆刻之开祖。

2. 何震

何震，字长卿，又字主臣，号雪渔，徽州婺源人（婺源，明清时期属于安徽徽州，现划归江西管辖，明代《徽州府志》《安徽通志》有记载），明代著名篆刻家，与文彭合称为"文何派"。

何震一生曾游历过江苏、浙江、上海、福建等地，是一位终生靠卖印为生的篆刻家。早年客居南京，曾与文彭探讨六书，终日不休。后来，由友人汪道昆（著名文学家，官至兵部左侍郎）引荐，后遍历边塞，因篆艺精到，故而名噪一时；晚年又回到南京，后居承恩精舍，"直至无钱，主僧为之含殓"。

何震一生对篆刻痴迷，而贡献亦大。他的作品多呈苍劲老练、持重稳重之势，用力刚猛，线条犀利，如"云中白鹤"一印即是；其他易见之精品，如"沽酒听渔歌""兰雪堂"等印。

他的印颇具秦汉章法，程原、程朴父子对其作品也推崇备至，说其"白文如晴霞散绮、玉树临风，朱文如荷花映水、文鸳戏波……莫不各臻其妙，秦汉以后一人而已"。董其昌更有"小玺私印，古人皆用铜玉。刻石盛于近世，非古也；然为之者多名手，文寿承、许元复其最著已。新都何长卿从后起，一以吾乡顾氏《印薮》为师，规规帖帖，如临书摹画，几令文、许两君子无处着脚"之语。

后于明万历二十八年（1600年）辑自刻印而成印谱，取名《何雪渔印选》，开印家汇编自刻印之先河，颇具开拓之精神。时人称他的成就为"近代名手，海内推为第一"，诚实语也。

他后来开创了"雪渔派"，篆刻风格影响当时篆刻界，乃至整个文化艺术界及政治用途，其后延续至明末清初，可见其印影响之大！时人多争相收藏其所篆之印——"工金石篆刻，海内图书出其手者，争传宝之。生平不刻佳石及镌人氏号，故及今流传尚不乏云"（《徽州府志》，1699）。

3. 苏宣

苏宣，字尔宣，安徽歙县人，篆刻曾得文彭的传授，但受何震的影响较大。其印中精品有"啸民""苏宣之印""流风回雪"等，所治之印，篆法自然，刚劲有力，既有何派之猛利，又掺以自家之平实，故别具一番新气象。

他在晚年总结治印心得时说："始于摹拟，终于变化，变者愈多，化者愈化，而所谓摹拟者愈工巧焉。"其印与何震的"神而化之"是相承的，故明代吴钧赞叹其印"雄健"，有浑朴豪放之势。苏宣亦曾感慨云："余于此道，古讨今论，师研友习，点画之偏正，形声之清浊，必极其意法，逮四十余年，其苦心何如！"

他曾在文彭家设馆，得文彭传授篆法；后纵览秦汉玺印，深得汉印的布白之妙，在朱、白文的处理上充分汲取了斑驳气息，多追求金石气息，因其印古朴苍浑，故名扬海内。因他的篆刻在当时颇有名气，仅次于文、何，时人称他与文彭、何震三家鼎立，曾著有《苏氏印略》，计四卷。

4. 朱简

朱简，明代篆刻家，字修能，号畸臣，后改名闻，安徽休宁人。

其人工诗文，精研古代篆体，师事陈继儒。曾从友人收藏品中看过大量的古印原拓本，后来花了两年时间精心摹刻，编成《印品》二集，对于后人分辨印章真假、考证玺印、深研章法都有极大好处；并首创印学批评，提出篆刻分"神、妙、能、逸"四品，为其独到见解。其印有"董玄宰""董其昌""陈继儒""冯梦祯印"等，可谓其代表作。

其篆刻着重笔意，以切刻石，后自成一家。他曾在《印章要论》中说："印始于商周，盛于汉，沿于晋，滥觞于六朝，废弛于唐宋，元复变体，亦词曲之于诗，似诗而非诗矣。""印谱自宣和始，其后王顺伯、颜叔夏、晁克一、姜夔、赵子昂、吾丘子行、杨宗道、王子弁、叶景修、钱舜举、吴思孟、沈润卿、郎叔宝、朱伯盛，为谱者十数家，谱更谱之，不无遗珠存砾、以鲁为鱼者矣。今上海顾氏以其家所藏铜玉印，暨嘉禾项氏所藏不下四千方，歙人王延年为鉴定出宋元十之二，而以王顺伯、沈润卿等谱合之木刻为《集古印薮》，裒集之功可谓博矣。然而玉石并陈、真赝不分，岂足为印家董狐耶？"可见其涉猎及领悟颇深。

对于篆法，他认为"石鼓文是古今第一篆法，次则峄山碑、诅楚文。商、周、秦、汉款识碑帖印章等字，刻诸金石者，庶几古法犹存，须访旧本观之。其他传写诸书及近人翻刻新本，全失古法，不足信也。"此可谓至论，值得我辈深思！

善诗，与李流芳、赵宧光、陈继儒等交往较密；由于他的广见博闻，故其在印学理论上的造诣颇深，著有《印品》《印经》《菌阁藏印》《修能印谱》行世。

5. 汪关

汪关，原名东阳，字杲叔，后得一方汉代"汪关"古铜印，遂改名汪关，后更字尹子，安徽歙县人；汪关不仅痴迷收藏，还喜钻研秦汉古玺印章，并潜心摹刻，他的儿子汪泓在其影响下亦爱上刻印。汪关父子开创了一种明快工稳、恬静秀美的印风，深得众人青睐，但因过于痴迷，故得"大痴""小痴"之雅号。

汪关父子的印风对后世影响较大。与他们同时代的著名书画家、篆刻家李流芳在《题杲叔印谱》中赞道："今世以此道行者，自长卿（何震）而后，有苏啸民、陈文叔、朱修能诸人，独杲叔（汪关）独痴，足迹不出海隅，世无知之者。然能有汉、宋、元之长，而独行其意于刀笔之外者，不得不推杲叔。吾谓长卿之后，杲叔一人而已。世有知者，当不以吾言为妄也。"可见其于艺术追求之执着不同一般。

汪关治印朴茂稳实，仿汉印神形俱备，他治印，善使冲刀，刀法朴茂稳实，章法一丝不苟，深得汉印神韵，边款亦有功力，为明人追摹汉法之开创者，令当时印坛面目一新，受其影响者有沈世和、林皋等；著有《宝印斋印式》二卷行世。

6. 明代印谱

明代时期，文人或篆家汇集古印而辑成谱者众，可谓"蔚然成风"，其中最有影响的当推明万历年间顾从德所汇集之《印薮》（木刻本）——此谱原拓本名为《集古印谱》，初仅拓20部，"虽好者难睹真容"，在当时影响极大。三年后又作修订，屡经翻版，故流传极广，对当时篆刻的传播与推广有较大的影响。

当时，大部分篆刻家集中在以南京、苏州为中心的江南，故篆刻与文学、书法、绘画交流较密；而不少书画名家也乐于自刻自篆，如文彭、赵宧光、朱简、李流芳等人。由于印学理论在发展中形成了两派意见，即主张复古和反对复古，因而促进了印学理论的进步。而明代的印学著作最为杰出者，当推周应愿的《印说》、朱简的《印品》和徐上达的《印法参同》。《印说》一书所涉甚广，论议中常有精要之言，并对时兴之石章镌刻法总结出六种刀法之害，对后世影响极大；还于中提出了审美之见解，可算得上是篆刻美学开创性作品。而《印品》一书，是朱简广交印家及收藏家，看过他们收集的古今印章近万枚，共花了 14 年时间摹刻了自周秦至元明间的各类玺印刻章，并详加评论，而编成《印品》一书，共计五册。《印法参同》一书，是徐上达对篆刻技法与理论的深入和发挥，颇具艺术价值，对明代及清代的印学有极大的贡献。

清代篆刻

习书法篆刻，宜从《说文》的篆字入手，隶、楷、行等辅之；书法篆刻作品皆宜作图案观，古人云"七分章法，三分书法"，谓为信然，诚为笃论。于常人所注之字画、笔法、笔力、结构、神韵，乃至某碑某帖某派，吾人皆一致摒除，不刻意用心揣摩，此为自见，不知当否？

篆刻之法，亦应求自然之天趣，刻印亦可用图画的原则，并应注重章法布局。篆刻工具，可用刀尾扁尖而平齐若椎状之刻刀，因锥形之刀仅能刻白文，如以铁笔写字也；扁尖形之刀可刻朱文，终不免雕琢之痕，不若以椎形刀刻白文，能得自然之天趣也。此为敝人之创论，不知当否？

敝人写字时，皆依西洋画图案之原则，竭力配置、调和全纸整体之形状，故朽人所写之字，应作一张图案画观之则可矣，决不用心揣摩。不唯写字，刻印也是相同的道理。无论写字、刻印，道理是相通的；而"字如其人"，某人所写之字或刻印，多能表现作者之性格（此乃自然流露，非是故意表示）。体现朽人之字者：平淡、恬静、冲逸之致是也，诸君作参照可也。

篆刻印章起源甚早，据《汉书·祭祀志》载："自五帝始有书契，至于三王，俗化雕文，诈伪渐兴，始有印玺，以检奸萌。"可见，远在三千七百多年前的殷商时代，便有刻字艺术了。

到了周代，以青铜质为主的"周玺"大为兴起，形状各异，一般分为白文、朱文两种。至秦代，因文字由"籀书"渐演变成篆书，而印之形式亦趋广泛，故印文圆润苍劲，笔势挺拔。

至汉代，篆刻艺术颇为兴盛，所刻之印，史称"汉印"，其字体由小篆演变成"隶篆"。汉印的印制、印纽亦十分精美。"西泠

145

八家"之一的奚冈曾有"印之宗汉也，如诗之宗唐，字之宗晋"之语，可视为综述。

唐宋之际，印章体制仍以篆书为主。直到明清两代，印人辈出，篆刻便以篆书为基础，而佐以雕刻之法，于印面中表现疏密、离合之形态，篆刻遂由雕镂铭刻转为治印之举。

而尤其是清朝一代，大家辈出，流派纷立，据周亮工的《印人传》记载，不下120人。其中，标新立异者有之，奉行古法者有之，风格及式样层出不穷，致令篆刻之艺蔚为大观。其成就可与汉代媲美，因得力于古物之出土渐多，故有参照、临摹之便，因吸取商周秦汉古印之力，乃有清代之杰出成就。

其中，以程邃、巴慰祖、丁敬、蒋仁、黄易、奚冈、陈豫钟、陈鸿寿、赵之琛、钱松（后八人，后世称为"西泠八家"，亦称"浙派"）最为有名；另有"邓派"代表人物邓石如、吴熙载、徐三庚等，均为篆刻高手。

以下，就其生平及篆刻作品略加讲述，以作借鉴之用。

1. 程邃

程邃，清代著名篆刻家、画家，字穆倩，号青溪，别号垢道人、江东布衣，安徽歙县人氏。其篆刻风格，于文、何、汪、朱之外，别树一帜，是后期皖派的代表人物，与巴慰祖、胡唐、汪肇龙合称"歙中四家"；善用冲刀，凝重淳厚，为"徽派"主要代表人物。

其刻印，精研汉法而能自见笔意，故时人多宗之。为人博雅好结纳，亦精于医。其篆刻取法秦汉玺印，白文运刀如笔，凝重有力；朱文喜用大篆作印文，章法整齐，风格古拙浑朴，边款刻字不多，但凝练深厚，开清代篆刻中皖派先河。

程邃治印，初宗文、何，然时印学界多为文、何所拘，陈陈相因，久无生气。程邃能继朱简之后，力求变法，以古籀、钟鼎文入印，尤其是尽收秦汉朱文印之特点长处，出以离奇错落之手法别立门户，开创皖派新局面。周亮工《印人传》称："黄山程穆倩邃以诗文书画奔走天下，偶然作印，乃力变文、何旧习，世翕然之。"

其印如"程邃之印"，章法严谨、风格古朴；又如"穆倩"一印，颇似古印，有秦汉之韵。综观其传世印作，可知其章法严谨，篆法苍润渊秀。以冲刀代笔，运刀取法汪关，而凝重则过之，能够充分表达笔意。

2. 巴慰祖

巴慰祖，字隽堂、晋堂，号予籍，又号子安、莲舫，歙县渔梁人。其家为经商世家，家庭中曾出巴廷梅、巴慰祖、巴树谷、巴树烜、巴光荣四代五位篆刻家；其中，巴慰祖从小就爱好刻印，自谓"慰糠秕小生，粗涉篆籀，读书之暇，铁笔时操，金石之癖，略同嗜痂"。

巴慰祖爱好颇多，且无所不学，故多才多能。他家中所藏法书、名画、金石文字、钟鼎铭文很多，故自小养成摹印练字之习。巴慰祖与程邃、胡唐、汪肇龙同列为"歙四家"，为光大徽派篆刻艺术贡献非小；与汪肇龙、胡唐二人相比，巴慰祖声誉最隆。

他临摹的天赋颇高，喜欢仿制古器物，并能与旧器相似，有精于鉴赏者亦不能辨伪的。其篆刻浸淫秦汉印章，旁及钟鼎款识，功力颇深。早期印作趋于雅妍细润、端整纯正，晚期印风则趋于浑朴、古拙。汪肇龙、巴慰祖、胡唐三人中，以巴慰祖声誉最隆，交游也广。

巴慰祖的外甥胡唐，在舅舅的影响和带动下，也酷爱篆刻。由于巴慰祖嗜好刻印，所以二子及孙子、外甥亦好印，以致不能安心经商，到了晚年而家道中落，后以作书、篆刻为生；晚年虽然并不富有，但并没有影响其追求篆刻之境界，后以篆印独特而声名流布。

其篆刻风格，简洁和谐，于平和中得见厚重，疏朗中不失平稳，如"下里巴人""大书典簿"。

3. 丁敬

丁敬，清代杰出篆刻家，字敬身，号钝丁，别号龙泓山人，浙江钱塘（今浙江杭州）人。

丁敬出身于商贾之家，生平矢志向学，工诗文，善书法、绘画，尤究心于金石、碑版文字的探源考异。篆刻宗法秦汉，能得其神韵，能吸取秦汉以及前人刻印之长为己所用。他强调刀法的重要性，主张用刀要突出笔意。擅长以切刀法刻印，苍劲质朴，别树一帜，开创"浙派"，世称"浙派鼻祖"，为"西泠八家"之首。

他酷爱篆刻，吸取秦、汉印篆和前人长处，又常探寻西湖群山、寺庙、塔幢、碑铭等石刻铭文，亲临摹拓，不惜重金购得铜石器铭和印谱珍本，精心研习，因此技法大进。兼工诗书画，诗文造句奇崛，尤擅长诗，与金农齐名。所辑《武林金石录》，为广搜博采西湖金石文字汇集而成，凡碑铭、题刻、摩崖、金石铭文等搜罗殆尽，有珍贵的艺术价值和历史价值；他还曾参与了汪启淑所辑《飞鸿堂印谱》的厘订和篆刻。

其印"炳文"，印风尚流于妍媚，无古朴之态；"上下钓鱼山人"一印也是这类风格；而"玉几翁"一印，线条朴实，刀法浑厚，初具"浙派"之姿；"两湖三竺万壑千岩"一印有脱尘之韵，可见其修养；"徐观海印"则显非凡气势，印文结构齐整，刀法节冲并用，故另有一番风味。

4. 蒋仁

蒋仁，原名泰，字阶平，后来因得"蒋仁之印"古铜印，极为欣赏，遂改名为蒋仁，字山堂，别号吉罗居士、女床山民，浙江仁和（今杭州）人。

蒋仁家境贫寒，一生与妻女过着超然尘俗的简朴生活。书法师颜真卿、孙过庭、杨凝式诸家，擅长行楷书。

蒋仁篆刻非常佩服丁敬，师其法，并能以拙朴见长，并有所创新。其作品于苍劲中甚得古意，另具天趣。所刻行书边款，得颜体书法之神，苍浑自然，别有韵致。其一生性情耿直，不轻易为人执刀落笔，故流传的作品不多。他的篆刻曾被彭绍升进士评为"当代第一"，蒋仁的《吉罗居士印谱》中只收录了二十六方印。

他对篆刻有较深之体悟，曾总结云："文与可画竹，胸有成竹，浓淡疏密，随手写去，自尔成局，其神理自足也。作印亦然，一印到手，意兴俱至，下笔立就，神韵皆妙，可入高人之目，方为能手。不然，直俗工耳。"其常见之印，有"无地不乐""蒋山堂印"等。

5. 黄易

黄易，号小松，钱塘人。出身于金石世家，父亲黄树谷，工隶书，博通金石，故自幼承习家学，后因家贫故游历在外，后官至山东济宁府同知。

黄易能作诗著文，尤精于作词，而以金石书画名传于世。一生酷爱金石，在济宁府任间，广泛搜罗、保护碑刻，把所收金石碑铭三千多种，后汇考辑录成《小蓬莱阁金石文字》一书，其中一半左右为前人所未见；此外，还收藏有历代古印、钱币、刀、鼎、炉、镜等数百种，并一一做了考释。其金石收藏品之多，甲于当时，故各方酷爱古玩金石的人都请黄易示其所收古物，被人称为"文艺金石巨家"，有《小蓬莱阁金石文字》《小蓬莱阁诗集》《秋景庵主印谱》等著述行世。

他还善书，工隶，其书风格沉着有致，精于博古，在古隶法中参杂以钟鼎铭文，更现古朴雅厚。其篆刻作品，风格醇厚儒雅，为继承秦汉之优良传统。又精研六书摹印，为丁敬之高足，有"青出于蓝而胜于蓝"之誉，与丁敬并称"丁黄"。后人何元锡曾将二人印稿合辑成《丁黄印谱》。

其篆刻师法丁敬，兼及宋元诸家，并有所创新，其风工稳生动，时人对他评价颇高。他的"一笑百虑忘"印，章法平中有奇，为成熟之白文印，刀法相继丁敬之风；而"乔木世臣"为朱文印，字体结构严谨，形态饱满，刀法胆大而手法精细，线条雄劲，故整方印显得十分大度。

6. 奚冈

奚冈，初名钢，字铁生，一字纯章，号萝龛，别号鹤渚生、蒙泉外史、蒙道士、奚道士、蝶野子、散木居士，钱塘人。

他还工书法，9岁即能隶书，后楷、行、草、篆、隶，无一不精，亦以绘画名于当时。其篆刻，宗法秦汉，为"浙派"名家。

"蒙泉外史"为白文印，寓拙于巧，为取汉印平正、浑朴之法，用切刀所刻，章法分布以字画多少而定大小，但整体浑若天成。

"龙尾山房"一印为奚冈朱文印的代表作，此印笔画多用弧线，弯曲成形，与常见的直线朱文印不同，故能独树一帜。印文用虚实相生的手法作似断非断之状，且边栏亦是虚实相间，显得内部饱满，外部相应，为其炉火纯青之作品。

7. 陈豫钟

陈豫钟，字浚仪，号秋堂，浙江钱塘（今杭州）人，清代书法篆刻家，"西泠八家"之一。他喜好收藏金石文字，又精于墨拓，收集拓本数百种，为其学习、创作之基石。

工篆刻，早年师法文彭、何震，后学丁敬，作品工整秀致，边款尤为秀丽。精于小篆籀文，兼及秦汉印章。阮元任浙江督学时铸的文庙大钟和铭文，便是陈豫钟摹仿古文勾勒的，端整壮丽，极受赞赏。他爱好收集金石文字，积卷数百，见到名画佳砚，不惜重金收购，尤其爱好古铜印。并能书画，他的书法得李阳冰法，遒劲挺拔、苍雅圆劲，为时人所喜爱。曾辑录《古今画人传》《求是斋集》等著作行世。

他刻的"竹影庵"一印为朱文印，印文似汉代篆文，章法布局奇妙，因"竹"字笔画较少，故他将左下角边栏凿断，与右上角对应相呼，使布局平衡。

"振衣千仞"一印为白文印，线条刀迹显然，结字趋方，但各异其趣，风格秀丽文静，工稳而不失流动，为陈氏代表作。

8. 陈鸿寿

陈鸿寿，清代著名书法篆刻家，"西泠八家"之一。字子恭，号曼生，别号种榆道人，浙江钱塘（今杭州）人。

在篆刻上，他继承了丁敬、蒋仁、黄易、奚冈等人的风格。其篆书略带草书意味，喜用切刀，运刀犹如雷霆万钧，给人以苍茫浑厚、爽利奔放之感，使"浙派"面貌为之一新。他的风格对后世影响较深，与陈豫钟齐名，世称"二陈"。

他还善书，隶书奇绝，自成一体；行书亦清雅不俗。蒋宝龄在《墨林今话》中评他为："曼生酷嗜摩崖碑版，行楷古雅有法度，篆刻得之款识为多，精严古宕，人莫能及。"除此，陈鸿寿擅长竹刻，山水、花卉、兰竹，博学能诗，还善制作和识别茶具，公余之际常识别砂质，创作新样，自制铭句镌刻器上，曾风行一时，人称"曼生壶"。著有《桑连理馆诗集》《种榆仙馆印谱》等行世。

他所刻的"琴书诗画巢"一印，线条浑厚、苍劲，切刀痕迹显见，为浙派典型的朱文印风格，此印看似信手拈来，实则有法可循。而"南芗书画"一印，篆书笔法平稳，虽是仿汉印之作，但刀法从浙派中来，有稳如泰山之感；虽边栏破损任之，但全印却反呈苍劲浑朴之气势，这非得要有娴熟之刀法和深厚之功力不可，于此可见他的成就。

151

9. 赵之琛

赵之琛,清代著名的篆刻家,字次闲,号献父,钱塘(今浙江杭州)人。一生布衣,多才多艺,工诗文、书画,精通金石文字,尤其工篆刻,为"西泠八家"之一。

他的篆刻,初得陈豫钟传授,兼师黄易、奚冈、陈鸿寿。早年篆刻章法长方,善用冲刀,笔画如锯齿;后用切玉法,笔画纤细方折;边款以行楷书为之,笔画生辣细劲;晚年刀法和章法已无太大变化,多承师法。

他生性嗜古,长于金石文字,阮元所著《积古斋钟鼎彝器款识》中的古器文字,多半出自于他的手摹。他的印文结构不但秀美,且善于应变,用刀爽朗挺拔,楷书印款秀劲涩辣;其印作,曾得过陈鸿寿的推崇与赞许。印谱有《补罗迦室印谱》,著有《补罗迦室印集》行世。

他所刻印以切玉法驱刀最为有名,如"长乐无极老复丁""三碑乡里旧人家"二印即是仿汉切玉法,章法自然、清秀瘦劲,可见其所长。

10. 钱松

钱松,清代书法、篆刻家,初名松如,字叔盖,号耐青,浙江钱塘(今杭州)人。擅作山水、花卉;工书,他的隶书、行书功力深厚,为时所重。

篆刻则得力于汉印,据称他曾手摹汉印二千方,赵之琛见后惊叹道:"此丁、黄后一人,前明文、何诸家不及也。"

他的一生见闻广博,故于章法显出与众不同,并时出新意;刀法在总结前人经验之上，自创出一种切中带削的新刀法，立体感强，富于韵味。之后，严菱将他与胡震的作品合编为《钱胡印谱》，亦有人将他个人作品汇辑成册，取名《铁庐印谱》。

他的刀法继承浙派风格，章法则取汉印结构，如"陈老莲""胡鼻山人宋绍圣后十二丁丑生"二印，一白一朱皆是，可见其学浙派之造诣功深。他用刀多是碎刀细切浅刻，温朴中而显浑厚，颇得汉印之意蕴，时人评誉甚高。赵之谦曾说："汉铜印妙处，不在斑驳，而在浑厚；学浑厚则全恃腕力，石性脆，力所到处应手辄落，愈拙愈古，看似平平无奇，而殊不易貌。此事与予同志者，杭州钱叔盖一人而已。"

11. 邓石如

邓石如，清代著名书法家、篆刻家，原名琰，字石如，又名顽伯，号完白山人，又号完白、古浣子、笈游道人、凤水渔长、龙山樵长等，安徽怀宁人。

因家庭贫困，邓石如曾以砍柴卖饼维持生计，暇时随父亲学习书法和篆刻，甚工。后游寿州，入梅缪府中为客。梅氏家中有很多金石文字，因得以观赏历代吉金石刻，每日晨起即研墨，至夜分墨尽乃就寝，历时八年，艺乃大成，四体书功力极深，曹文埴称之为"我（清）朝第一"。

他的篆刻得力于书法，篆法以"二李"（李斯、李阳冰）为宗，而纵横捭阖之妙则得力于史籀，间以隶意，故其印线条浑厚天成，体势奔放飘逸。朱文印取宋元人印，白文印则以汉印为主，印风茂密多姿，章法疏密相应，刀路平实缓和。邓石如还开创了"以以碑入汉印"的先例，弟子吴让之誉为"独有千古"。赵之谦对邓石如也是极为推崇，称邓石如"字画疏处可走马，密处不可通风，即印林无等等咒"。

"江流有声,断岸千尺"一印是其代表作品,章法奇妙,文印俱佳,结构和谐，为邓氏难得一见之精品。"笔歌墨舞""意与古会"二印，笔意流畅，线条婉约，亦颇具正气。

其篆刻，刀法苍劲浑朴，婀娜多姿，冲破时人只取法秦汉铄印之局限，世称"邓派"，亦有称"皖派"者。风格所及，影响了包世臣、吴让之、赵之谦、吴咨、胡澍、徐三庚等人，是杰出之篆刻家。他的原石流传极少，存世有《完白山人篆刻偶成》《完白山人印谱》《邓石如印存》等。

12. 吴熙载

吴熙载，清代著名书画家、篆刻家，原名廷飏，字让之，亦作攘之，别号还有让翁、晚学生、晚学居士、言甫、言庵、方竹丈人等，江苏仪征人。

他自小博学多能，善作四体书，恪守师法，尤精篆、隶，功力深厚，温婉圆润，收放有度。擅长金石考证，精通文字学。师事邓石如的学生包世臣，算是邓石如的再传弟子。

他的篆刻师法邓石如，以汉篆治印。对邓石如的篆刻，吴让之更在继承之上有所创造，故章法上更趋稳健、精练，刀法更加圆转、流畅，从而将邓石如"以笔意见胜"的风格推向高峰。

他的刀法运转自然，坚挺得势，较能表达笔意，晚年作品更入化境，对当代中、日印坛影响较大。著有《通鉴地理今释》《师慎轩印谱》《晋铜鼓斋印存》《吴熙载篆刻》等。晚清印人如徐三庚、赵之谦、吴昌硕等也都比较重视他的作品。

"足吾所好玩而老焉"一印，得邓石如章法之精髓，布局疏密天成，文字方圆互参，笔画舒展，虚实相生。

"砚山鉴藏石墨"一印也是吴熙载朱文印的代表作品。此印貌似无奇，排得均匀整齐，印文能显舒展开张之势，这得力于他的秀挺书法。

"攘之手摹汉魏六朝"一印，印文排列自然，书体浑朴，繁简平衡，笔画转折自然，得力于刻刀之轻灵，为以刀当笔之作品。

"吴熙载字攘之"印分三行，细线界隔，刀法畅达，线条圆劲且又浑穆，是创造性学习汉印的典范制作。

13. 徐三庚

徐三庚，清代著名书法、篆刻家，字辛穀，号袖海，浙江上虞人。

此人兼通书法、篆刻、竹刻，并精古玩，多才多艺。他的篆刻，早年曾追摹元明印风，后攻汉印，并学邓石如、吴让之等人，对陈鸿寿、赵之琛等人风格深有研究；四十岁后参以汉篆、汉印结体及《天发神谶碑》意趣神采，颇见功力，风格飘逸、疏密有致，后自成一家，其印风有"吴带当风"之誉。

他的"徐三庚印""上于父"及"图鉴斋"等印，笔画圆润，字体浑朴，颇有汉印遗风。他运刀熟练，不加修饰，其行楷边款，刀法劲猛，自然得势，不失名家风范。

14. 清代印谱

明代之时，印谱汇集已然成风，印学理论亦是发达，尤其是顾从德所汇集之《印薮》（谱原拓本名为《集古印谱》），对明清印学流派之兴起，贡献颇大。

明代晚期，有张灝辑录当时印人篆刻之印计二千余方，谱成名为《学山堂印谱》，录作者五十余人；到清康熙年间，有周亮工辑藏印一千五百余方，汇集成谱，名为《赖古堂印谱》，计百二十余人，此二谱对后世影响亦大。

另有丁敬的《武林金石录》、汪启淑的《飞鸿堂印谱》、蒋仁的《吉罗居士印谱》、黄易的《秋景庵印谱》、何元锡的《丁黄印谱》、

155

陈豫钟的《求是斋印集》、陈鸿寿的《种榆仙馆印谱》以及邓石如的《完白山人印谱》等印谱，对后世影响亦非小，尤其是各大流派之印人必看之印谱。

　　清代之篆刻风行，除汇集印谱外，为印人立传亦是清朝所创之举，著名者有清代周亮工的《赖古堂别集·印人传》（三卷，亦名《印人传》）、清代汪启淑的《飞鸿堂印人传》（八卷，亦名《续印人传》）、黄易的《小蓬莱阁金石文字》、冯承辉的《历朝印识》和《国朝印识》等，为印人了解篆刻提供诸多方便，以功不少。

西洋乐器种类概说

西洋乐器之分类有种种之方法，兹依最普通之分类法，分为弦乐器、管乐器、击乐器及金制乐器四种。

1. 弦乐器

弦乐器分为二种，一为用弓之弦乐器，一为弹拨之弦乐器。兹分述之如下：

（1）用弓弦乐器

小四弦提琴 Violin 于弦乐器中属于最高音部。其音色幽艳明畅，富于表情，强弱自由，能现音度之微细，为合奏之乐器，又可独奏，常占乐器之王位。其起源言人人殊，然由亚东传来，殆无疑义。然古时之制粗略不适用。至 17 世纪之末叶，制法始完备如今日之形状。小四弦提琴其调弦之法，若四弦合之，音域可达于三个八音半。其奏法以马尾张弓，摩擦弦上。

中四弦提琴 Viola alto 较小四弦提琴之形稍大，其制法无稍异；但其音各低五度。四弦合奏时常属于中音部，音色稍有幽郁沉痛之感，独奏时有一种男性的热情。

大四弦提琴 Cello 其形与前同，但甚大，奏时当正坐，以两腿夹其下体。合奏时属于低音部，独奏时亦有特别之趣味。

最大四弦提琴 Double Bass 其形较前尤大，高过人顶。合奏时属于最低音部，奏时须直立。形状太大，故其技巧不如前三者，不能独奏。

以上四种乐器，为弦乐中之主要，其音域至广。

（2）弹拨弦乐器

竖琴 Harp 普通者有 46 弦，由踏板可以变易调子。管弦合奏时，用圆底提琴 Mandalin，腹面为扁平之半球形，有四弦。调弦法与小四弦提琴同。

六弦提琴 Guitar 形较小四弦提琴稍肥，有六弦。

长提琴 Banjo 腹圆颈长，形较前者稍大，有四弦。

以上三种乐器，管弦合奏时，不加入。

2. 管乐器

管乐器分木制管乐器及金制管乐器两种。木制者其音色有柔婉温雅之特色，金制者有豪宕流畅之表情，用时虽不如弦乐能传写乐曲之精微，然其音色丰富洪大，为其特色。兹分述之如下：

（1）木制管乐器

横笛 Flute 于管弦合奏时，常与小四弦提琴共占最高音部之位置。又横笛中又有小横笛 Piccolo 一种，其音更高。横笛之音量不大，然清澄明快，于管乐中罕见其匹。

竖笛 Oboe 与横笛同属于最高音部。又在同类之中，竖笛 English horn 属于中音部。次中竖笛 Bassom 属于次中音部。大竖笛 Fagotto 属于低音部。是种皆有口簧，依其振动发音。其音色皆带忧郁之气，有引人之魔力。

单簧竖笛 Clarinet 与竖笛相似，但口簧仅有一个；又口形之构造亦稍异。此种乐器，可依调之如何而更变。其乐器共有 A 调 B 调 C 调三种，表情丰富，强弱自由，又有低音单簧竖笛 Bass Clarinet，其音较低。

（2）金制管乐器

高音部喇叭 Trumpet 其音勇壮活泼，但易流于粗野。

小高音部喇叭 Cornet 与前者相似，其音色稍柔。

细管喇叭 Trombone 有中音、次中音、低音三种，音色壮大豪宕，能奏强音，为管乐中第一。

猎角式喇叭 Horn 又名 French horn，为管乐器中最富于表情者。音色有优美可怜之致。

新式喇叭为近世改良者，有最高音、高音、中音、次中音、低音、最低音六种。然管弦合奏时，用者甚稀。至近时用者仅有低音一种。

乐圣贝多芬传

贝多芬，德人，1770年12月6日生于莱茵河上流巴府。幼颖悟，年十三，任巴府乐职，旋去职，专事著述。1792年，距莫扎特（Mozart，西洋乐圣）死仅逾稔。贝来多瑙，自是终身不他往。

贝多芬性深沉，寡言笑，居恒郁郁，不喜与俗人接，视莫氏滑稽之趣（莫扎特性活泼，喜诙谐），殆不相埒。然天性诚笃，思想精邃。每有著作，辄审订数四兢兢，以遗误是懔。旧著之书，时加厘纂脱，有错误必力诋之。其不掩己短，有如此。终身不娶。中年病聋，迄1800年，聋益剧，耳不能审音律。晚岁养女侄于家，有丑行，以是抑郁愈甚，劳以致疾，忧能伤人。1827年，死于多瑙，春秋五十有六。

贝多芬生时性不喜创作。刊行之稿，泰半规模前哲。稍事损益，然心力真挚、结构完美，人以是多之。贝多芬之著述，与时代比例之如下：

第一期　迄1800年，著述自一至二十。

第二期　迄1815年，著述自二十一至百。

第三期　所谓"末叶之贝多芬"，著述自百一至百三十五。

著述中首推洋琴曲，《朔拿大》及换手曲，殆称绝技。又"西麻福尼"曲，凡九阕，为世传诵。其他合奏曲司伴乐及室内乐尤火，不缕举。

音乐小杂志序

闲庭春浅，疏梅半开。朝曦上衣，软风入媚。流莺三五，隔树乱啼；乳燕一双，依人学语。上下宛转，有若互答，其音清脆，悦魄荡心。若夫萧辰告悴，百草不芳。寒蛩泣霜，杜鹃啼血；疏砧落叶，夜雨鸣鸡。闻者为之不欢，离人于焉陨涕。又若登高山，临巨流，海鸟长啼，天风振袖，奔涛怒吼，更相逐搏，砰磅訇磕，谷震山鸣。懦夫丧魄而不前，壮士奋袂以兴起。呜呼！声音之道，感人深矣。唯彼声音，佥出天然；若夫人为，厥有音乐。天人异趣，效用靡殊。

繄夫音乐，肇自古初，史家所闻，实祖印度，埃及传之，稍事制作；逮及希腊，乃有定名，道以著矣。自是而降，代有作者，流派灼彰，新理泉达，瑰伟卓绝，突轶前贤。迄于今兹，发达益烈。云澣水涌，一泻千里，欧美风靡，亚东景从。盖琢磨道德，促社会之健全；陶冶性情，感精神之粹美。效用之力，宁有极欤。

乙巳十月，同人议创《美术杂志》，音乐隶焉。乃规模粗具，风潮突起。同人星散，瓦解势成。不佞留滞东京，索居寡侣，重食前说，负疚何如？爰以个人绵力，先刊《音乐小杂志》，饷我学界，期年二册，春秋刊行。蠡测筦撞，矢口惭讷。大雅宏达，不弃窳陋，有以启之，所深幸也。

呜呼！沉沉乐界，眷予情其信芳。寂寂家山，独抑郁而谁语？矧夫湘灵瑟渺，凄凉帝子之魂；故国天寒，呜咽山阳之笛。春灯燕子，可怜几树斜阳；玉树后庭，愁对一钩新月。望凉风于天末，吹参差其谁思！冥想前尘，辄为怅惘。旅楼一角，长夜如年。援笔未终，灯昏欲泣。时丙午正月三日。

| 以德养心养身 |

为性常法师掩关笔示法则

古人掩关皆为专修禅定或念佛，若研究三藏则不限定掩关也。仁者此次掩关，实为难得之机会。应于每日时间，以三分之二专念佛诵经，（或默阅，但不可生分别心。）以三分之一时间温习戒本羯磨及习世间文字。因机会难可再得，不于此时专心念佛，以后恐无此胜缘。至于研究等事，在掩关时虽无甚成绩，将来出关后，尽可缓缓研究也。念佛一事，万不可看得容易，平日学教之人，若令息心念佛，实第一困难之事，但亦不得不勉强而行也。此事至要至要，万不可轻忽。诵经之事可以如常。又每日须拜佛若干拜，既有功德，亦可运动身体也。念佛时亦宜数数经行，因关中运动太少，食物不易消化，故宜礼拜经行也。念佛主事，一人甚难行，宜与义俊法师协定课程，二人同时行之，可以互相策励，不致懈怠中止也。

课程大致如下：

早粥前念佛，出声或默念随意。

早粥后稍休息。礼佛诵经。九时至十一时研究。午饭后休息。二时至四时研究。（研究时间，每日以四小时为限，不可多。）四时半起礼佛诵经。黄昏后专念佛。晚间可以不点灯，唯佛前供琉璃灯可耳。

三年之中，可与义俊法师讲戒本及表记羯磨六遍。每半年讲一遍。自己既能温习，亦能令他人得益。昔南山律祖，尚听律十二遍未尝厌倦，何况吾等钝根之人耶？戒本羯磨能十分明了，且记忆不忘，将来出关之后，再学《行事钞》等非难事矣。世俗文字略学四书及历史等。学生字典宜学全部，但若鲜暇，不妨缺略，因此等事，出关之后仍可学习也。若念佛等，出关之后，恐难继续，唯在关中，能专心也。又在闭关时宜注意者如下：

不可闲谈，不晤客人，不通信。（有十分要事，写一纸条交与护关者。）

凡一切事，尽可俟出关后再料理也，时机难得，光阴可贵，念之！念之！

余既无道德，又乏学问。今见仁者以诚恳之意，谆谆请求，故略据拙见拉杂书此，以备采择。

性常关主慧察

乙亥四月一日 演音书

药师法门修持课仪略录

己卯二月在泉州光阴寺讲

药师如来法门大略，如大药师寺已印行之药师如来法门略录所载。

今所述者，为吾人平常修持简单之课仪。若正式供养法，乃至以五色缕结药叉神将名字法等，将来拟别辑一卷专载其事，今不述及。

欲修持药师如来法门者，应供药师如来像。上海佛学书局有石印彩色之像，可以供奉，宜装入玻璃镜中。供像之处，不可在卧室。若不得已，在卧室中供奉者，睡眠之时，宜以净布覆盖像上。

药师经，供于几上。不读诵时，宜以净布覆盖。

供佛像之室内，须十分洁净，每日宜扫地，并常常拂拭几案。

供佛之香，须择上等有香气者。

供佛之花，须择开放圆满者。若稍残萎，即除去。花瓶之水，宜每日更换。若无鲜花时，可用纸制者代之。

此外如供净水供食物等，随各人意。但所供食物，须人可食者乃供之，若未熟之水果及未烹调之蔬菜等皆不可供。

以上所举之供物，应于礼佛之前预先供好。凡在佛前供物或礼佛时，必须先洗手漱口。

此外如能悬幡燃灯尤善，无者亦可。

以下略述修持课仪，分为七门。其中礼敬赞叹供养回向发愿，必须行之。诵经持名持咒，可随己意，或唯修二法，或仅修一法，皆可。

一 礼敬

十方三宝一拜，或分礼佛法僧三拜。本师释迦牟尼佛一拜。药师琉璃光如来三拜。此外若欲多拜，或兼礼敬其他佛菩萨者，随己意增加。

礼敬之时，须至诚恭敬，缓缓拜起，万不可匆忙。宁可少拜，不可草率。

二 赞叹

礼敬既毕，于佛前长跪合掌，唱赞偈云：

归命满月界，净妙琉璃尊。法药救人天，因中十二愿。
慈悲弘誓广，愿度诸含生。我今申赞扬，志心头面礼。

上赞偈出药师如来消灾除难念诵仪轨。唱赞之时，声宜迟缓，宜庄重。

三 供养

赞叹既毕，于佛前长跪合掌，唱供养偈云：

愿此香花云，遍满十方界。一一诸佛土，无量香庄严。具足菩萨道，成就如来香。

供养毕，或随己意增诵忏悔文，或可略之。

四　诵经

字音不可讹误，宜详考之。
诵经时，或跪或立或坐或经行皆可。

五　持名

先唱赞偈云：

药师如来琉璃光，焰网庄严无等伦。无边行愿利有情，各遂所求皆不退。

续云，南无东方净琉璃世界药师琉璃光如来。以后即持念药师琉璃光如来名号一百八遍。若欲多念者，随意。

六　持咒

或据经中译音持念，或别依师学梵文原音持念，皆可。
或念全咒一百八遍。或先念全咒七遍，继念心咒一百八遍，后复念全咒七遍。心咒者，即是咒中唵字以下之文。
未经密宗阿阇梨传授，不可结手印。擅结者，有大罪。
持咒时，不宜大声，唯令自己耳中得闻。
持咒时，以坐为正式，或经行亦可。

七　回向发愿

　　回向与发愿大同，故今并举。其稍异者，回向须先修功德，再以此功德回向，唯愿如何云云。若先未修功德者，仅可云发愿也。

　　回向发愿，为修持者最切要之事。若不回向，则前所修之功德，无所归趣。今修持药师如来法门者，回向之愿，各随己意。凡药师经中所载者，皆可发之，应详阅经文，自适其宜可耳。

　　以上所述之修持课仪，每日行一次或二次三次。必须至心诚恳，未可潦草塞责。印光老法师云："有一分恭敬，得一分利益，有十分恭敬，得十分利益。"吾人修持药师如来法门者，应深味斯言，以自求多福也。

药师如来法门略录

戊寅七月在泉州清尘堂讲

药师法门依据《药师经》而建立。此土所译《药师经》有四种：

（一）《佛说灌顶拔除过罪生死得度经》一卷，即《大灌顶神咒经卷十二》，东晋帛尸梨蜜多罗译。又相传有刘宋慧简译《药师琉璃光经》一卷，今已逸失，或云即是东晋所译之灌顶经。

（二）《佛说药师如来本愿经》一卷，隋达摩笈多译。

（三）《药师琉璃光如来本愿功德经》一卷，唐玄奘译。此即现今流通本所据之译本。现今流通本与原译本稍有不同者，有增文两段，一为依东晋译本补入之八大菩萨名，二为依唐义净译本补入神咒及前后文二十余行。

（四）《药师琉璃光七佛本愿功德经》二卷，唐义净译。前数译唯述药师佛，此译复增六佛，故云七佛本愿功德经，此外增加之文甚多。西藏僧众所读诵者为此本。

修持之法具如经文所载，今且举四种如下：

（一）持名，经中屡云：闻名持名，因其法最为简易，其所获之益亦最为广大也。今人持名者，皆曰消灾延寿药师佛，似未尽善，佛名唯举药师二字未能具足。佛德唯举消灾延寿四字亦多所缺略，故须依据经文而曰药师琉璃光如来斯为最妥善矣。

（二）供养，如香华幡灯等。

（三）诵经，及演说开示书写等。

（四）持咒。

所获利益广如经文所载，今且举十种如下：

（一）速得成佛，经中屡言之。

（二）行邪道者令入正道，行小乘者令入大乘。

（三）能得种种戒，又犯戒者还得清净不堕恶趣。

（四）得长寿富饶官位男女等。

（五）得无尽，所受用物无所乏少。

（六）一切痛苦皆除，水火刀兵盗贼刑戮诸灾难等悉免。

（七）转女成男。

（八）产时无苦，生子聪明少病。

（九）命终后随其所愿往生：

1. 人中，得大富贵。

2. 天上，不复更生诸恶趣。

3. 西方极乐世界，有八大菩萨接引。

4. 东方净琉璃世界。

（十）在恶趣中暂闻佛名即生人道修诸善行速证菩提。

灵感事迹甚多如旧录所载，今且举近事一则如下：

泉州承天寺觉圆法师，于未出家时体弱多病，既出家后二年之内病苦缠绵诸事不顺。后得闻药师如来法门，遂专心诵经持名忏悔，精勤不懈，迄至于今，身体康健，诸事顺利。法师近拟编辑药师圣典汇集，凡经文疏释及仪轨等，悉搜集之，刊版流布，以报佛恩焉。

新集受三归五戒八戒法式凡例

（一）五戒八戒，当分属于小乘。然欲秉受戒品，应发大菩提心。未可独善一身，偏趣寂灭。虽开遮持犯，不异声闻。而发心起行，宜同大士。清信之侣，幸其自勉！

（二）归戒功德，经论广赞。泛言果报，局在人天。故须勤修净行，期生弥陀净土。宋灵芝元照律师云："一者入道须有始；二者期心必有终。"言有始者，即须受戒，专志奉持。令于一切时中，对诸尘境，常忆受体。著衣吃饭，行住坐卧，语默动静，不可暂忘也。言其终者，谓归心净土，决誓往生也。以五浊恶世，末法之时，惑业深缠，惯习难断。自无道力，何由修证？故释迦出世五十余年，说无量法。应可度者，皆悉已度；其未度者，皆亦已作得度因缘。因缘虽多，难为造入。唯净土法门，是修行径路。故诸经论，偏赞净土。佛法灭尽，唯无量寿经，百年在世。十方劝赞，信不徒然。

（三）受归戒者，应于出家五众边受（出家五众者，苾刍、苾刍尼、式叉摩那、沙弥、沙弥尼）。然以从大僧受者（大僧者，苾刍、苾刍尼），为通途常例。必无其人，乃依他众（依《成实论》及《大智度论》，皆开自受八戒。灵芝济缘记云："成智二论，并开自受，文约无师，义兼缘碍。"灵峰云："受此八关斋法，须一出家人为作证明。不问大小两乘五众，但令毕世不非时食者，便可为师。"设数里内决无其人，或可对经像前自誓秉受耳）。

（四）受归戒者，若依律制，应于师前，一一别受。其有多众并合一时受者，盖为难缘，非是常制。《有部毗奈耶杂事》云：如来大师将入涅槃，五百壮士愿受归戒，时阿难陀作如是念："彼诸壮士，于世尊处一一别受近事学者，时既淹久，妨废圆寂，我今宜请与彼一时受其学处。"准斯明文，若无难缘，未可承用。

（五）受归戒时，授戒者说，受者随语。西国法式，唯斯一途。唐义净三藏云："准如圣教，及以相承，并悉随师说受戒语，无有师说，直问能不，戒事非轻，无容造次。"（是编专宗有部，与他律论之说小有歧异，学者亦毋因是疑谤他宗，以各被一机，并契圣教也。）

（六）诸余经论有云："不能具受五戒者，一分、二分得受。"若依萨婆多毗尼毗婆沙说："谓不具受者，不得戒。彼云：问曰：凡受优婆塞戒，设不能具受五戒，若受一戒乃至四戒，受得戒不？答曰：不得。若不得者，有经说有少分优婆塞、多分优婆塞、满分优婆塞，此义云何？答曰：所以作是说者，欲明持戒功德多少，不言有如是受戒法也。"灵峰亦云："若四分、三分等，既未全受，但可摄入出世福业，未可名戒学也。"准斯而论，今人欲受戒者，当自量度。必谓力弱心怯，不堪致远，未妨先受一分乃至四分，若不尔者，应具受持，乃可名为戒学。岂宜畏难，失其胜利。

（七）今人乞师证明受归依者，辄称归依某师。俗例相承，沿效莫返。循名核实，颇有未安。以所归依者为僧伽，非唯归依某师一人故。灵峰云：归依僧者，则一切僧皆我师也。今世俗士，择一名德比丘礼事之，窃窃然矜曰：吾某知识某法师门人也。彼知识法师者，亦窃窃然矜曰：彼某居士某宰官归依于我者也。噫！果若此，则应曰归依佛、归依法、结交一大德可也，可云归依僧也与哉！故已受归依者，于一切僧众，若贤若愚，皆当尊礼为师，自称弟子，未可骄慢，妄事分别。

（八）今人受五戒已，辄尔披五条衣，手持坐具，坏滥制仪，获罪叵测。依佛律制，必出家落发已，乃授缦条衣。若五条衣，唯有大僧方许披服。今以白衣，滥同大僧，深为未可（《方等陀罗尼经》云："在家二众入坛行道，著无缝三衣。"无缝，即是缦条，非五衣也。又成实论云："听畜一礼忏衣，名曰钵吒。"钵吒，即缦条也。据经论言："著缦条衣，亦可听许；但准律部，无是明文，不著弥善"）。若坐具者，梵言尼师但那。旧译作泥师坛，此云坐具，亦云卧具。唯大僧用，以衬毡席，防其污秽。此土敷以礼拜，盖出讹传。大僧持之，犹乖圣教；况在俗众，悖乱甚矣（义净三藏云："尼师但那，本为衬替卧具，恐有所损，不拟余用。敷地礼拜，不见有文。故违圣言，谁代当罪"）。

（九）既受戒已，若犯上品重罪，即不可悔。若犯中品、下品轻罪，悉属可悔。宜依律制，向僧众前，发露说罪，罪乃可灭。岂可妄谈实相，轻视作法。灵峰云："说罪而不观心，犹能决罪之流；傥谈理而不发露，决难清罪之源。若必耻作法，而不肯奉行，则是顾惜体面，隐忍覆藏，全未了知罪性本空，岂名慧日！"又云："世人正造罪时，实是大恶，不以为耻；向人发露，善中之善，反以为羞。甘于恶而苦于善，遂成恶中之恶，永无出期，颠倒愚痴，莫此为甚。"今于篇末，依有部律，酌定说罪之文。若承用时，未可铺缀仪章，增减字句。是为圣制，不须僭易。

（十）末世已来，受归戒者，多宗华山三归五戒正范。曲逗时机，是彼所长。惜其仪文，少伤繁缛。灵峰受三归五戒法，颇称精要，承用者希，盖可怅叹（陈熙愿谓此法唯约受者自说，而略录之。若师前受，仍依华山。寻绎斯言，实出臆断，戒事法式，宜遵圣教，若以西土常规，目为略录，别宗异制，偏尚繁文，是非淆肴，若为安可！恐怀先惑，聊复辨陈）。是编集录，悉承有部（具云根本说一切有部。唐义净三藏法师留学印度二十余年，专攻此部。归国已来，译传此部律文凡十九部，近二百卷。精确详明，世称新律）。宗彼律文，出其受法，简捷明了，不逾数行。西土相传，并依此制，匪曰泥古，且示一例，可用与否，愿任后贤！

改习惯

癸酉在泉州承天寺讲

吾人因多生以来之夙习，及以今生自幼所受环境之熏染，而自然现于身口者，名曰习惯。

习惯有善有不善，今且言其不善者。常人对于不善之习惯，而略称之曰习惯。今依俗语而标题也。

在家人之教育，以矫正习惯为主。出家人亦尔。但近世出家人，唯尚谈玄说妙。于自己微细之习惯，固置之不问。即自己一言一动，极粗显易知之习惯，亦罕有加以注意者。可痛叹也。

余于三十岁时，即觉知自己恶习惯太重，颇思尽力对治。出家以来，恒战战兢兢，不敢任情适意。但自愧恶习太重。二十年来，所矫正者百无一二。自今以后，愿努力痛改。更愿有缘诸道侣，亦皆奋袂兴起，同致力于此也。

吾人之习惯甚多。今欲改正，宜依如何之方法耶？若胪列多条，而一时改正，则心劳而效少，以余经验言之，宜先举一条乃至三四条，逐日努力检点，既已改正，后再逐渐增加可耳。

今春以来，有道侣数人，与余同研律学，颇注意于改正习惯。数月以来，稍有成效。今愿述其往事，以告诸公。但诸公欲自改其习惯，不必尽依此数条，尽可随宜酌定。余今所述者，特为诸公作参考耳。

学律诸道侣，已改正习惯，有七条。

一、食不言。现时中等以上各寺院，皆有此制，故改正甚易。

二、不非时食。初讲律时，即由大众自己发心，同持此戒。后来学者亦尔。遂成定例。

三、衣服朴素整齐。或有旧制，色质未能合宜者，暂作内衣，外罩如法之服。

四、别修礼诵等课程。每日除听讲、研究、抄写及随寺众课诵外，皆别自立礼诵等课程，尽力行之。或有每晨于佛前跪读法华经者，或有读华严经者，或有读金刚经者，或每日念佛一万以上者。

五、不闲谈。出家人每喜聚众闲谈，虚丧光阴，废弛道业，可悲可痛！今诸道侣，已能渐除此习。每于食后、或傍晚、休息之时，皆于树下檐边，或经行或端坐，若默诵佛号、若朗读经文、若默然摄念。

六、不阅报。各地日报，社会新闻栏中，关于杀盗淫妄等事，记载最详。而淫欲诸事，尤描摹尽致。虽无淫欲之人，常阅报纸，亦必受其熏染。此为现代世俗教育家所痛慨者。故学律诸道侣，近已自己发心不阅报纸。

七、常劳动。出家人性多懒惰，不喜劳动。今学律诸道侣，皆已发心，每日扫除大殿及僧房檐下，并奋力作其他种种劳动之事。

以上已改正之习惯，共有七条。

尚有近来特实行改正之二条，亦附列于下：

一、食碗所剩饭粒。印光法师最不喜此事。若见剩饭粒者，即当面痛呵斥之。所谓施主一粒米，恩重大如山也。但若烂粥烂面留滞碗上不易除去者，则非此限。

二、坐时注意威仪。垂足坐时，双腿平列。不宜左右互相翘架，更不宜耸立或直伸。余在家时，已改此习惯。且现代出家人普通之威仪，亦不许如此。想此习惯不难改正也。

总之，学律诸道侣，改正习惯时，皆由自己发心。决无人出命令而禁止之也。

改过实验谈

癸酉正月在厦门妙释寺讲

今值旧历新年,请观厦门全市之中,新气象充满,门户贴新春联,人多著新衣,口言恭贺新禧、新年大吉等。我等素信佛法之人,当此万象更新时,亦应一新乃可。我等所谓新者何,亦如常人贴新春联、著新衣等以为新乎?曰:不然。我等所谓新者,乃是改过自新也。但"改过自新"四字范围太广,若欲演讲,不知从何说起。今且就余五十年来修省改过所实验者,略举数端为诸君言之。

余于讲说之前,有须预陈者,即是以下所引诸书,虽多出于儒书,而实合于佛法。因谈玄说妙修证次第,自以佛书最为详尽。而我等初学之人,持躬敦品、处事接物等法,虽佛书中亦有说者,但儒书所说,尤为明白详尽适于初学。故今多引之,以为吾等学佛法者之一助焉。以下分为总论别示二门。

总论者,即是说明改过之次第:

一、学　须先多读佛书儒书,详知善恶之区别及改过迁善之法。倘因佛儒诸书浩如烟海,无力遍读,而亦难于了解者,可以先读《格言联璧》一部。余自儿时,即读此书。归信佛法以后,亦常常翻阅,甚觉其亲切而有味也。此书佛学书局有排印本甚精。

二、省　既已学矣,即须常常自己省察,所有一言一动,为善欤,为恶欤?若为恶者,即当痛改。除时时注意改过之外,又于每日临睡时,再将一日所行之事,详细思之。能每日写录日记,尤善。

三、改　省察以后,若知是过,即力改之。诸君应知改过之事,乃是十分光明磊落,足以表示伟大之人格。故子贡云:"君子之过也,如日月之食焉;过也人皆见之,更也人皆仰之。"又古人云:"过而能知，可以谓明。知而能改，可以即圣。"诸君可不勉乎！

别示者，即是分别说明余五十年来改过迁善之事。但其事甚多，不可胜举。今且举十条为常人所不甚注意者，先与诸君言之。《华严经》中皆用十之数目，乃是用十以表示无尽之意。今余说改过之事，仅举十条，亦尔；正以示余之过失甚多，实无尽也。此次讲说时间甚短，每条之中仅略明大意，未能详言，若欲知者，且俟他日面谈耳。

一、虚心　常人不解善恶，不畏因果，决不承认自己有过，更何论改？但古圣贤则不然。今单数例：孔子曰："五十以学易，可以无大过矣。"又曰："闻义不能徙，不善不能改，是吾忧也。"蘧伯玉为当时之贤人，彼使人于孔子。孔子与之坐而问焉，曰："夫子何为？"对曰："夫子欲寡其过而未能也。"圣贤尚如此虚心，我等可以贡高自满乎！

二、慎独　吾等凡有所作所为，起念动心，佛菩萨乃至诸鬼神等，无不尽知尽见。若时时作如是想，自不敢胡作非为。曾子曰："十目所视，十手所指，其严乎！"又引《诗》云："战战兢兢，如临深渊，如履薄冰。"此数语为余所常常忆念不忘者也。

三、宽厚　造物所忌，曰刻曰巧。圣贤处事，唯宽唯厚。古训甚多，今不详录。

四、吃亏　古人云："我不识何等为君子，但看每事肯吃亏的便是。我不识何等为小人，但看每事好便宜的便是。"古时有贤人某临终，子孙请遗训，贤人曰："无他言，尔等只要学吃亏。"

五、寡言　此事最为紧要。孔子云："驷不及舌。"可畏哉！古训甚多，今不详录。

六、不说人过　古人云："时时检点自己且不暇，岂有功夫检点他人。"孔子亦云："躬自厚而薄责于人。"以上数语，余常不敢忘。

七、不文己过　子夏曰："小人之过也必文。"我众须知文过乃是最可耻之事。

八、不覆己过　我等倘有得罪他人之处，即须发大惭愧，生大恐惧。发露陈谢，忏悔前愆。万不可顾惜体面，隐忍不言，自诳自欺。

九、闻谤不辩　古人云："何以息谤？曰：无辩。"又云："吃得小亏，则不至于吃大亏。"余三十年来屡次经验，深信此数语真实不虚。

十、不瞋　瞋习最不易除。古贤云："二十年治一怒字，尚未消磨得尽。"但我等亦不可不尽力对治也。《华严经》云："一念心，能开百万障门。"可不畏哉！

因限于时间，以上所言者殊略，但亦可知改过之大意。最后，余尚有数言，愿为诸君陈者：改过之事，言之似易，行之甚难。故有屡改而屡犯，自己未能强作主宰者，实由无始宿业所致也。务请诸君更须常常持诵阿弥陀佛名号，观世音地藏诸大菩萨名号，至诚至敬，恳切忏悔无始宿业，冥冥中自有不可思义之感应。承佛菩萨慈力加被，业消智朗，则改过自新之事，庶几可以圆满成就，现生优入圣贤之域，命终往生极乐之邦，此可为诸君预贺者也。

常人于新年时，彼此晤面，皆云恭喜，所以贺其将得名利。余此次于新年时，与诸君晤面，亦云恭喜，所以贺诸君将能真实改过不久将为贤为圣；不久决定往生极乐，速成佛道，分身十方，普能利益一切众生耳。

授三归依大意

第一章　三归之略义

三归者，归依于佛法僧三宝也。

三宝义甚广，有种种区别；今且就常人最易了解者，略举之。

佛者，如释迦牟尼佛、阿弥陀佛等诸佛是也。法者，为佛所说之法；或菩萨等依据佛意所说之法。即现今所流传之大小乘经律论三藏也。僧者，如菩萨、声闻诸圣贤众，下至仅剃发披袈裟者皆是也。

归依者，归向依赖之意。

归依于三宝者，乞三宝救护也。《大方便佛报恩经》云：譬人获罪于王，投向异国以求救护。异国王言，汝来无畏，但莫出我境，莫违我教！必相救护；众生亦尔，系属于魔，有生死罪。归向三宝以求救护。若诚心归依，更无异向，不违佛教。魔王邪恶无如之何。

既已归依于佛，自今以后，决不再依天仙神鬼一切诸外道等。

既已归依于法，自今以后，决不再依诸外道典籍。

既已归依于僧，自今以后，决不再依于不奉行佛法者。

第二章　授三归之方法

一忏悔、二正授三归、三发愿回向。

应先请授者，详力解释此三种文义；因仅读文而未解义，不能获诸善法也。

正授三归之文有多种，常所用者如下：

我某甲尽形寿，归依佛、归依法、归依僧。（三说）

我某甲归依佛竟、归依法竟、归依僧竟。（三结）

前三说时，已得归依善法；后三结者，重更丁宁令不忘失也。

忏悔文及发愿回向文，由授者酌定之，但发愿回向，应有以此功德回向众生同生西方齐成佛道之意，万不可唯求自利也。

第三章　授三归之利益

经律论中，赞叹归依三宝功德之文甚多。今略举四则：灌顶经云：受三归者，有三十六善神，与其无量诸眷属，守护其人令其安乐。善生经云：若人受三归，所得果报不可穷尽；如四大宝藏（四宝者：金、银、琉璃、玻璃），举国之人，七年之中运出不尽；受三归者，其福过彼，不可称计。较量功德经云：若三千大千世界满中如来，如稻麻竹苇。若人四事供养（饮食、衣服、卧具、汤药）满二万岁。诸佛灭后，各起宝塔，复以香华供养，其福甚多；不如有人以清净心，归依佛法僧三宝所得功德。大集经云：妊娠女人恐胎不安，先受三归已，儿无加害，乃至生已，身心具足，善神拥护；是母受兼资于子也。

第四章　结语

在本寺正式讲律，至今日圆满。今日所以聚集缁素诸众，讲三归大意者，一以备诸师参考，俾他日为人授三归时，知其简要之方法也；一以教诸在家人，令彼等了知三归之大意。俾已受者，能了此意，应深自庆幸。其未受者，先能了知此意，且为他日依师受三归之基础也。

敬三宝

癸酉闰五月五日在泉州大开元寺讲

三宝者，佛、法、僧也。其义甚广，今唯举其少分之义耳。

今言佛者，且约佛像而言，如木石等所雕塑及纸画者也。

今言法者，且约经律论等书册而言，或印刷或书写也。

今言僧者，且约当世凡夫僧而言，因菩萨罗汉等附入，敬佛门也。

第一　敬佛　略举常人所应注意者数条

礼佛时宜洗手漱口，至诚恭敬，缓缓而拜，不可急忙，宁可少拜，不可草率。佛几清洁，供香端直，供佛之物，以烹调精美，人所能食者为宜。今多以食物之原料及罐头而供佛者，殊为不敬。蕅益大师大悲行法中，曾痛斥之。又供佛宜在午前，不宜过午也。供水果亦宜午前，供水宜捧奉式。供花，花瓶水宜常换。

纸画之佛像，不可仅以绫裱，恐染蝇粪等秽物也。（少蝇者或可）宜装入玻璃镜中。

木石等雕塑者，小者应入玻璃龛中，大者应作宝盖罩之，并须常拂拭像上之尘土也。

凡大殿及供佛之室中，皆不宜踞坐笑谈，如对于国王大臣乃至宾客之前尚应恭敬，慎护威仪，何况对佛像耶？不可佛前晒衣服，宜偏侧。不得在大殿前用夜壶水浇花。若卧室中供佛像者，眠时应以净布遮障。

第二　敬法　略举常人所应注意者数条

读经之时，必须洗手、漱口、拭几，衣服整齐，威仪严肃，与礼佛时无异。蕅益大师云："展卷如对活佛，收卷如在目前，千遍，万遍痾痒不忘。"如是乃能获读经之实益也。

对于经典，应十分恭敬护持，万不可令其污损。又翻篇时，宜以指腹轻轻翻之，不可以指爪划，又不应折角，若欲记志，以纸片加入可也。

若经典残缺者亦不可烧。卧室中几上置经典者，眠时应以净布盖之。

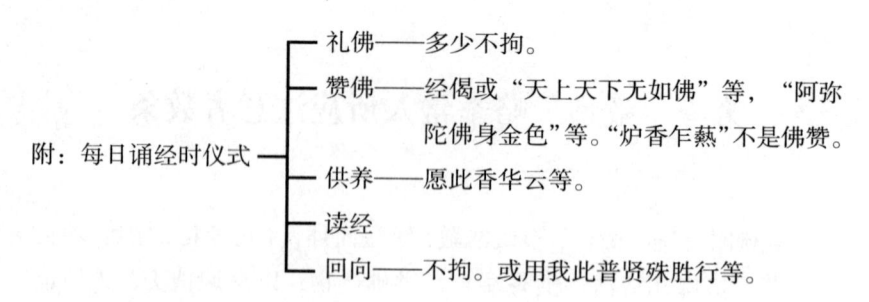

附：每日诵经时仪式
- 礼佛——多少不拘。
- 赞佛——经偈或"天上天下无如佛"等，"阿弥陀佛身金色"等。"炉香乍爇"不是佛赞。
- 供养——愿此香华云等。
- 读经
- 回向——不拘。或用我此普贤殊胜行等。

第三　敬僧　略举常人所应注意者数条

凡剃发披袈裟者，皆是释迦佛子，在家人见之，应一例生恭敬心，不可分别持戒破戒。

若归依三宝时，礼一出家人为师而作证明者，不可妄云归依某人；因所归依者为僧，非归依某一人。应于一切僧众若贤若愚，生平等心，至诚恭敬，尊之为师，自称弟子，则与归依僧伽之义，乃符合矣。

供养僧者亦尔。不可专供有德者,应于一切僧生平等心普遍供之,乃可获极大之功德也。专赠一人者功德小,供众者功德大。

出家人若有过失,在家人闻之万不可轻言。此为佛所痛诫者最宜慎之。以上略言敬三宝义竟。兹附有告者,厦门泉州神庙甚多,在家敬神每用猪鸡等物。岂知神皆好善而恶杀,今杀猪鸡等物而供神,神不受享,又安能降福而消灾耶?唯愿自今以后,痛革此种习惯,凡敬神时,亦一例改用素,则至善矣。

常随佛学

癸酉七月十一日在泉州承天寺为幼年诸学僧讲

《华严行愿品》末卷所列十种广大行愿中，第八曰常随佛学。若依华严经文所载种种神通妙用，决非凡夫所能随学。但其他经律等，载佛所行事，有为我等凡夫作模范，无论何人皆可随学者亦屡见之。今且举七事：

一　佛自扫地

《根本说一切有部毗奈耶杂事》云："世尊在逝多林。见地不净，即自执篲欲扫林中。时舍利子大目犍连大迦叶阿难陀等，诸大声闻见是事已，悉皆执篲共扫园林。时佛世尊及胜圣弟子扫除已，入食堂中，就座而坐。佛告诸比丘凡扫地者，有五胜利。一者自心清净。二者令他心清净。三者诸天欢喜。四者植端正业。五者命终之后当生天上。"

二　佛自舁（音余，即共扛抬也）弟子及自汲水

《五分律》，《佛制饮酒戒缘起》云"婆伽陀比丘，以降龙故，得酒醉。衣钵纵横。佛与阿难舁至井边，佛自汲水，阿难洗之"等。

三　佛自修房

《十诵律》云："佛在阿罗毗国。见寺门楣损，乃自修之。"

四　佛自洗病比丘及自看病

《四分律》云："世尊即扶病比丘起，拭身不净，拭已洗之。洗已复为浣衣晒干。有故坏卧草弃之。扫除住处，以泥浆涂洒极令清净。更敷新草，并敷一衣。还安卧病比丘已，复以一衣覆上。"

《西域记》云："只桓东北有塔，即如来洗病比丘处。"又云："如来在日有病比丘，含苦独处。佛问：'汝何所苦，汝何独居？'答曰：'我性疏懒不耐看病，故今婴疾，无人瞻视。'佛愍而告曰：'善男子！我今看汝。'"

五　佛为弟子裁衣

《中阿含经》云："佛亲为阿那律裁三衣。"诸比丘同时为连合，即成。

六　佛自为老比丘穿针

此事知者甚多，今已忘记出何经律，不及检查原文，仅就所记忆大略之义录之。佛在世时有老比丘补衣。因目昏花，未能以线穿针孔中。乃叹息曰："谁当为我穿针？"佛闻之，即立起曰："我为汝穿之等"。

七　佛自乞僧举过

是谓佛及弟子等结夏安居既竟，具仪自恣时也。《增一阿含经》云："佛坐草座，即是离本座，（敷草于地而坐也。所以尔者，恣僧举过，舍骄慢故）告诸比丘言：'我无过咎于众人乎？又不犯身口意乎？如是至三。'"灵芝律师云："如来亦自恣者，示同凡法故；垂范后世故；令众省己故；使折我慢故。"

如是七事，冀诸仁者勉力随学。远离骄慢，增长悲心，广植福业，速证菩提。是为余所惓愿者耳。

万寿岩念佛堂开堂演词

甲戌八月

今日万寿禅寺念佛堂开堂，余得参末席，深为荣幸。近十数年来，闽南佛法日益隆盛，但念佛堂尚未建立，悉皆引为憾事。今由本寺住持本妙法师发愿创建，开闽南风气之先。大众欢喜，叹为希有。本妙法师英年好学，亲近兴慈法主讲席已历多载，于天台教义及净土法门悉能贯通。故今本其所学，建念佛堂弘扬净土。可谓法门之龙象，僧中之芬陀矣。

今念佛堂既已成立，而欲如法进行，维持永久，胥赖护法诸居士有以匡辅而助理之。

考江浙念佛堂规则，约分二端。一为长年念佛，二为临时念佛。

长年念佛者，斋主供设延生或荐亡牌位，堂中住僧数人乃至数十人，每日念佛数次。

临时念佛者，斋主或因寿诞或因保病或因荐亡，临时念佛一日，乃至多日，此即是水陆经忏之变相。

以上二端中，长年念佛尚易实行。因规模大小可以随时变通，勉力支持犹可为也。若临时念佛，实行至为困难。因旧日习惯，唯尚做水陆诵经拜忏放焰口等。今遽废此习惯，改为念佛，非易事也。

印光老法师文钞中，屡言念佛胜于水陆经忏等。今略引之。与徐蔚如书云：

至于七中，及一切时，一切事，俱宜以念佛为主，何但丧期。以现今僧多懒惰，诵经则不会者多，而又其快如流，会而不熟亦不能随念。纵有数十人，念者无几。唯念佛则除非不发心，决无不能念之弊。又纵不肯念，一句佛号入耳经心，亦自利益不浅，此余决不提倡作余道场之所以也。

又复黄涵之书，数通中，皆言及此。文云：

至于保病荐亡，今人率以诵经拜忏做水陆为事。余与知友言，皆令念佛。以念佛利益，多于诵经拜忏做水陆多多矣。何以故？诵经则不识字者不能诵，即识字而快如流水，稍钝之口舌亦不能诵，懒人虽能亦不肯诵，则成有名无实矣。拜忏做水陆亦可例推。念佛则无一人不能念者，即懒人不肯念，而大家一口同音念，彼不塞其耳，则一句佛号固已历历明明灌于心中，虽不念与念亦无异也。如染香人，身有香气，非特欲香，有不期然而然者，为亲眷保安荐亡者皆不可不知。又云：至于做佛事，不必念经拜忏做水陆，以此等事，皆属场面，宜专一念佛，俾令郎等亦始终随之而念，女眷则各于自室念之，不宜附于僧位之末。如是则不但尊夫人令眷实获其益，即念佛之僧并一切见闻无不获益也。凡做佛事，主人若肯临坛，则僧自发实心，倘主人以此为具文，则僧亦以此为具文矣。又云：做佛事一事，余前已详言之，祈勿徇俗徒作虚套，若念四十九天佛，较诵经之利益多多矣。

又复周孟由昆弟书云：

做佛事，只可念佛，勿做别佛事，并令全家通皆恳切念佛，则于汝母，于汝等诸眷属及亲戚朋友，皆有实益。又云：请僧念七七佛甚好。念时，汝兄弟必须有人随之同念。

统观以上印光老法师之言，于念佛则尽力提倡，于做水陆诵经拜忏放焰口等，则云决不提倡。又云念佛利益多于诵经拜忏做水陆多多矣。又云诵经拜忏做水陆有名无实。又云念经拜忏做水陆等事皆属场面。又云徒作虚套。老法师悲心深切，再三告诫，智者闻之，详为审察，当知何去何从矣。厦门泉州诸居士，归依印光老法师者甚众。唯望懔遵师训，努力劝导诸亲友等，自今以后，决定废止拜忏诵经做水陆等，一概改为念佛。若能如此实行，不唯闽南各寺念佛堂可以维持永久，而闽南诸邑人士信仰净土法门者日众，往生西方者日多，则皆现前诸居士劝导之功德也。幸各勉旃！

律学要略

二十四年十一月讲于泉州承天寺戒期胜会中　万泉记录

我出家以来在江浙一带，并不敢随便讲经或讲律，更不敢赴什么传戒的道场；其缘故是因个人感觉学力不足。非常惭愧地，三年来在闽南虽有讲些东西，自心总不满。这次本寺诸位长者再三地唤我来参加戒期胜会，在人情不得已中，故今天来与诸位谈谈；但因时间匆促未能预备，参考书又缺少，间或个人精神衰弱，拟在此共讲三天。今天先专为求授比丘戒者讲些律宗历史；他人傍听，虽不能解，亦是种植善根之事。

为比丘者，应先了知戒律传入此土之因缘，及此土古今律宗盛衰之大概。由东汉至曹魏之初，僧人无归戒之举，唯剃发而已。魏嘉平年中，天竺僧人传法时到中土，乃立羯磨受法；是为戒律之始。当是时可算是真实传授比丘戒的开始，后来渐渐地繁盛起来。

大部之广律，最初传来的是《十诵律》。翻译这部律的是姚秦时鸠摩罗什法师；庐山净宗初祖远公法师亦竭力劝请赞扬。六朝时此律最盛于南方。其次翻译的是《四分律》，和《十诵律》相去不远的时候；但迟至隋朝乃有人弘扬提倡，至唐初乃大盛。第三部是《僧只律》，东晋时翻译的，六朝时北方稍有弘扬者。刘宋时继《僧只律》后，有《五分律》。翻译这部律的人，即是译六十卷《华严经》者。文精而简，道宣律师甚赞；可惜罕有人弘扬。至其后有《有部律》，乃唐武则天时义净法师的译著，即是西藏一带最通行的律。当初义净法师在印度有二十余年的历史。他博学强记，贯通律学精微；非至印度之其他僧人所能及，实空前绝后的中国大律师。义净回国翻译终毕，他年亦老了，不久即圆寂；以后无有人弘扬，可惜！可惜！

此外诸部律论很多，不遑枚举。

关于《有部律》，我个人起初见之甚喜，研究多年；以后因朋友劝告，即改研《南山律》。其原因是《南山律》依《四分律》而成，又稍有变化，能适合吾国僧众之根器故。现在我即专就《四分律》之历史大略说些。

唐代是四分律最兴时期。以前所弘扬的是《十诵律》；《四分律》少人弘扬。唐初《四分律》学者乃盛，共有三大派：一相部律，以法砺律师为主；二南山律，以道宣律师为主；三东塔律，以怀素律师为主。法砺律师在道宣之前，道宣会就学于他。怀素律师在于道宣之后，亦曾亲近法砺、道宣二律师。斯律虽有三大派之分，最盛行于世的可算南山律了。南山律师著作浩如渊海；其中《行事钞》最负盛名，是时任何宗派之学者皆须研《行事钞》。自唐至宋，解者六十余家。唯灵芝元照律师最胜。元照律师此外尚有许多其他经律的注释。元照后，律学渐渐趋于消沉，罕有人发心弘扬。

南宋后禅宗益盛，律学更无人过问，所有唐宋诸家的律学撰述数千卷悉皆散失。迨至清初，唯存南山《随机羯磨》一卷；如是观之，大足令人兴叹不已！明末清初，有蕅益、见月诸大师等，欲重兴律宗；但最可憾者，是唐宋古书不得见。当时蕅益大师著述有《毗尼事义集要》，初讲时人数已不多，以后更少，结果成绩颓然。见月律师弘律颇有成绩，撰述甚多。有解《随机羯磨》者《毗尼作持》，与南山颇有不同之处；因不得见南山著作故。此外尚有最负盛名的《传戒正范》一部。从明末至今，传戒之书独此一部。传戒尚存一线曙光之不绝，惟赖此书；虽与南山之作未能尽合，然其功甚大，不可轻视！但近代受戒仪轨，又依此稍有增减，亦不是见月律师《传戒正范》之本来面目了。

南宋至清七百余年，关于唐宋诸家律学撰述，可谓无存。清光绪末年，乃自日本请还唐宋诸家律书之一部分。近十余年间，在天津已刊者数百卷；此外《续藏经》所收尚未另刊者，犹有数百卷。

今后倘有人发心专力研习弘扬，可以恢复唐代之古风。凡蕅益、见月等所欲求见者，今悉俱在，我们生此时候，实比蕅益、见月诸大师幸福多多。

但学律非是容易的事情，我虽然学律近二十年，仅可谓为学律之预备，及得窥见少许之门径。再预备数年，乃可著手研究。以后至少亦须研究二十年，乃可稍有成绩；奈我现在老了！恐不能久住世间。很盼望你们有人能发心专学戒律，以继我所未竟之志，则至善矣！

我们应知道，现在所流通之《传戒正范》，非是完美之书，何况更随便增减！所以必须今后恢复古法乃可；此皆你们的责任，我甚希望大家共同勉励进行！（第一天所讲者已毕）第二天、第三天所讲的是：三归、五戒，乃至菩萨戒之要略。

三归、五戒、八戒、沙弥、沙弥尼戒、式叉摩那戒、比丘、比丘尼戒、菩萨戒等，就普通说：菩萨戒为大乘，余皆小乘；但亦未必尽然，应依受者发心如何而定。我近来研究南山律，内中有云："无论受何戒法，皆要先发大乘心"；由此看来，哪有一种戒法，专名为小乘的呢？再就受戒方法论，如三归五戒、沙弥沙弥尼戒，皆用三归依受。至于比丘、比丘尼戒、菩萨戒，则须依羯磨文受；又如式叉摩那，则是用羯磨与学戒法，不是另外得戒，与上不同。再依在家出家分之，就普通说：在家如三归五戒八戒等，出家如沙弥比丘等。实而言之，三归五戒八戒，皆通在家出家。诸位听着这话，或当怀疑。今我以例证之，如明灵峰蕅益大师，他初亦受比丘戒，后退作但三归人；如是言之，只有三归亦可算出家人。

又若单五戒亦可算出家人；因剃发以后，必先受五戒，后再受沙弥戒。未受沙弥戒前，止是五戒之出家人；故五戒通于在家出家，有在家优婆塞、出家优婆塞之别。例如：明蕅益大师之大弟子成时、性旦二师，皆自称为出家优婆塞。成时大师为编辑《净土十要》及《灵峰宗论》者，性旦大师为记录《弥陀要解》者；皆是明末的高僧。

八戒何为亦通在家出家？药师经中说：比丘亦可受八戒。比丘再受八戒，为欲增上功德故；这样看起来，八戒亦通于僧俗。

以上略判竟，以下一一分别说之：

三归：不属于戒，仅名三归。三归者，归依佛、归依法、归依僧。未受以前必须要了解三归道理，并非糊里糊涂地盲从瞎说；如这样子皆不得三归。

所谓三宝有四种之别：一理体三宝、二化相三宝、三住持三宝、四一体三宝；尽讲起来，很深奥复杂。现在且专就住持三宝来说。三宝意义是什么？佛法僧。所谓佛即形象。如：释迦佛像、药师佛像、弥陀佛像等；法即佛所说之经。如：法华经楞严经等，皆佛金口所流露出来之法；僧即出家剃发受戒有威仪之人。以上所说佛法僧道理，可谓最浅近，诸位谅皆能明了吧？

归依，即回转的意义。因前背舍三宝，而今转向三宝，故谓之归依。但无论出家在家之人，若受三归时，最重要点有二：第一要注意归依三宝是何意义。第二当受三归时，师父所说应当十分明白。或师父所讲的话，全是文言不能了解，如是决不能得三归；或隔离太远，听不明白，亦不得三归；或虽能听到，大致了解，其中尚有一二怀疑处，亦不得三归。又正受之时，即是归依佛、归依法、归依僧，三说。此最要紧，应十分注意。以后之归依佛竟、归依法竟、归依僧竟，是名三结，无关紧要。所以诸位发心受戒，应先了知三归意义。又当正授时，要在先归依佛三遍注意，乃可得三归。

以上三归说已；下说五戒。

五戒：就五戒而言，亦要请师先为说明。五戒者：杀、盗、淫、妄、酒。当师父说明五戒意义时，切要用白话，浅近明了，使人易懂。受戒者听毕，应先自思量：如是诸戒能持否？若不能全持，或一、或二、或三、或四，皆可随意；宁可不受，万不可受而不持！且就杀生而论，未受戒者，犯之本应有罪；若已受不杀戒者犯之，则罪更加重一倍，可怕不可怕呢？你们试想一想，如果不能受持，勉强敷衍，实是自寻烦恼。据我思之，五戒中最容易持的，是不邪淫、不饮酒。诸位可先受这两条最为稳当；至于杀与妄语，有大小之分，大者虽不易犯，小者实为难持；又五戒中最为难持的，莫如盗戒，非于盗戒戒相研究十分明了之后，万不可率尔而受。所以我盼望诸位对于盗戒一条，缓缓再说，至要！至要！但以现在传戒情形看起来，在这许多人众集合场中，实际上是不能如上一一别受。我想现在受五戒时，不妨合众总受五戒。俟受戒后，再自己斟酌取舍，亦未为不可。于自己所不能奉持的数条，可以在引礼师前或俗人前舍去。这样办法，实在十分妥当。在授者减麻烦，诸位亦可免除烦恼。另外还有一句要紧的话，倘有人怀疑于此大众混杂扰乱之时，心中不能专一注想，或恐犹未得戒者，不妨请性愿老法师或其他善知识，再为重授一次，他们当会慈悲允许。诸位！你们万不可轻视三归五戒！我有句老实话对诸位说：菩萨戒不是容易得的，沙弥戒及比丘戒是不能得的。无论出家或在家人所希望者，唯有三归五戒。我们倘能得三归五戒，那就是很好的了。因受持五戒来生定可为人。既能持五戒，再说念阿弥陀佛名号，求生西方，临终时定能往生西方极乐世界，岂不甚好。就我自己而论，对于菩萨戒是有名无实；沙弥戒及比丘戒决定未得。即以五戒而言，亦不敢说完全。止可谓为出家多分优婆塞而已，这是实话。所以我盼望诸位要注意三归五戒。当受五戒，应知于前说三归正得戒体，最宜注意！后说五戒戒相为附属之文，不是在此时得戒；又须请师先为说明五戒之广狭。例如：饮酒一戒，不唯不饮泉州酒店之酒；凡尽法界虚空界之戒缘境酒，皆不可饮，杀盗淫妄亦复如是。所以受戒功德普遍法界，实非人力所能思议！

宝华山见月律师所编《三归五戒正范》，所有开示多用骈体文，闻者万不能了解，等于虚文而已，最好请师译成白话。

此外我更附带言之：近有为人受五戒者，于不饮酒后加不吸烟一句；但这不吸烟可不必加入，应另外劝告，不应加入五戒文中。

以上说五戒毕，以下讲八戒。

八戒：具云八关斋戒。"关"者，禁闭非逸，关闭所有一切非善事。"斋"是清的意思，绝诸一切杂想事。八关斋戒本有九条，因其中第七条包含两条，故合计为八条。前五与五戒同，后三条是另加的。后加三者，即第六华香、璎珞、香油涂身，这是印度美丽装饰之风俗。我国只有花香，并无璎珞等。但所谓香，如吾国香粉、香水、香牙粉、香牙膏及香皂等，皆不可用。

第七高胜床上坐，作倡伎乐故往观听，这就是两条合为一条的。现略为分析："高"是依佛制度，坐卧之床脚，最高不能超过一尺六寸。"胜"是指金银牙角等之装饰，此皆不可。但在他处不得已的时候，暂坐可开。佛制是专为自制的，须结正罪，如别人已作成功的不是自制的，罪稍轻。作倡伎乐故往观听，音乐影戏等属此条，所谓故往观听之"故"字要注意，于无意中偶然听到或看见的不犯。

以上高胜床上坐、作倡伎乐故往观听，共合为一条。受八关斋戒的人，皆不可为。

第八非时食：佛制受八关斋戒后，自黎明至正午可食。倘越时而食，即叫做非时食；即平常所说的过午不食。但正午后不单是饭等不可食，如牛乳水果等均不可用；此外如病重者，于不得已中，可在大家看不到的地方，开食粥等。

受八关斋戒，普通于六斋日受。六斋日者：初八、十四、十五、二十三，及月底最后二日；倘更能发心日日受，那是最好不过了！受时要在每天晨起时，期限以一日一夜——天亮时至夜，夜至明早。受八关斋戒后，过午不食一条，应从今天正午后，至明日黎明时，皆不可食。又八戒与菩萨戒比较别的戒有区别：因为八戒与菩萨戒，是顿立之戒（但上说的菩萨戒，是局就梵网、璎珞等而说的；若依瑜伽戒本，则属于渐次之戒）。这是什么缘故呢？未受五戒、沙弥戒、比丘戒，皆可即受菩萨戒，或八戒，故曰顿立。若渐次之戒，必依次第。如先五戒，次沙弥戒，次比丘戒，层层上去的。以上所说八关斋戒，外江居士受的非常之多。我想闽南一带，将来亦应当提倡提倡！若嫌每月六日太多，可减至一日或两日亦无不可；因仅受一日，即有极大功德，何况六日全受呢？

沙弥戒：沙弥戒诸位已听了吧？此乃正戒共十条，其中九条同八戒，另加手不捉钱宝一条，合而为十，但手不捉钱宝一条，平常人不明白，听了皆怕，不知此不捉钱宝是易持之戒。律中有方便办法，叫做"说净"。经过说净的仪式后，亦可照常自己捉持。最所繁难者，是正戒十条外于比丘戒亦应学习，犯者结罪。我初出家时不晓得，后来学律才知道。这样看起来，持沙弥戒亦是不容易的一回事。

沙弥尼戒：即女众，法戒与沙弥同。

式叉摩那戒：梵语式叉摩那，此云学法女。外江各丛林，皆谓在家贞女为式叉摩那。只用贞女之名，这是错误的。闽南这边，那年开元寺传戒时，对于贞女不称式叉摩那，只用贞女之名，这是很通的。平常人多不解何者为式叉摩那，我现在略为解释一下：哪一种人可受式叉摩那戒呢？要已受沙弥尼戒的人，于十八岁时，受式叉摩那法，学习二年，然后再受比丘尼戒。因为佛制二十岁乃可受戒，于十八岁时，再学二年，正当二十岁。于二年学习时，僧作羯磨，与学戒法。二年学毕，乃可受比丘尼戒。但式叉摩那，要具学三法：一学根本法——即四重戒。二学六法——染心相触、盗减五钱、断畜命、小妄语、非时食、饮酒。三学行法——大尼诸戒及威仪。此仅是受学戒法，非另外得戒，故与他戒不同。以下讲比丘戒。

比丘戒：因时间很短，现在不能详细说明，唯有几句要紧话先略说之：

我们生此末法时代，沙弥戒与比丘戒皆是不能得的：原因甚多甚多！今且举出一种来说，就是没有能授沙弥戒、比丘戒的人。若受沙弥戒、比丘戒，必定以比丘来授才可。如受时，沙弥戒须二比丘授，比丘戒至少要五比丘授。倘若找不到比丘的话，不单比丘戒受不成，沙弥戒亦受不成。我有一句很伤心的话，要对诸位讲：从南宋迄今六七百年来，或可谓僧种断绝了！以平常人眼光看起来，以为中国僧众很多，大有达至几百万之概。据实而论，这几百万中间，要找出一个真比丘，恐怕也是不容易的事情！如此怎样能授沙弥、比丘戒呢？既没有能授戒的人，如何会得戒呢？我想诸位听到这话，心中一定十分扫兴。或有人以为既不得戒，我们白吃辛苦，不如早些回去好，何必在此辛辛苦苦做这种极无意味的事情呢？但如此怀疑是大不对的。我劝诸位应好好地、镇静地在此受沙弥戒、比丘戒才是！虽不得戒，亦能种植善根，兼学种种威仪，岂不是好；又若想将来学律，必先挂名受沙弥、比丘戒。否则以学律，必受他人讥评。所以你们在这儿发心受沙弥、比丘戒是很好的！

这次本寺诸位长老请我来讲律学大意，我感觉着有种种困难之点，这是什么缘故呢？比方我在这儿，不依据佛所说的道理讲，一味地随顺他人，顾惜情面，敷衍了事，岂不是我害了你们吗？若依实在的话与你们讲，又恐怕因此引起你们的怀疑，所以我觉着十分困难。因此不得已，对于诸位分作两种说法：（一）老实不客气地，必须要说明受戒真相。恐怕诸位出戒堂后，妄自称为沙弥或比丘，致招重罪，那是不得了的事情！我有种比方，譬如泉州这地方有司令官等，不识相的老百姓亦自称我是司令官，如司令官等听到，定遭不良结果，说不定有枪毙之危险！未得沙弥、比丘戒者，妄自称为沙弥或比丘，必定遭恶报，亦就是这个道理。我为着良心的驱使，所以要对诸位说老实话。（二）以现在人情习惯看起来，我总劝诸位受戒，挂个虚名，受后俾可学律；不然，定招他人诽谤之虞。这样的说，诸位定必明了吧？更进一层说，诸位中若有人真欲绍隆僧种，必须求得沙弥、比丘戒者，亦有一种特别的方法。即是如蕅益大师礼《占察忏仪》，求得清净轮相，即可得沙弥、比丘戒，除此以外无有办法。故蕅益大师云："末世欲得净戒，舍此占察轮相之法，更无别途。"因为得清净轮相之后，即可自誓总受菩萨戒。而沙弥、比丘戒皆包括在内，以后即可称为菩萨比丘。礼占察忏得清净轮相，虽是极不容易的事，倘诸位中有真发大心者，亦可奋力进行。这是我最希望你们的！

以下说比丘尼戒。

比丘尼戒：现在不能详说。依据佛制，比丘尼戒，要重复受两次：先依尼僧授本法，后请大僧正授，但正得戒时，是在大僧授时；此法南宋以后已不能实行了。

最后说菩萨戒：

菩萨戒：为着时间关系，亦不能详说。现在略举三事：（一）要有菩萨种姓，又能发菩提心，然后可受菩萨戒。什么是种姓呢？就简单来说：就是多生以来所成就的资格。所以当受戒时，戒师问：汝是菩萨否？应答曰：我是菩萨！这就是菩萨种姓！戒师又问：既是菩萨，已发菩提心否？应答曰：已发菩提心！这就是发菩提心。如这样子才能受菩萨戒。（二）平常人受菩萨戒者，皆是全受。但依《璎珞本业经》，可以随身分受，或一或多，与前所说的受五戒法相同。（三）犯相重轻，依旧疏新疏有种种差别，应随各人力量而行。现以例说：如妄语戒，旧疏说：大妄语乃犯波罗夷罪。新疏说：小妄语即犯波罗夷罪。如余所编辑之图表广明。至于起杀盗淫妄之心，即犯波罗夷，乃是为地上菩萨所制，我等凡夫是做不到的。

所谓菩萨戒虽不易得，但如有真诚之心，亦非难事。且可自誓受，不比沙弥、比丘戒必须要请他人授；因为菩萨戒、五戒、八戒，皆可自誓受，所以我们颇有得菩萨戒之希望。

今天《律学要略》已经讲完，其中如有不妥当处或错误处，还请诸位原谅！最后我尚有几句话：诸位在此受戒很好！在近代说，如外江最有名望的地方，虽有传戒，实不及此地完备。这是这里办事很有热心、很有精神、很有秩序，诚使我佩服！使我赞美！就以讲律来说，此地戒期中，有讲沙弥律、比丘戒本、梵网经，他方是难有的。几年前泉州大开元寺于戒期中提倡讲律，大家皆说是破天荒的举动。本寺此次传戒之美备，实与数年前大开元寺相同；并有露天演讲，使外人亦有种植善根之机缘，诚办事周到之处。本年天灾频仍，泉州亦跑不出例外。在人心痛苦、境遇萧条的状况中，本寺居然以极大规模，很圆满地开戒，这无非是诸位长老及大护法的道德感化所致。我这次到此地，心实无限欢喜！此是实话，并非捧场。此次能碰着这大机缘与诸位相聚，甚慰衷怀！最后还要与诸位恭喜！

青年佛徒应注意的四项

丙子正月开学日在南普陀寺佛教养正院讲

养正院从开办到现在,已是一年多了。外面的名誉很好,这因为由瑞金法师主办,又得各位法师热心爱护,所以能有这样的成绩。

我这次到厦门,得来这里参观,心里非常欢喜。各方面的布置都很完美,就是地上也扫得干干净净的,这样,在别的地方,很不容易看到。

我在泉州草庵大病的时候,承诸位写一封信来,——各人都签了名,慰问我的病状;并且又承诸位念佛七天,代我忏悔,还有像这样别的事,都使我感激万分!

再过几个月,我就要到鼓浪屿日光岩去方便闭关了。时期大约颇长久,怕不能时时会到,所以特地发心来和诸位叙谈叙谈。

今天所要和诸位谈的,共有四项:一是惜福,二是习劳,三是持戒,四是自尊,都是青年佛徒应该注意的。

一 惜福

"惜"是爱惜,"福"是福气。就是我们纵有福气,也要加以爱惜,切不可把它浪费。诸位要晓得,末法时代,人的福气是很微薄的;若不爱惜,将这很薄的福享尽了,就要受莫大的痛苦。古人所说"乐极生悲",就是这意思啊!我记得从前小孩子的时候,我父亲请人写了一副大对联,是清朝刘文定公的句子,高高地挂在大厅的抱柱上,上联是"惜食，惜衣，非为惜财缘惜福"。我的哥哥时常教我念这句子，我念熟了，以后凡是临到穿衣或是饮食的当儿，我都十分注意，就是一粒米饭，也不敢随意糟掉；而且我母亲也常常教我，身上穿的衣服，当时时小心，不可损坏或污染。这因为母亲和哥哥怕我不爱惜衣食，损失福报，以致短命而死，所以常常这样叮嘱着。

诸位可晓得，我五岁的时候，父亲就不在世了！七岁我练习写字，拿整张的纸瞎写，一点不知爱惜，我母亲看到，就正颜厉色地说："孩子！你要知道呀！你父亲在世时，莫说这样大的整张的纸不肯糟蹋，就连寸把长的纸条，也不肯随便丢掉哩！"母亲这话，也是惜福的意思啊！

我因为有这样的家庭教育，深深地印在脑里，后来年纪大了，也没一时不爱惜衣食；就是出家以后，一直到现在，也还保守着这样的习惯。诸位请看我脚上穿的一双黄鞋子，还是民国九年（1920年）在杭州时候，一位打念七佛的出家人送给我的。又诸位有空，可以到我房间里来看看，我的棉被面子，还是出家以前所用的；又有一把洋伞，也是民国初年（1912年）买的。这些东西，即使有破烂的地方，请人用针线缝缝，仍旧同新的一样了。简直可尽我形寿受用着哩！不过，我所穿的小衫裤和罗汉草鞋一类的东西，却须五六年一换。除此以外，一切衣物，大都是在家时候或是初出家时候制的。

从前常有人送我好的衣服或别的珍贵之物，但我大半都转送别人。因为我知道我的福薄，好的东西是没有胆量受用的。又如吃东西，只生病时候吃一些好的，除此以外，从不敢随便乱买好的东西吃。

惜福并不是我一个人的主张，就是净土宗大德印光老法师也是这样，有人送他白木耳等补品，他自己总不愿意吃，转送到观宗寺去供养谛闲法师。别人问他："法师！你为什么不吃好的补品？"他说："我福气很薄，不堪消受。"

他老人家——印光法师，性情刚直，平常对人只问理之当不当，情面是不顾的。前几年有一位归依弟子，是鼓浪屿有名的居士，去看望他，和他一道吃饭，这位居士先吃好，老法师见他碗里剩落了一两粒米饭；于是就很不客气地大声呵斥道："你有多大福气，可以这样随便糟蹋饭粒！你得把它吃光！"

诸位！以上所说的话，句句都要牢记！要晓得：我们即使有十分福气，也只好享受二三分，所余的可以留到以后去享受；诸位或者能发大心，愿以我的福气，布施一切众生，共同享受，那更好了。

二 习劳

"习"是练习，"劳"是劳动。现在讲讲习劳的事情：

诸位请看看自己的身体，上有两手，下有两脚，这原为劳动而生的。若不将它运用习劳，不但有负两手两脚，就是对于身体也一定有害无益的。换句话说，若常常劳动，身体必定康健。而且我们要晓得：劳动原是人类本分上的事，不唯我们寻常出家人要练习劳动，即使到了佛的地位，也要常常劳动才行，现在我且讲讲佛的劳动的故事：

所谓佛，就是释迦牟尼佛。在平常人想起来，佛在世时，总以为同现在的方丈和尚一样，有衣钵师、侍者师常常侍候着，佛自己不必做什么；但是不然，有一天，佛看地下不很清洁，自己就拿起扫帚来扫地，许多大弟子见了，也过来帮扫，不一时，把地扫得十分清洁。佛看了欢喜，随即到讲堂里去说法，说道："若人扫地，能得五种功德……"

又有一个时候，佛和阿难出外游行，在路上碰到一个喝醉了酒的弟子，已醉得不省人事了；佛就命阿难抬脚，自己抬头，一直抬到井边，用桶汲水，叫阿难把他洗濯干净。

有一天，佛看到门前木头做的横楣坏了，自己动手去修补。

有一次，一个弟子生了病，没有人照应，佛就问他说："你生了病，为什么没人照应你？"那弟子说："从前人家有病，我不曾发心去照应他；现在我有病，所以人家也不来照应我了。"佛听了这话，就说："人家不来照应你，就由我来照应你吧！"就将那病弟子大小便种种污秽，洗濯得干干净净；并且还将他的床铺，理得清清楚楚，然后扶他上床。由此可见，佛是怎样的习劳了。佛决不像现在的人，凡事都要人家服劳，自己坐着享福。这些事实，出于经律，并不是凭空说说的。

现在我再说两桩事情，给大家听听：《弥陀经》中载着的一位大弟子——阿泥楼陀，他双目失明，不能料理自己，佛就替他裁衣服，还叫别的弟子一道帮着做。

有一次，佛看到一位老年比丘眼睛花了，要穿针缝衣，无奈眼睛看不清楚，嘴里叫着："谁能替我穿针呀！"佛听了立刻答应说："我来替你穿。"

以上所举的例，都足证明佛是常常劳动的。我盼望诸位，也当以佛为模范，凡事自己动手去做，不可依赖别人。

三　持戒

"持戒"二字的意义，我想诸位总是明白的吧！我们不说修到菩萨或佛的地位，就是想来生再做人，最低的限度，也要能持五戒。可惜现在受戒的人虽多，只是挂个名而已，切切实实能持戒的却很少。要知道：受戒之后，若不持戒，所犯的罪，比不受戒的人要加倍的大，所以我时常劝人不要随便受戒。至于现在一般传戒的情形，看了真痛心，我实在说也不忍说了！我想最好还是随自己的力量去受戒，万不可敷衍门面，自寻苦恼。

戒中最重要的，不用说是杀、盗、淫、妄，此外还有饮酒、食肉，也易惹人讥嫌。至于吸烟，在律中虽无明文，但在我国习惯上，也很容易受人讥嫌的，总以不吸为是。

四　自尊

"尊"是尊重，"自尊"就是自己尊重自己，可是人都喜欢人家尊重我，而不知我自己尊重自己；不知道要想人家尊重自己，必须从我自己尊重自己做起。怎样尊重自己呢？就是自己时时想着：我当做一个伟大的人，做一个了不起的人。比如我们想做一位清净的高僧吧，就拿《高僧传》来读，看他们怎样行，我也怎样行，所谓："彼既丈夫我亦尔。"又比方我想将来做一位大菩萨，那么，就当依经中所载的菩萨行，随力行去。这就是自尊。但自尊与贡高不同；贡高是妄自尊大，目空一切的胡乱行为；自尊是自己增进自己的德业，其中并没有一丝一毫看不起人的意思的。

诸位万万不可以为自己是一个小孩子，是一个小和尚，一切不妨随便些；也不可说我是一个平常的出家人，哪里敢希望做高僧、做大菩萨。凡事全在自己做去，能有高尚的志向，没有做不到的。

诸位如果作这样想：我是不敢希望做高僧、做大菩萨的，那做事就随随便便，甚至自暴自弃，走到堕落的路上去了，那不是很危险的么？诸位应当知道，年纪虽然小，志气却不可不高啊！

我还有一句话，要向大家说，我们现在依佛出家，所处的地位是非常尊贵的，就以剃发、披袈裟的形式而论，也是人天师表，国王和诸天人来礼拜，我们都可端坐而受。你们知道这道理么？自今以后，就当尊重自己万万不可随便了。

以上四项，是出家人最当注意的，别的我也不多说了。我不久就要闭关，不能和诸位时常在一块儿谈话，这是很抱歉的。但我还想在关内讲讲律，每星期约讲三四次，诸位碰到例假，不妨来听听！

今天得和诸位见面，我非常高兴。我只希望诸位把我所讲的四项，牢记在心，作为永久的纪念！

时间讲得很久了，费诸位的神，抱歉！抱歉！

佛法大意

戊寅年六月十九日在漳州七宝寺讲

我至贵地,可谓奇巧因缘。本拟住半月返厦。因变住此,得与诸君相晤,甚可喜。

先略说佛法大意。

佛法以大菩提心为主。菩提心者,即是利益众生之心。故信佛法者,须常抱积极之大悲心,发救济一切众生之大愿,努力作利益众生之种种慈善事业,乃不愧为佛教徒之名称。

若专修净土法门者,尤应先发大菩提心。否则他人谓佛法是消极的、厌世的、送死的。若发此心者,自无此误会。

至于作慈善事业,尤要。既为佛教徒,即应努力作利益社会之种种事业,乃能令他人了解佛教是救世的、积极的,不起误会。

或疑经中常言空义,岂不与前说相反。

今案大菩提心,实具有悲智二义。悲者如前所说。智者不执着我相,故曰空也。即是以无我之伟大精神,而做种种之利生事业。

若解此意,而知常人执着我相而利益众生者,其能力薄、范围小、时不久、不彻底。若欲能力强、范围大、时间久、最彻底者,必须学习佛法,了解悲智之义,如是所作利生事业乃能十分圆满也。故知所谓空者,即是于常人所执着之我见,打破消灭,一扫而空。然后以无我之精神,努力切实作种种之事业。亦犹世间行事,先将不良之习惯等一一推翻,然后良好建设乃得实现也。

今能了解佛法之全系统及其真精神所在,则常人谓佛教是迷信是消极者,固可因此而知其不当。即谓佛教为世界一切宗教中最高尚之宗教,或谓佛法为世界一切哲学中最玄妙之哲学者,亦未为尽理。

说明人生宇宙之所以然。

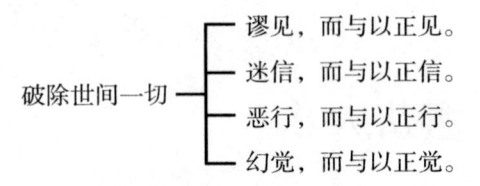

破除世间一切 ┬ 谬见，而与以正见。
　　　　　　├ 迷信，而与以正信。
　　　　　　├ 恶行，而与以正行。
　　　　　　└ 幻觉，而与以正觉。

包括世间各教各学之长处，而补其不足。

广被一切众生之机，而无所遗漏。

不仅中国，现今如欧美诸国人，正在热烈地研究及提倡，出版之佛教书籍及杂志等甚多。

故望已为佛教徒者，须彻底研究佛法之真理，而努力实行，俾不愧为佛教徒之名。其未信佛法者，亦宜虚心下气，尽力研究，然后于佛法再加以评论。此为余所希望者。

以上略说佛法大意毕。

又当地信士，因今日为菩萨诞，欲请解释南无观世音菩萨之义。兹以时间无多，唯略说之。

南无者，梵语，即归依义。

菩萨者，梵语，为菩提萨埵之省文。菩提者觉，萨埵者众生。因菩萨以智上求佛法，以悲下化众生，故称为菩提萨埵。此以悲智二义解释，与前同也。

观世音者，为此菩萨之名。亦可以悲智二义分释。如《楞严经》云：由我观听十方圆明，故观音名遍十方界。约智言也。如《法华经》云：苦恼众生一心称名，菩萨即时观其音声，皆得解脱，以是名观世音。约悲言也。

佛法宗派大概

戊寅十月七日在晋江安海金墩宗祠讲

关于佛法之种种疑问，前已略加解释。诸君既无所疑惑，思欲着手学习，必须先了解佛法之各种宗派乃可。

原来佛法之目的，是求觉悟，本无种种差别。但欲求达到觉悟之目的地以前，必有许多途径。而在此途径上，自不妨有种种宗派之不同也。

佛法在印度古代时，小乘有各种部执，大乘虽亦分"空""有"二派，但未别立许多门户。吾国自东汉以后，除将印度所传来之佛法精神完全承受外，并加以融化光大，于中华民族文化之伟大悠远基础上，更开展中国佛法之许多特色。至隋唐时，便渐成就大小乘各宗分立之势。今且举十宗而略述之。

一　律宗又名南山宗

唐终南山道宣律师所立。依《法华》《涅槃》经义，而释通小乘律，立圆宗戒体。正属出家人所学，亦明在家五戒、八戒义。

唐时盛，南宋后衰，今渐兴。

二　俱舍宗

依《俱舍论》而立。分别小乘名相甚精，为小乘之相宗。欲学大乘法相宗者固应先学此论，即学他宗者亦应以此为根柢，不可以其为小乘而轻忽之也。

陈隋唐时盛弘，后衰。

三　成实宗

依《成实论》而立。为小乘之空宗，微似大乘。

六朝时盛，后衰，唐以后殆罕有学者。

以上二宗，即依二部论典而形成，并由印度传至中土。虽号称宗，然实不过二部论典之传持授受而已。

以上二宗属小乘，以下七宗皆是大乘，律宗则介于大小之间。

四　三论宗又名性宗又名空宗

三论者，即《中论》《百论》《十二门论》，是三部论皆依《般若经》而造。姚秦时，龟兹国鸠摩罗什三藏法师来此土弘传。

唐初犹盛，以后衰。

五　法相宗又名慈恩宗又名有宗

此宗所依之经论，为《解深密经》《瑜伽师地论》等。唐玄奘法师盛弘此宗。又糅合印度十大论师所著之《唯识三十颂之解释》而编纂成《唯识论》十卷，为此宗著名之典籍。此宗最要，无论学何宗者皆应先学此以为根柢也。

唐中叶后衰微，近复兴，学者甚盛。

以上二宗，印度古代有之，即所谓"空""有"二派也。

六　天台宗又名法华宗

六朝时此土所立，以《法华经》为正依。至隋智者大师时极盛。其教义，较前二宗为玄妙。

隋唐时盛，至今不衰。

七　华严宗又名贤首宗

唐初此土所立，以《华严经》为依。至唐贤首国师时而盛，至清凉国师时而大备。此宗最为广博，在一切经法中称为教海。

宋以后衰，今殆罕有学者，至可惜也。

八　禅宗

梁武帝时，由印度达摩尊者传至此土。斯宗虽不立文字，直明实相之理体。而有时却假用文字上之教化方便，以弘教法。如《金刚》、《楞伽》二经，即是此宗常所依用者也。

唐宋时甚盛，今衰。

九　密宗又名真言宗

唐玄宗时，由印度善无畏三藏、金刚智三藏先后传入此土。斯宗以《大日经》《金刚顶经》《苏悉地经》三部为正所依。

元后即衰，近年再兴，甚盛。

在大乘各宗中，此宗之教法最为高深，修持最为真切。常人未尝穷研，辄轻肆毁谤，至堪痛叹。余于十数年前，唯阅《密宗仪轨》，亦尝轻致疑议。以后阅《大日经疏》，乃知密宗教义之高深，因痛自忏悔。愿诸君不可先阅《仪轨》，应先习经教，则可无诸疑惑矣。

十　净土宗

始于晋慧远大师，依《无量寿经》《观无量寿佛经》《阿弥陀经》而立。三根普被，甚为简易，极契末法时机。明季时，此宗大盛。至于近世，尤为兴盛，超出各宗之上。

以上略说十宗大概已竟。大半是摘取近人之说以叙述之。

就此十宗中，有小乘、大乘之别。而大乘之中，复有种种不同。吾人于此，万不可固执成见，而妄生分别。因佛法本来平等无二，无有可说，即佛法之名称亦不可得。于不可得之中而建立种种差别佛法者，乃是随顺世间众生以方便建立。因众生习染有浅深，觉悟有先后，而佛法亦依之有种种差别，以适应之。譬如世间患病者，其病症千差万别，须有多种药品以适应之，其价值亦低昂不等。不得仅尊其贵价者，而废其他廉价者。所谓药无贵贱，愈病者良。佛法亦尔，无论大小权实渐顿显密，能契机者，即是无上妙法也。故法门虽多，吾人宜各择其与自己根机相契合者而研习之，斯为善矣。

佛法学习初步

戊寅十月八日在晋江安海金墩宗祠讲

佛法宗派大概，前已略说。

或谓高深教义，难解难行，非利根上智不能承受。若我辈常人欲学习佛法者，未知有何法门，能使人人易解，人人易行，毫无困难，速获实益耶？

案佛法宽广，有浅有深。故古代诸师，皆判"教相"以区别之。依唐圭峰禅师所撰《华严原人论》中，判立五教：

一　人天教

二　小乘教

三　大乘法相教

四　大乘破相教

五　一乘显性教

以此五教，分别浅深。若我辈常人易解易行者，唯有"人天教"也。其他四教，义理高深，甚难了解。即能了解，亦难实行。故欲普及社会，又可补助世法，以挽救世道人心，应以"人天教"最为合宜也。

人天教由何而立耶？

常人醉生梦死，谓富贵贫贱吉凶祸福皆由命定，不解因果报应。或有解因果报应者，亦唯知今生之现报而已。若如是者，现生有恶人富而善人贫，恶人寿而善人夭，恶人多子孙而善人绝嗣，是何故欤？因是佛为此辈人，说三世业报，善恶因果，即是人天教也。今就三世业报及善恶因果分为二章详述之。

一　三世业报

三世业报者，现报、生报、后报也。
（一）现报：今生作善恶，今生受报。
（二）生报：今生作善恶，次一生受报。
（三）后报：今生作善恶，次二三生乃至未来多生受报。

由是而观，则恶人富、善人贫等，决不足怪。吾人唯应力行善业，即使今生不获良好之果报，来生再来生等必能得之。万勿因行善而反遇逆境，遂妄谓行善无有果报也。

二　善恶因果

善恶因果者，恶业、善业、不动业此三者是其因，果报有六，即六道也。

恶业善业，其数甚多，约而言之，各有十种，如下所述。不动业者，即修习上品十善，复能深修禅定也。今以三因六果列表如下：

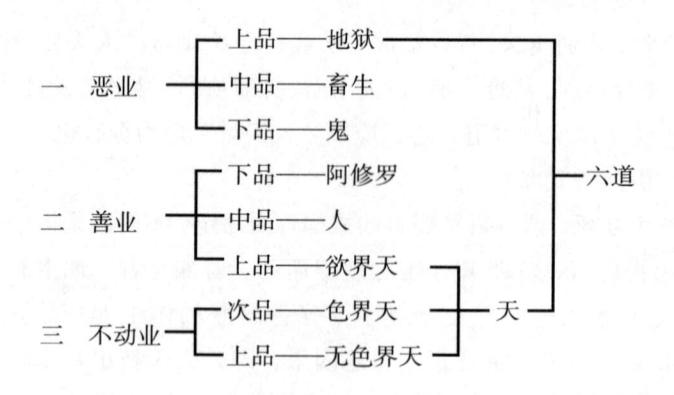

```
         ┌ 上品 ── 地狱 ┐
一  恶业 ┼ 中品 ── 畜生 │
         └ 下品 ── 鬼   │
         ┌ 下品 ── 阿修罗│── 六道
二  善业 ┼ 中品 ── 人    │
         └ 上品 ── 欲界天┐│
         ┌ 次品 ── 色界天├天
三 不动业┤                │
         └ 上品 ── 无色界天┘
```

今复举恶业、善业别述如下：

恶业有十种。

（一）杀生

（二）偷盗

（三）邪淫

（四）妄言

（五）两舌

（六）恶口

（七）绮语

（八）悭贪

（九）瞋恚

（十）邪见

造恶业者，因其造业重轻，而堕地狱、畜生、鬼道之中。受报既尽，幸生人中，犹有余报。今依《华严经》所载者，录之如下。若诸"论"中，尚列外境多种，今不别录。

一　杀生——短命　多病。

二　偷盗——贫穷　其财不得自在。

三　邪淫——妻不贞良　不得随意眷属。

四　妄言——多被诽谤　为他所诳。

五　两舌——眷属乖离　亲族弊恶。

六　恶口——常闻恶声　言多诤讼。

七　绮语——言无人受　语不明了。

八　悭贪——心不知足　多欲无厌。

九　瞋恚——常被他人求其长短　恒被于他之所恼害。

十　邪见——生邪见家　其心谄曲。

善业有十种。下列不杀生等，止恶即名为善。复依此而起十种行善，即救护生命等也。

一　不杀生　救护生命

二　不偷盗　给施资财

三　不邪淫　遵修梵行

四　不妄言　说诚实言

五　不两舌　和合彼此

六　不恶口　善言安慰

七　不绮语　作利益语

八　不悭贪　常怀舍心
九　不瞋恚　恒生慈愍
十　不邪见　正信因果

造善业者，因其造业轻重而生于阿修罗、人道、欲界天中。所感之余报，与上所列恶业之余报相反。如不杀生则长寿无病等类推可知。

由是观之，吾人欲得诸事顺遂，身心安乐之果报者，应先力修善业，以种善因。若唯一心求好果报，而决不肯种少许善因，是为大误。譬如农夫，欲得米谷，而不种田，人皆知其为愚也。

故吾人欲诸事顺遂，身心安乐者，须努力培植善因。将来或迟或早，必得良好之果报。古人云，"祸福无不自己求之者"，即是此意也。

以上所说，乃人天教之大义。

唯修人天教者，虽较易行，然报限人天，非是出世。故古今诸大善知识，尽力提倡"净土法门"，即前所说之《佛法宗派大概》中之"净土宗"。令无论习何教者，皆兼学此"净土法门"，即能获得最大之利益。"净土法门"虽随宜判为"一乘圆教"，但深者见深，浅者见浅，即唯修人天教者亦可兼学，谓"三根普被"也。

在此讲说三日已竟。以此功德，唯愿世界安宁，众生欢乐，佛日增辉，法轮常转。

人生之最后

　　岁次壬申十二月,厦门妙释寺念佛会请余讲演,录写此稿。于时了时律师卧病不起,日夜愁苦。见此讲稿,悲欣交集,遂放下身心,摒弃医药,努力念佛。并扶病起,礼大悲忏,吭声唱诵,长跽经时,勇猛精进,超胜常人。见者闻者,靡不为之惊喜赞叹,谓感动之力有如是剧且大耶。

　　余因念此稿虽仅数纸,而皆撮录古今嘉言及自所经验,乐简略者或有所取,乃为治定,付刊流布焉。

弘一演音记

第一章　绪言

　　古诗云:"我见他人死,我心热如火,不是热他人,看看轮到我。"人生最后一段大事岂可须臾忘耶。今为讲述,次分六章,如下所列。

第二章　病重时

　　当病重时应将一切家事及自己身体悉皆放下。专意念佛,一心希冀往生西方。能如是者,如寿已尽,决定往生。如寿未尽,虽求往生而病反能速愈,因心至专诚,故能灭除宿世恶业也。倘不如是放下一切专意念佛者，如寿已尽，决定不能往生，因自己专求病愈不求往生，无由往生故。如寿未尽，因其一心希望病愈，妄生忧怖，不唯不能速愈，反更增加病苦耳。

病未重时，亦可服药，但仍须精进念佛，勿作服药愈病之想。病既重时，可以不服药也。余昔卧病石室，有劝延医服药者，说偈谢云："阿弥陀佛，无上医王，舍此不求，是谓痴狂。一句弥陀，阿伽陀药，舍此不服，是谓大错。"因平日既信净土法门，谆谆为人讲说。今自患病何反舍此而求医药，可不谓为痴狂大错耶。若病重时痛苦甚剧者，切勿惊惶。因此病苦，乃宿世业障。或亦是转未来三途恶道之苦，于今生轻受，以速了偿也。

自己所有衣服诸物，宜于病重之时，即施他人。若依《地藏菩萨本愿经》如来赞叹品所言供养经像等，则弥善矣。

若病重时，神识犹清，应请善知识为之说法，尽力安慰。举病者今生所修善业，一一详言而赞叹之，令病者心生欢喜，无有疑虑。自知命终之后，承斯善业，决定生西。

第三章　临终时

临终之际，切勿询问遗嘱，亦勿闲谈杂话。恐彼牵动爱情，贪恋世间，有碍往生耳。若欲留遗嘱者，应于康健时书写，付人保藏。

倘自言欲沐浴更衣者，则可顺其所欲而试为之。若言不欲，或噤口不能言者，皆不须强为。因常人命终之前，身体不免痛苦。倘强为移动沐浴更衣，则痛苦将更加剧。世有发愿生西之人，临终为眷属等移动扰乱，破坏其正念，遂致不能往生者，甚多甚多。又有临终可生善道，乃为他人误触，遂起瞋心，而牵入恶道者，如经所载阿耆达王死堕蛇身，岂不可畏。

临终时或坐或卧，皆随其意，未宜勉强。若自觉气力衰弱者，尽可卧床，勿求好看勉力坐起。卧时，本应面西右胁侧卧。若因身体痛苦，改为仰卧，或面东左胁侧卧者，亦任其自然，不可强制。

大众助念佛时，应请阿弥陀佛接引像，供于病人卧室，令彼瞩视。

　　助念之人，多少不拘。人多者，宜轮班念，相续不断。或念六字，或念四字，或快或慢，皆须预问病人，随其平日习惯及好乐者念之，病人乃能相随默念。今见助念者皆随己意，不问病人，既已违其平日习惯及好乐，何能相随默念。余愿自今以后，凡任助念者，于此一事切宜留意。

　　又寻常助念者，皆用引磬小木鱼。以余经验言之，神经衰弱者，病时甚畏引磬及小木鱼声，因其声尖锐，刺激神经，反令心神不宁。若依余意，应免除引磬小木鱼，仅用音声助念，最为妥当。或改为大钟大磬大木鱼，其声宏壮，闻者能起肃敬之念，实胜于引磬小木鱼也。但人之所好，各有不同。此事必须预先向病人详细问明，随其所好而试行之。或有未宜，尽可随时改变，万勿固执。

第四章　命终后一日

　　既已命终，最切要者，不可急忙移动。虽身染便秽，亦勿即为洗涤。必须经过八小时后，乃能浴身更衣。常人皆不注意此事，而最要紧。唯望广劝同人，依此谨慎行之。

　　命终前后，家人万不可哭。哭有何益，能尽力帮助念佛乃于亡者有实益耳。若必欲哭者，须俟命终八小时后。

　　顶门温暖之说，虽有所据，然亦不可固执。但能平日信愿真切，临终正念分明者，即可证其往生。

　　命终之后，念佛已毕，即锁房门。深防他人入内误触亡者。必须经过八小时后，乃能浴身更衣。（前文已言，今再谆嘱，切记切记。）因八小时内若移动者，亡人虽不能言，亦觉痛苦。

　　八小时后著衣，若手足关节硬，不能转动者，应以热水淋洗。用布搅热水，围于臂肘膝弯。不久即可活动，有如生人。

　　殓衣宜用旧物，不用新者。其新衣应布施他人，能令亡者获福。不宜用好棺木，亦不宜做大坟。此等奢侈事，皆不利于亡人。

第五章　荐亡等事

　　七七日内，欲延僧众荐亡，以念佛为主。若诵经拜忏焰口水陆等事，虽有不可思议功德，然现今僧众视为具文，敷衍了事，不能如法，罕有实益。《印光法师文钞》中屡斥诫之，谓其唯属场面，徒作虚套。若专念佛，则人人能念，最为切实，能获莫大之利矣。

　　如请僧众念佛时，家族亦应随念。但女众宜在自室或布帐之内，免生讥议。

　　凡念佛等一切功德，皆宜回向普及法界众生，则其功德乃能广大。而亡者所获利益，亦更因之增长。

　　开吊时宜用素斋，万勿用荤，致杀害生命，大不利于亡人。

　　出丧仪文，切勿铺张。毋图生者好看，应为亡者惜福也。

　　七七以后，亦应常行追荐，以尽孝思。莲池大师谓年中常须追荐先亡。不得谓已得解脱，遂不举行耳。

第六章　劝请发起临终助念会

　　此事最为切要。应于城乡各地，多多设立。饬终津梁中有详细章程，宜检阅之。

第七章　结语

　　残年将尽，不久即是腊月三十日，为一年最后。若未将钱财预备稳妥，则债主纷来，如何抵挡。吾人临命终时，乃是一生之腊月三十日，为人生最后。若未将往生资粮预备稳妥，必致手忙脚乱呼爷叫娘，多生恶业一齐现前，如何摆脱。临终虽恃他助念，诸事如法。但自己亦须平日修持，乃可临终自在。奉劝诸仁者，总要及早预备才好。

晚晴集

一、若失本心，即当忏悔。忏悔之法，是为清凉。（金刚三昧经）

二、菩萨若能随顺众生，则为随顺供养诸佛。若于众生尊重承事，为尊重承事如来。若令众生生欢喜者，则令一切如来欢喜。（华严经普贤行愿品）

三、我若多瞋及怨结者，十方现在诸佛世尊皆应见我，当作是念：云何此人欲求菩提，而生瞋恚及以怨结？此愚痴人，以瞋恨故，于自诸苦不能解脱，何由能救一切众生？（华严经修慈分）

四、迦叶白佛：我等从今，当于一切众生生世尊想，若生轻心，则为自伤。佛言：善哉快论！（首楞严三昧经依宝王论节文）

五、应代一切众生受加毁辱，恶事向自己，好事与他人。（梵网经）

六、离贪嫉者，能净心中贪欲云翳，犹如夜月，众星围绕。（理趣六波罗蜜多经）

七、生死不断绝，贪欲嗜味故。养怨入丘冢，虚受诸辛苦！（大宝积经富楼那会）

八、是身如掣电，类乾闼婆城。云何于他人，数生于喜怒？（诸法集要经）

九、瞋恚之害，则破诸善法，坏好名闻，今世后世，人不喜见。（佛遗教经）

十、行少欲者，心则坦然，无所忧畏，触事有余，常无不足。（佛遗教经）

十一、身、语、意业不造恶，不恼世间诸有情。正念观知欲境空，无益之苦当远离。（有部律周利槃陀伽尊者，三月不能诵得，即此伽陀也。）

十二、名誉及利养，愚人所爱乐，能损害善法，如剑斩人头。（有

部律）

十三、世间色声香味触，常能诳惑一切凡夫，令生爱著。（智者大师）

十四、瞋，是失佛法之根本；坠恶道之因缘；法乐之冤家；善心之大贼；种种恶口之府藏。（智者大师）

十五、凡夫学道法，唯可心自知，造次向他道，他即反生诽。谛观少言说，人重德能成，远众近静处，端坐正思唯。但自观身行，口勿说他短，结舌少论量，默然心柔软。无知若聋盲，内智怀实货，头陀乐闲静，对修离懈惰。（道宣律师）

十六、处众处独，宜韬宜晦。若哑若聋，如痴如醉。埋光埋名，养智养慧。随动随静，忘内忘外。（翠岩禅师）

十七、我且问你，忽然临命终时，你将何抵敌生死？须是闲时办得下，忙时得用，多少省力。休待临渴掘井，做手脚不迭。前路茫茫，胡钻乱撞。苦哉！苦哉！（黄檗禅师）

十八、鼻有墨点，对镜恶墨，但揩于镜，其可得耶？好恶是非，对之前境，不了自心，但尤于境，其可得耶？洗分别之鼻墨，则一镜圆净矣！万境咸真矣！执石成宝矣！众生即佛矣！（飞锡法师）

十九、修行人大忌说人长短是非，乃至一切世事非干己者，口不可说，心不可思。但口说心思，便是昧了自己。若专炼心，常搜己过，那得工夫管他家屋里事？粉骨碎身，唯心莫动。收拾自心，如一尊木雕圣像，坐在堂中，终日无人亦如此！幡盖簇拥香花供养亦如此！赞叹亦如此！毁谤亦如此！修行人常常心上无事，时时刻刻体究自己本命元辰端的处。（盘山禅师）

二十、元无我人，为谁贪瞋？（圭峰法师）

二十一、报缘虚幻，不可强为。浮世几何，随家丰俭。苦乐逆顺，道在其中。动静寒温，自愧自悔。（佛眼禅师）

二十二、学道人逐日但将检点他人底工夫，常自检点，道业无有不办。或喜或怒，或静或闹，皆是检点时节。（大慧禅师）

二十三、化人问幻士，谷响答泉声，欲达吾宗旨，泥牛水上行。（永明禅师）

二十四、千峰顶上一茅屋，老僧半间云半间，昨夜云随风雨去，

到头不似老僧闲。（归宗芝庵禅师）

二十五、过去事已过去了，未来不必预思量，只今便道即今句，梅子熟时栀子香。（石屋禅师）

二十六、即今休去便休去，若觅了时无了时。（云峰禅师）

二十七、琐琐含生，营营来去者，等彼器中蚊蚋，纷纷狂闹耳！一化而生，再化而死，化海漂荡，竟何所之？梦中复梦，长夜冥冥，执虚为实，曾无觉日！不有出世之大觉大圣，其孰与而觉之欤？（仁潮禅师）

二十八、纵宿业深厚，不能顿断；当方便制抑，自劝自心。（妙叶禅师）

二十九、放开怀抱，看破世间，宛如一场戏剧，何有真实？（莲池大师）

三十、达宿缘之自致，了万境之如空，而成败利钝，兴味萧然矣！（莲池大师）

三十一、伊庵权禅师用功甚锐。至晚，必流涕曰：今日又只恁么空过！未知来日工夫如何？师在众，不与人交一言。（莲池大师）

三十二、畏寒时欲夏，苦热复思冬，妄想能消灭，安身处处同。草食胜空腹，茅堂过露居，人生解知足，烦恼一时除。（莲池大师）

三十三、人之过恶深重者，亦有效验。或心神昏塞转头即忘；或无事而常烦恼；或见君子而赧然消沮；或闻正论而不乐；或施惠而人反怨；或夜梦颠倒；甚则妄言失志，皆作孽之相也。苟一类此，即须奋发，舍旧图新，幸勿自误！（袁了凡）

三十四、只"强顺人情、勉就世故"八个字，误却你一生大事。道业未成，无常至速！急宜敛迹韬光，一心向道，不得再误！（西方确指）

三十五、深潜不露，是名持戒，若浮于外，未久必败。有口若哑，有耳若聋，绝群离俗，其道乃崇。（西方确指）

三十六、种种恶逆境界，尽情看作真实受益之处。名利、声色、饮食、衣服、赞誉、供养，种种顺情境界，尽情看作毒药毒箭。（蕅益大师）

三十七、将身心世界全体放下，作一超方特达之观。（蕅益大师）

三十八、善友罕逢，恶缘偏盛，非咬钉嚼铁，刻骨镂心，何以自拔哉？（蕅益大师）

三十九、何不趁早放下幻梦尘劳，勤修戒定智慧？（蕅益大师）

四十、勿贪世间文字诗词，而碍正法！勿逐悭、贪、嫉妒、我慢、鄙覆习气，而自毁伤！（蕅益大师）

四十一、内不见有我，则我无能；外不见有人，则人无过；一味痴呆，深自惭愧！劣智慢心，痛自改革！（蕅益大师）

四十二、篱菊数茎随上下，无心整理任他黄，后先不与时花竞，自吐霜中一段香。（诵帚禅师）

四十三、从今以后，愿遁世不见知而不悔，作一斋公斋婆，向厨房灶下安隐过日。今生不敢复作度人妄想。（彭二林）

四十四、幸赖善缘，得闻法要，此千生万劫转凡成圣之时。尚复徘徊歧路，乍前乍却，则更历千生万劫，亦如是而止耳！况辗转沦陷，更有不可知者哉？（彭二林）

四十五、轮转生死中，无须臾少息，犹复熙熙如登春台？曾不知佛与菩萨，为之痛心而惨目也！（彭二林）

四十六、汝信心颇深，但好张罗，及好游，好结交，实为修行一大障。祈沉潜杜默，则其益无量，戒之！（印光法师）

四十七、汝是何等根基，而欲法法咸通耶？其急切纷扰，久则或致失心！（印光法师）

四十八、当主敬、存诚、于二六时中，不使有一念虚浮怠忽之相。及与世人酬酢，唯以忠恕为怀。则一切时，一切处，恶念自无从而起。（印光法师）

四十九、直须将一个死字，（原注云此字好得很）挂到额颅上。（印光法师）

五十、若善男子，善女人，闻说净土法门，心生悲喜，身毛为竖，如拔出者。当知此人，此过去宿命已作佛道来也。（无量清净平等觉经依迦才净土论引文）

五十一、汝今亦可自厌生死老病痛苦，恶露不浮，无可乐者！（无量寿经）

五十二、无忧恼处，我当往生。不乐阎浮提浊恶世也。（观无

量寿佛经）

五十三、才有病患，莫论轻重，便念无常，一心待死。（善导大师）

五十四、我未曾见闻，慈悲而行恼，互共相瞋恚，愿生阿弥陀。若人如恒河，恶口加刀杖，如是皆能忍，则生清净土。（诸法无行经）

五十五、生宏律范，死归安养，平生所得，唯二法门。（灵芝元照律师）

五十六、凡闻恶声，则念阿弥陀佛以消禳之，愿一切人不为恶行；凡见善事，则念阿弥陀佛以赞助之，愿一切人皆为善行；无事则默念阿弥陀佛，常在目前，便念念不忘；能如此者，其于净土决定往生。（王龙舒）

五十七、人生能有几时？电光眨眼便过！趁未老、未病，抖身心、拨世事；得一日光景，念一日佛名；得一时工夫，修一时净业；由他命终，我之盘缠预办，前程稳当了也。若不如此？后悔难追！（天如禅师）

五十八、如就刑戮；若在狴牢；怨贼所追；水火所逼；一心求救，愿脱苦轮。（天如禅师）

五十九、于此土声色诸境，作地狱想、苦海想、火宅想。诸宝物，作苦具想。饮食、衣服，如脓血铁皮想。（妙叶禅师）

六十、此界释迦已灭，弥勒未生，贤圣隐伏。众生奔波苦海，犹失父之儿。若不以极乐愿王为归，谁为救护？（妙叶禅师）

六十一、闻教便行，奚待更劝？（妙叶禅师）

六十二、惟名闻利养；甜爱软贼；及瞋心瞋火；虽有佛力，不能救焉！行者当深加精进，以攘却之！（妙叶禅师）

六十三、又复当护人心，勿使夸嫌，动用自若；息世杂善；不贪名利；将过归己；捐弃伎能，惟求往生。（妙叶禅师）

六十四、娑婆有一爱之不轻，则临终为此爱所牵；矧多爱乎？极乐有一念之不一，则临终为此念所转；矧多念乎？（幽溪法师）

六十五、若生恩爱时，当念净土眷属无有情爱，何当得生净土？远离此爱。若生瞋恚时，当念净土眷属无有触恼，何当往生净土？得离此瞋。若受苦时，当念净土无有众苦，但受诸乐。若受乐时，当念净土之乐无央无待。凡历缘境，皆以此意而推广之，则一切时

处无非净土之助行也。（幽溪法师）

六十六、如何说得娑婆苦？苦事纷纷等猬毛！（西斋禅师）

六十七、当屏人独处，自办道业，以设像为师，经论为侣。（袁宏道）

六十八、五浊恶世寒热苦恼，秽相熏炙，不容一刻居住。（袁宏道）

六十九、问："人不信净土，恐只是本来福薄？"答："此言甚是！"（莲池大师）

七十、余下劣凡夫，安分守愚，平生所务，唯是南无阿弥陀佛六字。今老矣！倘有问者，必以此答。（莲池大师）

七十一、当生大欢喜，切勿怀忧恼，万缘俱放下，但一心念佛。往生极乐国，上品莲华生，见佛悟无生，还来度一切。（莲池大师）

七十二、世情淡一分，佛法自有一分得力。娑婆活计轻一分，生西方便有一分稳当。（蕅益大师）

七十三、弹指归安养，阎浮不可留。（蕅益大师）

七十四、归命大慈父，早出娑婆关。（蕅益大师）

七十五、世之最可珍重者，莫过精神；世之最可爱惜者，莫过光阴；一念净即佛界缘起，一念染即九界生因，凡动一念即十界种子，可不珍重乎？是日已过，命亦随减，一寸时光即一寸命光，可不爱惜乎？苟知精神之可珍重，则不浪用，则念念执持佛名。光阴不虚度，则刻刻熏修净业。（彻悟禅师）

七十六、悲哉众生！欲念未除，道根日坏。佛之视汝，将何以堪？（彭二林）

七十七、子等归向极乐，全须打得一副全铁心肠，外不为六尘所染，内不为七情所锢；污泥中便有莲华出现也。（彭二林）

七十八、莲华种子，荣悴由人。时不相待，珍重！珍重！（彭二林）

七十九、上品见佛速，下品见佛迟，虽有迟速异，终无退转时。参禅病著相，念佛贵断疑，实实有净土，实实有莲池。（张守约）

八十、念阿弥陀佛，正觉圆满之名；观极乐世界，清净庄严之相；如此滞著，只怕未能切实；果能切实，则世间种种幻化妄缘，自当远离。（悟开禅师）

八十一、随忙随闲，不离弥陀名号。顺境逆境，不忘往生西方。

（印光法师，以下悉同）

八十二、诚与恭敬，实为超凡入圣、了生脱死之极妙秘诀。

八十三、业障重、贪瞋盛、体弱、心怯，但能一心念佛，久之自可诸疾咸愈。

八十四、佛固不见弃于罪人，当承兹行以往生耳。

八十五、须信娑婆实实是苦，极乐实实是乐，深信佛言，了无疑惑。

八十六、应发切实誓愿，愿离娑婆苦，愿得极乐乐。其愿之切，当如堕厕坑之急求出离；又如系牢狱之切念家乡；已力不能自出，必求有大势力者提拔令出。

八十七、业识未消，三昧未成，纵谈理性，终成画饼。

八十八、入理深谈，且缓数年！

八十九、一句南无阿弥陀佛，只要念得熟，成佛尚有余裕！不学他法，又有何憾？

九十、汝虽于净土法门，颇生信心；然犹有好高骛胜之念头，未能放下，而未肯以愚夫愚妇自命！

九十一、其有平日自命通宗通教，视净土若秽物，恐其污己者；临终多是手忙脚乱，呼爷叫娘。

九十二、汝妄想之心遍天遍地，不知息心念佛；所谓向外驰求，不知返照回光。

九十三、今见好心出家在家四众，多是好高骛远，不肯认真专修净业；总由宿世善根浅薄，今生未遇通人。

九十四、当今之时，其世道局势，有如安卧积薪之上，其下已发烈火；尚犹悠忽度日，不专志求救于一句佛号。其知见之浅近甚矣！

九十五、心跳恶梦，乃宿世恶业所现之兆；然现境虽有善恶，转变在乎自己；恶业现而专心念佛，则恶因缘为善因缘。

九十六、当恪守净宗列祖成规，持斋念佛，改恶修善，知因识果，植福培德；以企现生消除业障，临终正念往生；庶不虚此一生，及亲为如来弟子耳。

九十七、但当志心念佛，以消旧业；断不可起烦躁心，怨天尤人。

九十八、具缚凡夫，若无贫穷疾病等苦，将日奔驰于声色名利之场而莫之能已！谁肯于得意烜赫之时，回首作未来沉溺之想乎？

九十九、欲得佛法实益，须向恭敬中求；有一分恭敬，则消一分罪业，增一分福慧。

一百、念佛，要时常作将死，将堕地狱想；则不恳切亦自恳切，不相应亦自相应；以怖苦心念佛，即是出苦第一妙法；亦是随缘消业第一妙法。

一百〇一、末世众生，无论有善根，无善根，皆当决定专修净土；善根有，固宜努力！无，尤当笃培！

一百〇二、汝须自知好歹，修行要各尽其分，潜修默契方可！急急改过摄心念佛！

格言别录

学问类

◎ 为善最乐,读书便佳。

◎ 茅鹿门云:"人生在世,多行救济事,则彼之感我,中怀倾倒,浸入肝脾。何幸而得人心如此哉?"

◎ 诸君到此何为,岂徒学问文章,擅一艺微长,便算读书种子?在我所求亦恕,不过子臣弟友,尽五伦本分,共成名教中人。(广州香山书院楹联)

◎ 何谓至行?曰:"庸行。"何谓大人?曰:"小心。"

◎ 凛闲居以体独,卜动念以知几,谨威仪以定命,敦大伦以凝道,备百行以考德,迁善改过以作圣。(刘忠介《人谱》六条)

◎ 观天地生物气象,学圣贤克己工夫。

存养类

◎ 自家有好处,要掩藏几分,这是涵育以养深。别人不好处,要掩藏几分,这是浑厚以养大。

◎ 以虚养心,以德养身,以仁养天下万物,以道养天下万世。

◎ 一动于欲,欲迷则昏,一任乎气,气偏则戾。

◎ 刘直斋云:"存心养性,须要耐烦耐苦,耐惊耐怕,方得纯熟。"

◎ 寡欲故静,有主则虚。

◎ 不为外物所动之谓静，不为外物所实之谓虚。

◎ 宜静默，宜从容，宜谨严，宜俭约。

◎ 敬守此心，则心定，敛抑其气，则气平。

◎ 青天白日的节义，自暗室屋漏中培来，旋乾转坤的经纶，自临深履薄处得力。

◎ 谦退是保身第一法，安详是处事第一法，涵容是待人第一法，恬淡是养心第一法。

◎ 刘念台云："涵养，全得一缓字，凡言语、动作皆是。"

◎ 应事接物，常觉得心中有从容闲暇时，才见涵养。

◎ 刘念台云："易喜易怒，轻言轻动，只是一种浮气用事，此病根最不小。"

◎ 吕新吾云："心平气和四字，非有涵养者不能做，工夫只在个定火。"

◎ 陈榕门云："定火工夫，不外以理制欲。理胜，则气自平矣。"

◎ 自处超然，处人蔼然，无事澄然，有事斩然，得意淡然，失意泰然。

◎ 气忌盛，心忌满，才忌露。

◎ 意粗性躁，一事无成，心平气和，千祥骈集。

◎ 冲繁地，顽钝人，拂逆时，纷杂事，此中最好养火：若决烈愤激，不但无益，而事卒以偾，人卒以怨，我卒以无成，是谓至愚，耐得过时，便有无限受用处。

◎ 人性褊急则气盛，气盛则心粗，心粗则神昏，乖舛谬戾，可胜言哉？

◎ 以和气迎人，则乖灭，以正气接物，则妖气消，以浩气临事，则疑畏释，以静气养身，则梦寐恬。

◎ 轻当矫之以重，浮当矫之以实，褊当矫之以宽，躁急当矫之以和缓，刚暴当矫之以温柔，浅露当矫之以沉潜，溪刻当矫之以浑厚。

◎ 尹和靖云："莫大之祸，皆起于须臾之不能忍，不可不谨。"

◎ 逆境顺境，看襟度，临喜临怒，看涵养。

持躬类

◎ 聪明睿知,守之以愚。道德隆重,守之以谦。

◎ 富贵,怨之府也;才能,身之灾也;声名,谤之媒也;欢乐,悲之渐也。

◎ 只是常有惧心,退一步做,见益而思损,持满而思溢,则免于祸。

◎ 人生最不幸处,是偶一失言,而祸不及;偶一失谋,而事幸行;偶一恣行,而获小利。后乃视为故常,而恬不为意。则莫大之患,由此生矣。

◎ 学一分退让,讨一分便宜。增一分享用,减一分福泽。

◎ 不自重者取辱,不自畏者招祸。

◎ 盖世功劳,当不得一个矜字;弥天罪恶,当不及一个悔字。

◎ 大著肚皮容物,立定脚跟做人。

◎ 事当快意处须转,言到快意时须住。

◎ 殃咎之来,未有不始于快心者。故君子得意而忧,逢喜而惧。

◎ 物忌全胜,事忌全美,人忌全盛。

◎ 尽前行者地步窄,向后看者眼界宽。

◎ 花繁柳密处拨得开,方见手段。风狂雨骤时立得定,才是脚跟。

◎ 人当变故之来,只宜静守,不宜躁动。即使万无解救,而志正守确,虽事不可为,而心终可白。否则必致身败,而名亦不保,非所以处变之道。

◎ 步步占先者,必有人以挤之;事事争胜者,必有人以挫之。

◎ 安莫安于知足,危莫危于多言。

◎ 行己恭,责躬厚,接众和,立心正,进道勇。择友以求益,改过以全身。

◎ 度量如海涵春育,持身如玉洁冰清,襟抱如光风霁月,气概如乔岳泰山。

◎ 心不妄念,身不妄动,口不妄言,君子所以存诚。内不欺己,外不欺人,上不欺天,君子所以慎独。

◎ 心志要苦，意趣要乐，气度要宏，言动要谨。

◎ 心术以光明笃实为第一，容貌以正大老成为第一，言语以简重真切为第一。

◎ 平生无一事可瞒人，此是大快乐。

◎ 书有未曾经我读，事无不可对人言。

◎ 心思要缜密，不可琐屑。操守要严明，不可激烈。

◎ 聪明者戒太察，刚强者戒太暴。

◎ 以情恕人，以理律己。

◎ 以恕己之心恕人，则全交。以责人之心责己，则寡过。

◎ 唐荆川云："须要刻刻检点自家病痛，盖所恶于人许多病痛处，若真知反己，则色色有之也。"

◎ 以淡字交友，以聋字止谤，以刻字责己，以弱字御侮。

◎ 居安虑危，处治思乱。

◎ 事事难上难，举足常虞失坠，件件想一想，浑身都是过差。

◎ 怒宜实力消融，过要细心检点。

◎ 事不可做尽，言不可道尽。

◎ 胡文定公云："人家最不要事事足意，常有事不足处方好。才事事足意，便有不好事出来，历试历验。邵康节诗云：'好花看到半开时。'最为亲切有味。"

◎ 精细者，无苛察之心。光明者，无浅露之病。

◎ 识不足则多虑，威不足则多怒，信不足则多言。

◎ 足恭伪态，礼之贼也。苛察歧疑，智之贼也。

◎ 缓字可以免悔，退字可以免祸。

敦品类

◎ 敦诗书，尚气节，慎取与，谨威仪，此惜名也。竞标榜，邀权贵，务矫激，习模棱，此市名也。惜名者，静而休。市名者，躁而拙。

◎ 辱身丧名，莫不由此。求名适所以坏名，名岂可市哉！

处事类

◎ 处难处之事愈宜宽，处难处之人愈宜厚，处至急之事愈宜缓。

◎ 必有容，德乃大，必有忍，事乃济。

◎ 吕新吾云："做天下好事，既度德量力，又审势择人。'专欲难成，众怒难犯'此八字，不独妄动邪为者宜慎，虽以至公无私之心，行正大光明之事，亦须调剂人情，发明事理，俾大家信从，然后动有成，事可久。盖群情多暗于远识，小人不便于私己，群起而坏之，虽有良法，胡成胡久？"

◎ 强不知以为知，此乃大愚，本无事而生事，是谓薄福。

◎ 白香山诗云："我有一言君记取，世间自取苦人多。"

◎ 无事时，戒一"偷"字。有事时，戒一"乱"字。

◎ 刘念台云："学者遇事不能应，总是此心受病处。只有炼心法，更无炼事法。炼心之法，大要只是胸中无一事而已。无一事，乃能事事，此是主静工夫得力处。"

◎ 处事大忌急躁，急躁则先自处不暇，何暇治事？

◎ 论人当节取其长，曲谅其短，做事必先审其害，后计其利。

◎ 无心者公，无我者明。

接物类

◎ 严着此心以拒外诱，须如一团烈火，遇物即烧。宽着此心以待同群，须如一片春阳，无人不暖。

◎ 凡一事而关人终身，纵确见实闻，不可著口。凡一语而伤我长厚，虽闲谈戏谑，慎勿形言。

◎ 结怨仇，招祸害，伤阴骘，皆由于此。

◎ 持己当从无过中求有过，非独进德，亦且免患。待人当于有过中求无过，非但存厚，亦且解怨。

◎ 遇事只一味镇定从容，虽纷若乱丝，终当就绪。待人无半毫矫伪欺诈，纵狡如山鬼，亦自献诚。

◎ 公生明，诚生明，从容生明。公生明者，不蔽于私也。诚生明者，不杂以伪也。从容生明者，不淆于惑也。

◎ 穷天下之辩者，不在辩而在讷，伏天下之勇者，不在勇而在怯。

◎ 何以息谤？曰："无辩。"何以止怨？曰："不争。"

◎ 人之谤我也，与其能辩，不如能容。人之侮我也，与其能防，不如能化。

◎ 张梦复云："受得小气，则不至于受大气。吃得小亏，则不至于吃大亏。"

◎ 又云："凡事最不可想占便宜，便宜者，天下人之所共争也。我一人据之，则怨萃于我矣，我失便宜，则众怨消矣，故终身失便宜，乃终身得便宜也。此余数十年阅历有得之言，其遵守之，毋忽。余生平未尝多受小人之侮，只有一善策，能转弯早耳。"忍与让，足以消无穷之灾悔。古人有言："终身让路，不失尺寸。"

◎ 以仁义存心，以忍让接物。

◎ 林退斋临终，子孙环跪请训，曰："无他言，尔等只要学吃亏。"

◎ 任难任之事，要有力而无气。处难处之人，要有知而无言。

◎ 穷寇不可追也，遁辞不可攻也。

◎ 恩怕先益后损，威怕先松后紧。先益后损，则恩反为仇，前功尽弃。先松后紧，则管束不下，反招怨怒。

◎ 善用威者不轻怒，善用恩者不妄施。

◎ 宽厚者，毋使人有所恃。精明者，不使人无所容。

◎ 轻信轻发，听言之大戒也。愈激愈厉，责善之大戒也。

◎ 吕新吾云："愧之则小人可使为君子，激之则君子可使为小人。"

◎ 激之而不怒者，非有大量，必有深机。

◎ 处事须留余地，责善切戒尽言。

◎ 曲木恶绳，顽石恶攻。责善之言，不可不慎也。

◎ 吕新吾云："责善要看其人何如，又当尽长善救失之道。无指摘其所忌，无尽数其所失，无对人，无峭直，无长言，无累言。犯此六戒，虽忠告非善道矣。"

◎ 又云："论人须带三分浑厚，非直远祸，亦以留人掩盖之路，触人悔悟之机，养人体面之余，犹天地含蓄之气也。"

◎ 使人敢怒而不敢言者，便是损阴骘处。

◎ 凡劝人，不可遽指其过，必须先美其长，盖人喜则言易入，怒则言难入也。善化人者，心诚色温，气和词婉；容其所不及，而谅其所不能；恕其所不知，而体其所不欲；随事讲说，随时开导。彼乐接引之诚，而喜于所好；感督责之宽，而愧其不材。人非木石，未有不长进者。我若嫉恶如仇，彼亦趋死如鹜，虽欲自新而不可得，哀哉！

◎ 先哲云："觉人之诈，不形于言；受人之侮，不动于色。此中有无穷意味，亦有无限受用。"

◎ 喜闻人过，不若喜闻己过，乐道己善，何如乐道人善。

◎ 论人之非，当原其心，不可徒泥其迹。取人之善，当据其迹，不必深究其心。

◎ 吕新吾云："论人情，只向薄处求；说人心，只从恶边想，此是私而刻底念头，非长厚之道也。"

◎ 修己以清心为要，涉世以慎言为先。

◎ 恶莫大于纵己之欲，祸莫大于言人之非。

◎ 施之君子，则丧吾德，施之小人，则杀吾身。（案此指言人之非者）

◎ 人褊急，我受之以宽宏。人险仄，我待之以坦荡。

◎ 持身不可太皎洁，一切污辱垢秽要茹纳得。处世不可太分明，一切贤愚好丑要包容得。

◎ 精明须藏在浑厚里作用。古人得祸，精明人十居其九，未有浑厚而得祸者。

◎ 德盛者，其心和平，见人皆可取，故口中所许可者多。德薄者，其心刻傲，见人皆可憎，故目中所鄙弃者众。

◎ 吕新吾云："世人喜言无好人，此孟浪语也。推原其病，皆从不忠不恕所致，自家便是个不好人，更何暇责备他人乎？"

◎ 律己宜带秋气，处世须带春风。

◎ 盛喜中勿许人物，盛怒中勿答人书。

◎ 喜时之言多失信，怒时之言多失体。

◎ 静坐常思己过，闲谈莫论人非。

◎ 面谀之词，有识者未必悦心。背后之议，受憾者常若刻骨。

◎ 攻人之恶毋太严，要思其堪受。教人以善毋过高，当使其可从。

◎ 事有急之不白者，缓之或自明，毋急躁以速其戾。人有操之不从者，纵之或自化，毋苛刻以益其顽。

◎ 己性不可任，当用逆法制之，其道在一忍字。人性不可拂，当用顺法调之，其道在一恕字。

◎ 临事须替别人想，论人先将自己想。

◎ 欲论人者先自论，欲知人者先自知。

◎ 凡为外所胜者，皆内不足。凡为邪所夺者，皆正不足。

◎ 今人见人敬慢，辄生喜愠心，皆外重者也。此迷不破，胸中冰炭一生。

◎ 小人乐闻君子之过，君子耻闻小人之恶。此存心厚薄之分，故人品因之而别。

◎ 惠不在大，在乎当厄，怨不在多，在乎伤心。

◎ 毋以小嫌疏至戚，毋以新怨忘旧恩。

◎ 刘直斋云："好合不如好散，此言极有理。盖合者，始也，散者，终也。至于好散，则善其终矣。凡处一事，交一人，无不皆然。"

惠吉类

◎ 群居守口，独坐防心。

◎ 造物所忌，曰刻曰巧，万类相感，以诚以忠。

◎《谦》卦六爻皆吉，恕字终身可行。

◎ 知足常足，终身不辱，知止常止，终身不耻。

悖凶类

◎ 盛者衰之始，福者祸之基。

一 得通感果心

致刘质平

（一九三一年九月廿九日，上虞法界寺）

质平居士：

廿五日自甬寄来之函，诵悉。近日身体已如常，终日劳动，亦不甚疲倦，乞释远念。书件已写毕（惟除大联二十八对，未写），如此功德圆满，可为庆慰。俟仁者来寺之后小住，或朽人与仁者同暂时出外，云游绍、嘉、杭、沪、甬诸处，约一二月，再归法界寺。统俟晤面时，再约定也。不宣。

乞购大块之墨一方带下。

附写四联句：

今日方知心是佛，

前身安见我非僧。

事业文章俱草草，

神仙富贵两茫茫。

凡事须求恰好处，

此心常懔自欺时。

事能知足心常惬，

人到无求品自高。

音疏

九月廿九日夕

致夏丏尊

(一九二九年阳历五月六日,温州庆福寺)

丏尊居士:

惠书诵悉。承询所需。至用感谢。此次由闽至温,旅费甚省。故尚有余资。宿疾本因路途辛劳所致,今已愈十之九。铜模字即可书写。拟先写千余字寄上。俟动工镌刻后,再继续书写其余者。今细检商务铅字样本,至为繁杂。有应用之字而不列入者。有《康熙字典》所未载之僻字及俗体字,而反列入者。若依此书写,殊不适用。今拟改依《中华新字典》所载者书写,而略增加。总以适用于排印佛书及古书等为主。倘有欠缺,他时尚可随时补写也。墓志造像不列目录,甚善。《佛教大辞典》,是否仍存尊处?因嘉兴前来书谓未曾收到。如未送去,仍以存尊处为宜。阳历四月十九日寄挂号信与上海美专刘质平居士,至今半月余,无有复音。乞为探询,质平是否仍在美专,或在他处?便中示知为感。

演音
阳历五月六日

致夏丏尊、子恺居士

（一九二九年十月三日，上虞白马湖）

丏尊、子恺居士同览：

前日寄奉一函，想已收到。至白马湖后，承夏宅及诸居士辅助一切，甚为感谢。前者仁等来函，曾云山房若住三人，其经费亦可足用云云。朽人因思，现在即迎请弘祥师来此同住。以后朽人每年在外恒勾留数月，则山房之中居住者有时三人，有时二人，其经费当可十分足用也。仁等于旧历九月月望以后（即阳历十月十七八日以后）来白马湖时，拟请由上海绕道杭州，代朽人迎请弘祥师，偕同由绍兴来白马湖。弘祥师之行李，乞仁等代为照料。至用感谢。迎请弘祥师时，其应注意者，如下数则：

（一）仁等往杭州时，宜乘上午火车至闸口，即至闸口虎跑寺，访弘祥师。仁等即可居住虎跑寺一宿。次晨，偕同过江，往绍兴。所以欲仁等正午到杭州者，因可令弘祥师于下午收拾行李，俾次晨即可动身。

（二）仁等晤弘祥师时，乞云："今代表弘一师迎请弘祥师往他处闭关用功。其地甚为幽静，诸事无虑，护法之人甚多，但不是寺院，亦不能供养多人。仅能请弘祥师一人，往彼处居住。倘有他位法师欲偕往者，一概谢绝。即请弘祥师收拾行李。所有物件，皆可带去。明晨，即一同动身云云。"

（三）弘祥师倘问，其地在何处？仁等可答云："现在无须问，明日到时便知。"其余凡有所问，皆不必明答。朽人之意，不欲向他僧众传扬此事。因恐他僧众倘有来白马湖访问者，招待对付之事甚为困难，故不欲发表住处之地址也。

（四）并乞仁等告知弘祥师云："此次动身他往，不必告知弘伞师。"恐弘伞师挽留，反多周折也。

（五）朽人自昔以来，凡信佛法、出家、拜师父等，皆弘祥师为之指导一切。受恩甚深，无以为报。今由仁等发起建此山房。故欲迎养，聊报恩德于万一也。弘祥师所有钱财无多。其由闸口至白马湖种种费用，皆乞仁等惠施，感同身受。

（六）朽人有谢客启，附奉上一纸，托弘祥师代送虎跑库房，令众传观。

以上所陈诸琐碎事，皆乞鉴察。种种费神，感谢无尽！再者，朽人于今春，已与苏居士约定，于秋晚冬初之时，往福建一行。故拟于阴历九月底，即往上海，或小住数日，或即乘船而行。并乞仁等便中代为询问，太古公司往厦门及往福州之轮船，其开行之时间，是否有一定之规例。（如宁波船决定五时开，长江船决定半夜开之例。此所询问者，为时间，非是日期，因日期可阅报纸也。）琐陈，草草不宣。

演音上
十月三日

致姚石子

（一九二八年，上海）

石子居士礼席：

省书，承仁归信佛法，至可赞喜！辄依鄙见，择定应用经书若干种，录之如下：

《印光法师文钞》法师今居普陀，昔为名儒。出家已二十余年，为当世第一高僧。品格高洁严厉，为余所最服膺者。《文钞》之首，有余题辞。又新版排印《安士全书》（为上海佛学推行社所印送。仁者如无此书，请致函索取。）第二本末页，附录余撰定阅《印光文钞》次序表。依此次序阅览（但表中所记一圈者及无圈者，可暂缓阅），自无扞格不通之虞。请先阅文钞第一册《论》第十六页《佛教以孝为本论》。又第二册《书》第三十四页以下《与卫锦洲居士书》及《复泰顺林介生居士书》三首。因此三首，与仁者近处之境，关系最切。

《灵峰宗论》为明灵峰蕅益大师文集。近古高僧中知见最正者。先阅此种，自不致为他派之邪说所淆惑。集中文字，深浅互见。凡净宗、禅宗及天台、贤首、慈恩、密宗等，皆具说之。非专谈一法也。可先阅法语及书信二类。但初学亦不能尽解，当于阅时自择其所解者先阅，其难解者不妨暂缓。集中文字，篇幅不长，各为起止，不妨跳跃阅览。初阅佛书者，必不能一一尽解。但渐渐修习，其不解者亦可通晓。万不可急求速效。又集中卷四之二第四页《孝闻说》，卷六之一第十一页《广孝序》，卷七之四第三页《建盂兰盆会疏》，可先检阅之。

《释门真孝录》专辑佛祖经书中论孝亲事者。

《竹窗三笔》《山房杂录》《云栖遗稿》皆笔记之类，可以随时择阅数则。

《选佛谱》《选佛图》如世间升官图之式。常常习掷，自能通达佛法门径。谱为说明者。此作利益甚大，且饶兴味。妇孺尤宜劝其常常掷之，以种善根。

《佛教初学课本》《释教三字经》皆记佛法之大纲，甚为简要。

《释迦如来应化事迹》为释迦之历史，附有图甚精。

《安士全书》扬州旧有木版二套。近由上海佛学推行社劝募印送，已得四万余部。是书宜雅宜俗，人谓救世宝典，良不虚也。

《佛学撮要》《佛学初阶》《佛学起信编》《佛学指南》《六道轮回录》《学佛实验谈》皆丁福保编，极浅近，且有兴味。凡有不信佛法者，可劝其先阅此类。

《南无阿弥陀佛解》等三种为学佛者最切近之书，内有余之字迹数幅。

《佛学问答》略示佛法之大要。

《新版净土四经》可备读诵。

《弥陀经疏钞撷》为解释《阿弥陀经》最浅近之书。

《观经图颂》为观无量寿佛图。

《龙舒净土文》《净土晨钟》《径中径又径征义》此三种皆劝人修净业之作，最详明切要。

《归元镜》依净宗三祖之传记，撰成戏曲之本，最有兴味。

《往生集》净宗往生者之传记。

以上八种为净宗入门之书。净宗者为佛教诸宗之一，即念佛求生西方之法门也。此宗现在最盛，以其广大普遍，并利三根。印光法师现在专弘此宗。余亦归信是宗。甚盼仁者亦以此自利利他也。他如禅宗及天台、贤首、慈恩诸宗，皆不甚逗现今之时机。禅宗尤为不宜。以禅宗专被上上利根，当世殊无此种根器。其所谓学禅宗者，大率误入歧途，可痛慨也。

《极乐庄严图》《西方接引图》皆阿弥陀佛等像。

《释迦佛坐像》《地藏菩萨像》。

此四种皆佛菩萨像，宜悬挂供养。可在阿弥陀佛像二种中，择挂一种。

《地藏菩萨本愿经》可备读诵。

以上所记之经目，为初学佛法，人事纷繁，未能专力修习者，所应用之书，一以其册数无多，一以其篇章多不前后承续，可以暇时随意阅一二页，不必从头至尾用意研味也。若再进一步修习，下记数种，可以请阅：

《诸经要集》分类辑录诸经中之要义。但多属事相，不难了解。

《念佛警策》择录净宗诸家之语录，甚精要。

《彻悟语录》与《梵室偶谈》合刊。《偶谈》即《灵峰宗论》中之一种，大半劝修净业之语，事理圆明。

《净土十要》印光法师盛赞此书，但多未宜于初学。若初学者，可先阅是中《十疑论》《净土或问》《念佛直指》三种。此外则随分随力斟酌阅之。

《无量寿经义疏》《观经四帖疏》《阿弥陀经义疏》《行愿品疏节录》皆前列净土四经之注疏。可先阅《四帖疏·上品上生章》之疏文，续阅《阿弥陀经义疏》，然后再阅其他。

《佛说无常经》为印度僧众常讽诵者。卷首余有序文。

《在家律要》既修净业，宜兼持戒律，可先阅此书，较易了解。

《阅藏知津》为藏经目录提要。

《佛学大辞典》搜辑甚富，可备随时检查。

《因是子静坐法》续篇，常州蒋维乔著。前年著正编，多依道教。今著续篇，纯依佛教，补救前愆。若有愿习静坐者，可阅此书。但专念佛者，不习静坐无妨。又有蒙同善社之诱惑误入歧路者，宜速劝其阅此书以纠正之。

佛法广大，如天普覆。无有世出世间一法能出其外者。故儒、道、耶诸法，亦可云属佛法毫发之少分，但不如佛法之究竟耳。是以比年以来，吾国佛法昌盛，有一日千里之势。士夫学者，究心于斯者尤众。随其根器之上下，各随分获其利益。譬犹一雨之润，万卉并育。噫，伟矣哉！仁者为亲诵经，谨为拟定日课如下：诵《阿弥陀经》一遍，往生咒三遍，念南无阿弥陀佛最少百八句，后诵回向文三遍。回向文代拟如下："愿以此功德，回向亡母高太恭人。（若为亡父或他人者随改。）惟愿亡母业障速灭，早生西方极乐世界，见佛授记，普度众生，尽未来际。并愿法界有情，同圆种智。"此课约在四十分钟以内。若念佛多者，则时间亦增多，可随力为之。又《地藏菩萨本愿经》，亦宜讽诵。若人事纷繁，每日可仅诵一品，约三十分钟以内。若稍暇，每日可诵一卷，合数日诵完一部。每日诵毕，亦诵回向文三遍，文同上。若更愿诵他种经者，如净土四经中之他三种，皆可诵，继诵回向文亦然。如不能常茹素，每晨粥时可茹素一餐，名曰吃早素。仁者可以是广劝他人。此事甚不为难，常人皆可行之，亦可以此种善因也。又不宜买活物在家中杀戮。若需食者，可买市上已杀之物。如是虽食荤腥，亦可减轻许多罪过。若发心茹素者，可先每月二天，即十五日及三十日（或月小则二十九日）。若再增加，每月四天，则增加初八及二十三之两天。若再增加，每月六天，即增加十四及二十九（或月小则二十八日）之两天。于每月六斋日茹素，功德最大，具如佛经广明。附寄旧书《佛三身赞》等三种各一册，敬以奉赠。如愿付印，卷尾空白之处，可自加题跋。又书佛号一幅，愿以此功德，回向令亡母。又旧书菩萨名号一幅，署款奉呈。又寄莲池《戒杀放生文》一册，《印造经像文》五册（余定其纲要，属尤惜阴撰述）。戒杀放生招贴三纸，统希收入。又石印拙书数种，请转赠吹万居士。余于二三年来，发愿未写之经典，尚有十数种。秋凉之后，将继续书写。仁者如需用，俟写就当以奉赠。率复不具。

僧胤疏答

致丰子恺

（一九二八年九月十二日，温州）

子恺居士：

昨晚获诵惠书，欣悉一一。兹复如下：

△续画之画稿，拟乞至明年旧历三月底为止。（因温州春寒殊甚。未能执笔书写。须俟四月天暖之后，乃能动笔。）由此时至明春三月，乞仁者随意作画，多少不拘。朽人深知此事不能限期求速就（写字作文等亦然）。若兴到落笔，乃有佳作。所谓"妙手偶得之"也。至三月底即截止，由朽人用心书写。大约五月间，可以竣事。仁者新作之画，乞随时络续寄下。（又以前已选入之画稿及未选入者，并乞附入，便中寄下。）即由朽人选择。其选入者，并即补题诗句。

△白居易诗，"香饵"云云二句，系以鱼喻彼自己，或讽世人，非是护生之意。其义寄托遥深，非浅学所能解。乞勿用此诗作画。

△研究《起信论》，译佛教与科学之事，暂停无妨。礼拜念佛功课未尝间断，戒酒已一年，至堪欢喜赞叹。近来仁者诸事顺遂，实为仁者专诚礼拜念佛所致。念佛一声，能消无量罪，能获无量福。惟在于用心之诚恳恭敬与否，不专在于形式上之多少也。

△网篮迟至年假时带去，无妨。

△珂罗版《华严经》，乞赠李圆净居士一册。

△以后作画，无须忙迫。至画幅之多少，亦不必预计。如是乃有佳作。

△倘他日集中画幅再增多之时，则已删去之画，如《倒悬》《众生》（又名《上法场》）等，或仍可配合选入，俟他日再详酌。

△许居士如愿出家，当为设法。

△ 明年大约仍可居住庆福寺。因公园以筹款不足，停止进行，故尚安静可住。承诸友人赠送之资，至为感谢。此次寄来之廿元，拟留充明年自己之零用。至于明年，尚需贴补寺中全年食费约六十元。又于地藏殿装玻璃门，及《续藏经》书柜之木架等费，朽人拟赠与寺中三十元。共计九十元。倘他日有友人送款资至仁者之处，乞为存积。俟今年阴历年底，朽人再斟酌情形。倘需用此款者，当致函奉闻，请仁者于明年春间便中汇下。此事须今年年底酌定，故所有款资，拟先存仁者之处，乞勿汇下。

△ 明年朽人能于秋间至上海否，难以预定。或不能来，亦未可知。因近来拟息心用功，专修净业。恐出外云游，心中浮动，有碍用功也。统俟明年再为酌定。

△ 明年与后年，两年之中，拟暂维持现状。至于夏居士所云建造房舍之事，俟辛未年，再行斟酌。

草草奉复。不具。

演音上
九月十二日

再者，以后惠函，信面之上，乞勿写和尚二字。因俗例，须本寺住持，乃称和尚。朽人今居客位，以称大师或法师为宜。

再者，愚夫愚妇及旧派之士农工商，所欢喜阅览者，为此派之画。但此派之画，须另请人画之。仁者及朽人，皆于此道外行。今所编之《护生画集》，专为新派有高等小学以上毕业程度之人阅览为主。彼愚夫等，虽阅之，亦仅能得极少份之利益，断不能赞美也。故关于愚夫等之顾虑，可以撇开。若必欲令愚夫等大得利益，只可再另编画集一部，专为此种人阅览，乃合宜也。

今此画集编辑之宗旨，前已与李居士陈说。第一，专为新派智识阶级之人（即高小毕业以上之程度）阅览。至他种人，只能随分获其少益。第二，专为不信佛法，不喜阅佛书之人阅览。（现在戒杀放生之书出版者甚多，彼有善根者，久已能阅其书，而奉行惟谨。

不必需此画集也。)近来戒杀之书虽多,但适于以上二种人之阅览者,则殊为希有。故此画集,不得不编印行世。能使阅者爱慕其画法崭新,研玩不释手,自然能于戒杀放生之事,种植善根也。鄙意如此,未审当否?乞仁等酌之。又白。

致圆净、子恺二居士

(一九二八年八月廿一日,温州)

圆净、子恺二居士同览:

惠书及另寄之画稿、宣纸等,皆收到。

披阅画集,至为欢喜赞叹。但稍有美中不足之处。率以拙意,条述如下,乞仁等逐条详细阅之,至祷!

△案此画集为通俗之艺术品,应以优美柔和之情调,令阅者生起凄凉悲悯之感想,乃可不失艺术之价值。若纸上充满残酷之气,而标题更用"开棺""悬梁""示众"等粗暴之文字,则令阅者起厌恶不快之感,似有未可。更就感动人心而论,则优美之作品,似较残酷之作品感人较深。因残酷之作品,仅能令人受一时猛烈之刺激。若优美之作品,则能耐人寻味,如食橄榄然。(此且就曾受新教育者言之。若常人,或专喜残酷之作品。但非是编所被之机。故今不论。)

△依以上所述之意见,朽人将此画集重为编订,共存二十二张。(尚须添画两张,共计二十四张。添画之事,下条详说。)残酷之作品,虽亦选入三四幅,然为数不多,杂入中间,亦无大碍。就全体观之,似较旧编者稍近优美。至排列之次序,李居士旧订者固善,今朽人所排列者,稍有不同。然亦煞费苦心。尽三日之力,排列乃定。于种种方面,皆欲照顾周到。但因画稿不多,难于选定。故排列之次序,犹不无遗憾耳。

△此画稿尚须添画二张。其一,题曰《忏悔》。画一半身之人(或正面,或偏面,乞详酌之),合掌恭敬,作忏悔状。其衣服宜简略二三笔画之,不必表明其为僧为俗。

其一,题曰《平和之歌》。较以前之画幅,加倍大(即以两页合并为一幅。）凡此画集中，所有之男女人类及禽兽虫鱼等，皆须照其本来之像貌，一一以略笔画出。（其禽兽之已死者，亦令其复活。花已折残者，仍令其生长地上，复其美丽之姿。但所有人物之相貌衣饰，皆须与以前所画者毕肖。俾令阅者可以一一回想指出，增加欢喜之兴趣。）朽人所以欲增加此二幅者。因此书，名曰《护生画集》。而集中所收者，大多数为杀生伤生之画，皆属反面之作品，颇有未安。今依朽人排定之次序。其第一页《夫妇》，为正面之作品。以下十九张（惟《农夫与乳母》一幅，不在此类），皆是反面之作品，悉为杀生伤生之画。由微而至显，复由显而至微。以后之三张，即是《平等》及新增加之《忏悔》《平和之歌》，乃是由反面而归于正面之作品。以《平和之歌》一张作为结束，可谓圆满护生之愿矣。

△ 集中所配之对照文字，固多吻合。但亦有勉强者，则减损绘画之兴味不少。今择其最适宜者用之。此外由朽人为作白话诗，补足之。但此种白话诗，多非出家人之口气，故托名某某道人所撰。并乞仁等于他人之处，亦勿发表此事（勿谓此诗为余所作）。昔蕅益大师著《辟邪集》，曾别署缁俗之名，杂入集中。今援此例而为之。

△《夫妇》所配之诗，虽甚合宜，但朽人之意，以为开卷第一幅，须用优美柔和之诗。至残杀等文义，应悉避去。故此诗拟由朽人另作。

△ 画题有须改写者，记之如下。乞子恺为之改写。

《溺》改为《沉溺》。（第二张）

《囚徒之歌》改为《凄音》，原名甚佳，因与末幅《平和之歌》重复，故改之。（第三张）

《诱杀》改为《诱惑》。（第四张）

《肉》改为《修罗》。（第十一张）

《悬梁》能改题他名，为善。乞酌为之。（第十三张）

又《刑场》之名，能改题，更善。否则仍旧亦可。（第十二张）

△ 朽人新作之白话诗，已成者数首，贴于画旁，乞阅之。（凡未署名者皆是。）

△ 对照之诗，所占之地位，应较画所占之地位较小，乃能美观。（至大，仅能与画相等。）万不能较画为大。若画小字大，则有喧宾夺主之失，甚不好看。故将来书写诗句之时，皆须依一一之画幅，

一一配合适宜。至以后摄影之时,即令书与画同一时,同一距离摄之,俾令朽人所配合大小之格式,无有变动。

△ 最后之一张画,即《平和之歌》,是以两页合拼为一幅。将来此幅对照之诗,其字数较多,亦是以两页合拼为一幅。诗后并附短跋数语,故此幅之字数较多也。

△ 画集,附挂号寄上。乞增补改正后,再挂号寄下,并画好之封面,同时寄下。

△ 将来印刷之时,其书与画之配置高低,及封面纸之颜色与结纽线之颜色,能与封面画之颜色相调和否?皆须乞子恺处处注意。又画后,有排版之长篇戒杀文字,亦须排列适宜。其圈点之大小,与黑色之轻重,皆须一一审定。因吾国排字工人之知识,甚为幼稚,又甚粗心,决不解美观二字也。此事至要,慎勿轻忽。

△ 此画集如是编定,大致妥善。将来再版之时,似无须增加变动。

△ 所有删去之十数张,将来择其佳者可以编入二集。兹将删去之画,略评如下:

《诱杀（二）》,此画本可用。但以此种杀法,至为奇妙,他人罕有知者。今若刊布,恐不善之人,以好奇心,学此法杀生。故删去。

《尸林》《示众》《上法场》《开棺》,皆佳。但因此类残酷之作,一卷之内不宜多收,故删去。将来编二集时,或可编入。但画题有宜更改者。

《修罗》,此画甚佳。但因与《肉》重复,故删去。今于《肉》改题为《修罗》,则此幅《修罗》应改为他名。俟编二集时,可以编入。

《炮烙》亦可用。今因集中,有一花瓶一玻璃瓶,与此洋灯罩之形相似。若编入者,稍嫌重复,故删去。

《采花感想》,此画章法未稳。他日改画后,可以选入二集。

《生的扶持》亦可用。因与《夫妇》略似,故删去。

《义务警察》,今人食犬肉者罕闻。此画似可不用。

《杨枝净水》,此画可用。将来编二集时,可以此画置在最后之一幅。

△ 将来编二集时,拟多用优美柔和之作,及合于画生正面之意

者。至残酷之作，依此次之删遗者，酌选三四幅已足，无须再多画也。

△ 此次画集所选入者，以《母之羽》《倘使羊识字》《我的腿》《农夫与乳母》《残废的美》，为最有意味。《肉》，甚有精彩。

△ 以上所述之拙见，皆乞仁等详细阅之。画稿增改后，望早日寄下，为盼！

△ 子恺所画之格子，现在虽未能用，但由朽人保存，以备将来书写他种文字用之，俾不辜负量画一番之心血。至此次书写诗句时，应用之格子，拟由朽人自画。因须斟酌变通，他人不能解也。

△ 宿疾已愈。惟精神身体，皆未复元。草草书此，诸希鉴察，为祷！

演音上
八月廿一日

此函发出之时，同时已另写一明信片，寄与（狄思威路）李居士，请彼即亲至江湾索阅此函。故仁者收到此函后，无须转寄与李居士。恐途中遗失也。如李居士已往他处，一时不能返沪，而欲急阅此函者，乞挂号寄去为宜。

致蔡元培、经亨颐、马叙伦等

(一九二七年三月十七日，杭州)

旧师孑民、旧友子渊、彝初、少卿、钟华诸居士同鉴：

昨有友人来，谓仁等已至杭州建设一切，至为欢慰。又闻子师等在青年会演说，对于出家僧众，有未能满意之处。鄙意以为现代出家僧众，诚属良莠不齐。但仁等于出家人中之情形，恐有隔膜。将来整顿之时，或未能一一允当。鄙意拟请仁等另请僧众二人为委员，专任整顿僧众之事。凡一切规划，皆与仁等商酌而行，似较妥善。此委员二人，据鄙意，愿推荐太虚法师及弘伞法师任之。此二人，皆英年有为，胆识过人。前年曾往日本考察一切，富于新思想，久有改革僧制之弘愿。故任彼二人为委员，最为适当也。至将来如何办法，统乞仁等与彼协商。对于服务社会之一派，应如何尽力提倡（此是新派）；对于山林办道之一派，应如何尽力保护（此是旧派，但此派必不可废）。对于既不能服务社会，又不能办道山林之一流僧众，应如何处置；对于应赴一派（即专作经忏者），应如何严加取缔；对于子孙之寺院（即出家剃发之处），应如何处置；对于受戒之时，应如何严加限制，如是等种种问题，皆乞仁者仔细斟酌，妥为办理。俾佛门兴盛，佛法昌明，则幸甚矣。此事先由浙江一省办起，然后遍及全国。弘伞法师现住里西湖新新旅馆隔壁招贤寺内。太虚法师现住上海（其住址问弘伞法师便知）。谨陈拙见，诸乞垂察，不具。

弘一 三月十七日

昨闻友人述及仁者五人现任委员。此外尚有数人，或系旧友，亦未可知。并乞代为致候。

心果感通得一·致蔡元培、经亨颐、马叙伦等

致上海佛学书局

(一九四〇年七月,永春)

上海佛学书局公鉴:

前承惠书,谓今年药师如来圣诞,拟别刊行专号,属撰文以为提倡。近多忙碌,未暇撰文。谨述拙见如下,以备参考焉。

余自信佛以来,专宗弥陀净土法门,但亦尝讲《药师如来本愿功德经》。讲此经时,所最注意者三事:一、若犯戒者,闻药师名已,还得清净。二、若求生西方极乐世界而未定者,得闻药师名号,临命终时,有八大菩萨示其道路,即生极乐众宝华中。三、现生种种厄难,悉得消除。故亦劝诸缁素,应诵《药师功德经》,并执持药师名号。而于求生东方净琉璃世界之文,未及详释,谓为别被一机也。今者佛学书局诸贤,欲弘扬药师圣典,提倡求生于东方,胜愿大心,甚可钦佩,惟可普劝众生诵经、持名。至于求生何处,宜任其自然,则昔日求生兜率者,亦可发心诵《药师经》并持名号,而于本愿无违。因经中谓求生极乐者,命终有八大菩萨示路;又东晋译本云:若欲得生兜率天上见弥勒者,亦当礼敬药师琉璃光佛。如是则范围甚广,可以群机并育矣。略陈拙见,敬乞有以教之,幸甚。

演音